ANNE-SOLANGE TARDY

Anne-Solange Tardy est l'auteur du blog « Cachemire
& Soie » (http://www.cachemireetsoie.fr), qui compte
plus de 1 500 visiteurs par jour et fait partie de ces
blogs régulièrement cités dans la presse. *La double
vie de Pénélope B.* est son premier roman. La suite,
Very Important Pénélope B., a paru fin 2008 aux
Éditions First. Elle vit à Paris.

LA DOUBLE VIE DE
PÉNÉLOPE B.

ANNE-SOLANGE TARDY

LA DOUBLE VIE DE PÉNÉLOPE B.

FIRST EDITIONS

© 2007, Éditions First.
ISBN : 978-2-266-18572-1

Ceci n'est pas une page de remerciements.

Le problème avec les remerciements, c'est que si le livre n'est pas un succès interplanétaire, ça fait tarte de pondre un long discours. Un peu comme si, aux Oscars, l'actrice passait deux heures à remercier la terre entière juste avant qu'on lui explique qu'en fait, il y a eu erreur : ce n'est pas elle, l'oscarisée. La honte. Du coup, je ne compte pas du tout en faire, des remerciements.

Mais comme je voulais à tout prix montrer que je n'étais pas seule dans ce long et périlleux exercice hautement introspectif que constitue l'écriture d'un roman (surtout celui-ci, ainsi que vous ne manquerez pas de le constater), j'ai décidé de réserver un merci exclusif à mon mââââââri. Parce que tout de même, c'est lui qui m'a supportée toute cette année. En plus des « hannnn chuis grosse » quotidiens, il a su écouter les « hannnn chuis nulle » qui concluaient la rédaction de chacun des chapitres de ce livre. Et y répondre avec toute la patience possible en sachant que, de toute façon, il aurait tort.

Du coup, le livre a failli commencer par « À David, mon amour ». Jusqu'à ce que je comprenne que ça, pour le coup, succès du livre ou pas, c'était tartissime. J'ai donc renoncé définitivement aux remerciements.

Mais le souci, c'est que... mince, quand même. Mon amoureux adoré que j'aime a *vraiment* dû supporter mon sale caractère. Il a été, le pauvre, mon lecteur privilégié durant de longs mois (imaginez-vous devoir corriger et donner votre avis sur une *Histoire complète et augmentée de la formule 1*, vous aurez une idée de l'ampleur du pensum). Mais il n'y a pas que lui. Je soupçonne mes parents d'être en train de se renseigner pour savoir si l'on peut divorcer de ses enfants, tellement je leur ai rebattu les oreilles avec ce livre (mes beaux-parents, eux, en sont réduits à espérer que leur fils saura prendre les décisions qui s'imposent). Quant à mes amis, les pauvres… Je ne sais pas comment ils ont tenu le choc. Parce que bon, il faut être claire : j'ai pris un melon pas possible ! Ce livre n'est pas encore sorti, que déjà, je proclame à la face du monde que je suis écrivain. J'ai même changé la mention « concepteur/rédacteur » de mon CV (jusqu'à ce que je réalise qu'un écrivain, ça n'avait pas de CV).

Et puis il y a Aurélie, mon éditrice la bonne fée. Celle qui est venue, il y a bientôt un an, me proposer de réaliser mon plus grand rêve. Celui qui me paraissait tellement intouchable que je n'osais même pas vraiment en rêver. Celle qui m'a fait confiance durant toute cette année alors que je lui racontais sans cesse que « demain, si, si, promis, j'allais lui envoyer la moitié du livre ». Et que je ne le faisais jamais, bien entendu, tellement j'avais peur qu'elle revienne sur cette idée saugrenue de publier mon manuscrit.

Pour finir, il y a mes amies bloggeuses. Parce que sans elles et sans mon blog, je ne serais pas là, à écrire mon non-billet de remerciements. Et des copines de blog, il y en a. Je ne peux malheureusement pas toutes les citer mais parmi elles, je pense à Garance (www.garancedore.fr), à Deedee (www.deedeeparis.com), à Géraldine (http://blogs.lexpress.fr/cafemode/), à Nadia (www.nizzagirl.canalblog.com), à MissHello (www.miss hello.com), à Caroline (www.carolinedaily.com), à Contessa (http://thebarefootcontessa.hautetfort.com) ou à la Méchante (http://mechante.-canalblog.com). Mais il y en a tant d'autres (voir sur www.cachemireetsoie.fr, c'est mon blog. Non, ce n'est pas une façon subtile de faire de la promo. Promis, il n'y a rien de subtil).

Et puis enfin, parce que c'est mon amie de toujours et sans doute la seule personne capable de comprendre combien ce livre est un bonheur pour moi, je pense à Claire, l'amie la plus précieuse qu'on puisse avoir.

Anne-So

Chapitre 1.

Vendredi 20 juin 2005

De : julienleguen@hotmail.com
À : penelopinette@yahoo.fr
Objet : Ouiiiiiiiiii !!!!!!

Salut Pénélope,

J'ai l'immense bonheur de te faire part de mon prochain mariage avec Sophie L., que tu connais un peu, je crois. Vous étiez dans la même classe au lycée François 1er.

C'est marrant comme le monde est petit, non ? J'espère que tu te joindras à nous pour fêter ça dignement et partager notre bonheur. Je compte vraiment sur ta présence, ce serait une belle façon de se prouver qu'on reste amis et que, désormais, tout va bien entre nous. Je te souhaite de connaître un bonheur aussi parfait que le mien aujourd'hui. Toutes les infos pour le mariage, et la liste (: D) sont jointes. Je suis désolé de te prévenir aussi tard, j'espère que tu n'as rien de prévu.

À bientôt alors, Soph' a hâte de mieux te connaître.
Bisous, Julien

Ça alors, je n'en reviens pas. Je viens d'être invitée au mariage de mon ex. Je savais bien qu'il fréquentait quelqu'un depuis pas mal de temps, mais tout de même... Se marier ! Quelle idée ! Et puis je le trouve gonflé de m'envoyer un mail... A-t-on jamais vu une invitation à un mariage par mail ? Et ce « ouiiiiiiiiiiiiii » comme en-tête de message comme si j'étais un vague copain. À tout prendre, j'aurais préféré un coup de fil. Enfin, voyons ça comme une énième preuve que nous n'étions pas faits l'un pour l'autre.

J'ai beau me répéter en boucle que ça m'est égal, ça fait tout de même une demi-heure que je suis là, affalée sur mon canapé à me gaver de Pailles d'or comme si c'était le dernier paquet de la dernière fournée avant abandon définitif de la recette. C'est-à-dire, voyons... 144 calories × 4 (4 sachets par boîte) ingurgitées sans vergogne, tout ça pour finir par me rendre à l'évidence : ce n'est pas une mauvaise blague, je suis invitée au vrai mariage de mon ex et conviée à lui offrir les vraies cuillers en argent qui viendront parachever la perfection de sa félicité conjugale. Tout va bien. Tout va bien, tout va bien. Mais si : Tout. Va. Bien. C'est vrai en plus.

Ce mec n'était pas l'homme de ma vie, ce n'est pas une surprise. Et le numéro de cette Sophie qui a « têêêêêllement hâte de mieux me connaître », alors que normalement, elle devrait me craindre à mort, c'est nul. En ma qualité d'« ex avec qui il voulait une maison, un bébé, un chien », je devrais évidemment être considérée comme une dangereuse menace pour son couple. Et même pas. Elle n'a même pas la frousse de me voir débarquer à son mariage pour lui ravir son amoureux ou gâcher la fête dans une ultime et déchirante scène de ménage.

Bon. Honnêtement, ça ne tient pas debout : je n'ai pas revu Julien depuis des mois et ni lui ni moi n'avons cherché à entrer en contact. Je savais, par mon amie Lili, qu'il avait une nouvelle fiancée « pas trop mal » avec qui il paraissait bien s'entendre. Ce que j'avais évidemment traduit par : une nouvelle fiancée sublime avec laquelle il file le parfait amour. Lili a probablement minimisé ses mérites : c'est ma meilleure amie. J'aurais fait pareil à sa place. Sophie n'a donc objectivement aucune raison de croire que je reste attachée à son amoureux. Et puis, par principe, ça n'est pas mon genre de chercher à revoir un ex.

Avec Julien, nous avons eu une belle histoire, c'est vrai. Un amour presque parfait. Mais il s'est émoussé trop vite pour être totalement honnête. Je crois que l'un comme l'autre, nous avions des priorités autres que notre couple à l'époque où nous étions ensemble. Il rêvait tellement de ce séjour à l'étranger et je ne pensais moi-même qu'à mon boulot de free-lance. Je crois aussi qu'on ne riait pas assez, tous les deux. Après un peu plus de deux ans d'une relation suivie, plutôt harmonieuse et semée de quelques moments de vrai bonheur, nous avons décidé de poursuivre nos vies chacun de notre côté. Notre rupture a bien entraîné les quelques larmes réglementaires, je ne dis pas, mais enfin, on était loin de l'apocalypse amoureuse... Après notre séparation, je me souviens encore de cette étrange impression que ma vie reprenait enfin son cours normal, comme lorsqu'on revient d'un long voyage. C'était bien mais ce n'était pas la vraie vie. Tout cela remonte à deux ans maintenant. Autant dire que c'est de l'histoire ancienne. Depuis, nous nous sommes croisés plusieurs fois à Rennes. À des soirées. Et avec un certain plaisir, même. Comme deux personnes qui ont vécu de bons moments ensemble. Sans plus.

Quand même, ce mail me tracasse. Cette façon de vouloir qu'on reste amis tout à coup, ça sort d'où ? À croire que ça lui est venu ce matin, cette histoire d'amitié. Si j'ai bonne mémoire, les « je préfère qu'on reste amis », ça n'était pas trop son truc. J'y suis : peut-être qu'il préférerait, avant de s'engager définitivement, être bien certain qu'il n'a pas perdu au change avec sa Sophie… Perspective enthousiasmante, que je vais donc retenir comme probable. Non, parce que l'amitié avec les ex, très peu pour moi, vraiment.

Je ne tiens pas davantage à devenir la complice privilégiée de sa femme : le côté « tu sais comment il est » plein de connivence féminine, simplement parce qu'on a toutes les deux partagé la couche du mâle, non merci.

De toute façon, pas question que j'y aille. À moins, bien entendu, de dégoter un amoureux canon pour parader. Je pourrais peut-être demander au frère de Lili de m'accompagner ? Bon, c'est vrai, il est plus jeune que moi. Mais il est plutôt beau… Ah non : j'oubliais, il est surtout un peu amoureux de moi. Pas envie de m'embarquer dans un de ces imbroglios dont j'ai le secret. Et puis, j'ai rien à me mettre. Ce qui est une raison capitale pour me défiler. Et je suis toute blanche, en plus : j'ai promis à maman de pas faire d'UV. Et j'ai trois kilos de trop. Je vais décliner l'invitation, c'est plus sage.

Bonjour Julien,
Je suis très heureuse d'apprendre ton futur mariage.
J'ai entendu dire que ta fiancée était magnifique. Je
regrette cependant de ne pouvoir assister au grand
jour. En effet, je dois me rendre à Bali pour rejoindre
mon ami Francesco qui est milliardaire à Cuba et qui
est tellement fou de moi que je passe désormais ma vie
entre Rennes et tous les endroits géniaux du monde.
Francesco est un dieu. Le paradis. Bref, je n'ai plus un
moment à moi. Ah oui, j'oubliais, pour le cadeau, je ne
savais pas trop quoi prendre, alors Francesco m'a
demandé pourquoi je ne prenais pas tout simplement la
totalité de ce qui se trouvait sur la liste. Et c'est vrai :
pourquoi diable se compliquer la vie ? J'ai donc pris
tout ce qui restait de libre : la moitié de la ménagère
en argent, le service à petit déjeuner, le voyage au Bré-
sil, le service à fondue et la parure de lit. J'ai pris la
liberté d'ajouter une petite Golf. Il faut bien aider ses
amis à démarrer dans la vie, non ?
Allez, je te laisse. Sois heureux.

Bon, d'accord, c'est peut-être un peu… comment
dire… mytho, comme réponse. Je devrais plutôt
raconter un truc bateau, du genre que j'ai déjà un
mariage… Ou que c'est moi qui me marie, tiens. Et
que donc, logique, je ne pourrai pas être là. Sauf que
moi, je le fais version *Mille et Une Nuits* au Maroc,
mon mariage. Pas dans la salle des fêtes de Pléneuc-
sur-Queue-de-Vache. Et que pour faire la surprise à
tout le monde, l'identité de mon mari est tenue secrète
jusqu'au jour des noces. Concept.

Non. Le mieux, c'est un truc simple : je fais comme si je n'avais pas reçu son mail. Efficace, facile, sans danger. Il sera toujours possible de prendre un air étonné, le moment venu : « C'est vrai ? Tu te maries ??? Ah, non, je n'étais pas au courant. Non, pas de mail. En même temps, tu sais, ça arrive si souvent, les e-mails perdus... » Et hop !

Oui mais en même temps, maintenant que je sais qu'il se marie, je veux voir. Et si l'on considère les choses de façon objective : mariage = belle robe, petits fours et, sait-on jamais, rencontre de l'amoûûûr fou... En plus, il y aura forcément Victor le Magnifique (on l'a surnommé comme ça avec Lili). Ce sublimissime cousin de Julien que je n'ai vu qu'une ou deux fois because il habite Paris. Il y aura aussi Yvanne, son amie d'enfance, avec qui je m'entendais plutôt bien, et toute sa bande d'amis géniaux. Et Marc, son meilleur pote. Mais j'y pense : si ça se trouve Victor sera mon cavalier. Ça le ferait pas mal, ça... Ah oui, vu sous cet angle, j'aurais tort de ne pas saisir l'occasion, c'est certain.

Pffff... Je ne sais même pas pourquoi je me fais croire que je vais refuser : je SAIS que je vais accepter. Mince, il faut avoir le sens des priorités dans la vie. En l'occurrence, j'ai l'opportunité trop rare de porter une belle robe, ça me paraît tout à fait prioritaire. J'en ai vu une géniale chez Promod la semaine dernière, une robe bustier en taffetas noir avec un petit jupon de tulle, dessous, pour donner du volume. La classe intégrale.

Et puis j'ai envie de la voir, la mariée, je suis curieuse. J'espère qu'elle aura eu le bon goût de ne pas choisir une de ces robes en satin brillant qui font meringue. Souvent, les mariées ne se rendent pas compte à quel point les modèles qu'on leur fourgue sont ringards, froufroutants et cucul. Généralement, elles ne savent pas marcher avec leur jupon à cerceau, ce qui achève de leur donner un air bébête. Et trop maquillées avec ça : vu que l'esthéticienne du coin a pas l'occase tous les jours de mettre le paquet, elle se lâche sur la mariée, c'est imparable. Sans compter la coiffure digne des pires soaps américains. J'ai hâte aussi de le voir, lui. Sophie aura-t-elle eu assez d'aplomb pour mettre à distance les délires vestimentaires et décoratifs de sa future belle-mère ? Rien que de penser à cette harpie, je suis prise d'un élan de solidarité pour Sophie. Cette femme est tout à fait capable de laisser son fils arriver vêtu d'une queue-de-pie, d'un pantalon trop court et le haut-de-forme de traviole au volant d'une voiture à cheval datant d'avant Jésus-Christ ; tout cela au son de la fanfare municipale, puisque papa est maire du patelin. Ambiance.

Allez, c'est dit. Je vais attendre demain pour répondre, ou après-demain. Que je n'aie pas l'air d'y accorder une importance folle, non plus. Et pour le cadeau, on verra. Quelque chose de sobre, de bon goût. Quelque chose d'assez beau pour leur faire sentir à quel point je suis heureuse pour eux, et aussi qui en jette un peu. Qu'au moins, à défaut d'arriver avec un amoureux magnifique à mon bras, je fasse état d'une belle réussite professionnelle (oui, je sais, c'est puéril). Bon, c'est quand déjà ?

La semaine prochaine ? Mais il est malade, ce type ? Comment croit-il que je vais pouvoir me dégoter le minimum vital (une robe, des escarpins à bout pointu, une couleur de cheveux décente, un sac correct) et perdre mes trois gros kilos d'ici samedi ? Les hommes n'ont décidément aucun sens des convenances les plus élémentaires. Allez, je vais être bonne joueuse et faire semblant de croire que Julien craint certainement que je n'éclipse la mariée par ma beauté éblouissante.

Et lâcher mon paquet de Pailles d'or. Qui est vide, de toute façon.

Chapitre 2.

J'ai déjà mal aux pieds. Mais tout ça, c'est la faute de Lili. Hier, nous avons passé une délicieuse après-midi shoppinguesque à la recherche de la paire de chaussures idéale et elle n'a pas cessé de me seriner des tas de trucs pas drôles comme : « Mais tu vas pas acheter ça ? Tu as vu le prix ? », « Non, les bottes en caoutchouc impression léopard, ça ne fera pas décalé avec ta robe. Ça fera juste ridicule », « Tiens, regarde, ces salomés noires en daim sobrissimes sont parfaites. Comment ça, tu ne veux pas porter des Mephisto ? » Résultat des courses, lorsque je l'ai entendue chuchoter : « Attention, tu vas souffrir le martyre au bout d'une demi-heure avec ça », j'ai tenu compte de cette réflexion à peu près autant que si elle était sortie de la bouche de ma grand-mère.

Du coup, je suis bien contente qu'elle ne soit pas là pour ricaner sous cape en me voyant claudiquer comme si je venais de me fouler les deux chevilles. Lili est ma meilleure amie, je ne veux donc pas avoir l'air de la critiquer, mais il faut bien avouer que rien ne la ravit davantage que les phrases du type « je te l'avais bien dit ». Et ce qui m'énerve vraiment, c'est que je lui donne souvent des raisons de le dire.

Enfin. Me voici sur le parvis de l'église. Un temps idéal. Ce petit vent de bord de mer est parfait : doux et pourtant assez tiède pour épargner à la mariée la fameuse étole moche que les mères zélées insistent pour acheter en complément de la robe « au cas où ». L'air en mouvement donne plus de vie aux tenues des invités, légèrement engoncés dans leurs vêtements trop neufs. Julien et Sophie viennent de se dire oui de la façon la plus jolie et la plus émouvante qui soit. Elle n'a pas versé une larme, mais l'émotion était palpable. Personnellement, j'ai pleuré comme une Madeleine (j'adore pleurer pendant les mariages) et je crois même avoir rempli le quota pour tous ceux qui savent un peu mieux se tenir que moi. Ils sont superbes tous les deux. Leurs parents rayonnent. J'ai toujours l'impression que les mariés sont comme en représentation ce jour-là, pas plus à l'aise que ça. Contents, peut-être, mais avec, au fond, plutôt hâte que tout ça se termine. Eux, non. Tout le monde semble heureux. Même mon ex-future belle-mère (la maman de Julien), que je n'ai vue sourire qu'en de rares occasions, déborde de bonheur. Quand je pense qu'elle m'était toujours apparue comme une harpie ! Il faut croire que je n'ai jamais su m'y prendre. Tout le monde prend tout le monde en photo, les mariés s'efforcent de saluer chacun. Julien me regarde de loin. C'est étrange, je me rends compte que je le regarde différemment à présent, comme si nous n'avions jamais partagé une vie commune. Et j'ai la sensation, d'un coup, que son message n'était pas si bête. Que nous pourrions très bien devenir amis, finalement… Sophie l'entraîne vers moi. Je les félicite chaleureusement. Je l'entends me dire dans un sourire : « Tu as pu venir finalement… » Julien ne dit rien, il me regarde d'abord avec un drôle d'air, comme s'il était surpris. Puis regarde Sophie, puis moi. Et sourit à son tour. On se croirait dans un film où tout serait parfait. J'adore les mariages…

Bien, bien. Tout cela est très réjouissant, mais je vois la petite troupe des invités se diriger tranquillement vers les voitures. Inutile de dire que je n'en ai pas, moi, de voiture et que j'avais totalement oublié ce détail : j'étais supposée faire ami-ami avec deux ou trois personnes dès la sortie de l'église afin d'être certaine de trouver une âme charitable pour me conduire jusqu'au lieu du repas, et au lieu de ça, je m'extasie béatement depuis une bonne demi-heure sur la beauté des noces. Lili, comme toujours, a été adorable : lorsqu'elle m'a déposée, elle a proposé de revenir me chercher pour m'emmener au repas, mais j'ai refusé. Je suis une adulte, parfaitement capable de me débrouiller toute seule. Je crois aussi qu'elle était plutôt inquiète pour moi. Elle n'a pas vraiment compris pourquoi j'ai accepté l'invitation. Moi non plus, mais pour l'instant, je ne regrette rien. Je regarde autour de moi et je reconnais quelques visages connus. Un regard rapide en direction de la mère de Julien me fait clairement comprendre que si je m'approche à moins de cinquante mètres, je risque, au moins, ma vie. C'est un peu bête, mais je n'ose pas m'approcher des amis de Julien. Je les connaissais pourtant pratiquement comme s'ils étaient mes propres copains. Heureusement, Marc, son meilleur ami, semble avoir moins de problèmes existentiels, car je le vois s'approcher et c'est un vrai soulagement de l'entendre proposer une place dans sa voiture.

Le trajet jusqu'au manoir où aura lieu la suite des festivités est particulièrement drôle. Je ne connais personne. Nous sommes six entassés dans une jolie BM ; nous les filles, nous râlons parce que ça froisse nos jupes d'être serrées comme des sardines, mais c'est surtout pour le principe, car en réalité, on ne fait pas du tout attention à nos robes et on beugle au moins aussi fort que les garçons. On klaxonne comme des dingues. Finalement, le klaxon reste coincé en plein milieu d'un carrefour et au feu rouge. Bien que cet événement n'ait rien de spécialement hilarant, il déclenche un fou rire général qui ne s'arrête que lorsque Marc gare la voiture à la place réservée aux témoins. Comme nous avons fermé la marche, nous sommes plutôt en retard. Je suis la petite troupe jusqu'au buffet où nous trinquons joyeusement aux mariés. Il y a un monde fou, au moins deux cent cinquante personnes. Mais c'est normal, le père de Julien est maire du village où ils se sont mariés. Tout de suite, je me lie avec une totale inconnue. Nous nous extasions ensemble de la chance géniale qu'a Julien d'avoir été marié par son propre père. Nous parlons évidemment de la robe de la mariée, qui est absolument ravissante ; on parle chaussures, vernis et sacs à main. Chouette, j'ai une nouvelle copine ! C'est une cousine de la mariée et elle ne semble pas connaître grand monde non plus, je crois que c'est un soulagement pour elle autant que pour moi d'avoir trouvé une personne avec qui la conversation ne soit pas trop crispée. C'est toujours le hic, dans les mariages : on ne sait jamais vraiment ce qui nous attend.

Une dizaine de petits fours et trois coupes de champagne plus tard, une gentille personne en robe orange à volants vient nous avertir que c'est le moment d'aller à table. Nous retenons un rire, car la fille ressemble à s'y méprendre à l'une des trois fées de *La Belle au bois dormant* avec sa tenue en camaïeu de taffetas orange et brun et ce… comment appeler ça… chapeau… avec la petite voilette qui tombe derrière. On tombe d'accord pour dire que cette fille a un sens tout à fait personnel de la mode. Mais, bien entendu, on ne se lâche pas trop : après tout, on ne sait jamais… on ne se connaît que depuis dix minutes. Cette fille à la voilette orange pourrait tout aussi bien être sa sœur, sa tante ou sa cousine.

C'est en riant de bon cœur que nous nous dirigeons finalement vers le plan de table, aussi appelé « Plan de l'angoisse » puisqu'en plus de trancher définitivement cette question : « Vais-je ou non passer la pire soirée de ma vie ? », il vous informe sans ménagement sur l'importance du lien que vous entretenez avec vos hôtes. Si vous vous retrouvez coincée entre le vieil oncle Auguste et le père Marie-André alors que vous êtes la charmante et toute fraîche cousine Juliette, il y a peu de chance que les mariés connaissent seulement leur lien de parenté exact avec vous. Je crois que nous espérons toutes les deux être placées à la même table l'une et l'autre. Mais je ne suis pas si inquiète en réalité : en toute logique, je devrais être placée à la table des amis de Julien. Un rapide coup d'œil m'informe que malheureusement le Plan de l'angoisse en a décidé autrement. Je n'en reviens pas : à ma table, je ne connais personne. Ma compagne semble aussi dépitée que moi :

elle rejoint, elle aussi, une table de parfaits inconnus… Nouveau moment de solitude. Mais je suis une grande fille et je vais pouvoir m'asseoir enfin, ce qui est, en soi, une libération tant ces jolies sandales me font souffrir.

En m'approchant de ma table, il ne m'est pas très difficile de trouver ma place : il n'en reste qu'une. À l'évidence, tout le monde se connaît : ça rit, ça parle fort et plusieurs conversations se superposent les unes aux autres. Je m'assois aussi discrètement que possible, ce qui ne manque pas, évidemment, de créer un blanc au milieu de ce brouhaha. D'un coup, sept paires d'yeux se braquent sur moi. Pourquoi me regardent-ils tous comme ça ?

…

Mais oui, me présenter. Ils attendent que je me présente, bien sûr. C'est stupide mais je reste sans voix. Je n'y avais pas songé une seconde mais je ne peux évidemment pas prendre mon air le plus détaché et dire : « Bonjour, Pénélope Beauchêne, ex-petite amie de Julien, enchantée. » À moins que ce soit une table d'ex, auquel cas, je peux être tranquille… Et bien que politiquement incorrecte, l'idée, il faut l'avouer, ne manque pas de sel… Mais comment me présenter ? Impossible d'articuler un mot.

Au bout d'un moment qui me paraît d'une longueur insoutenable, j'entends la voix, juste à côté de moi, de quelqu'un qui me salue en me précisant qu'il s'appelle Olivier Enchanté, et qu'il est ami avec Sophie, la mariée. À quoi je réponds que je suis Pénélope Moi de

Même et que je suis une vieille amie de Julien. Sauvée ! Une « vieille amie », c'est parfait, ça : je ne mens pas sur mon identité et je tais ce qui est à taire. Parfait.

Et la ronde des prénoms se poursuit. Je comprends que je suis encerclée par les amis de toujours de Sophie. En face, il y a Marine, son amie d'enfance, et son fiancé, Jean-François, qui zozotte un peu et qui a l'air tellement gentil. Jules est installé à ma gauche. C'est l'archétype du type qui va réussir dans la vie, financièrement, au moins. Il a vingt-cinq ans et roule déjà en Mercedes. En à peine dix minutes, il a réussi à nous le placer trois fois. Olivier a l'air un peu amoureux de la mariée à voir comme il la regarde, avec cette joie sincère mêlée à une forme de mélancolie. Je le trouve touchant. À côté de lui, Sabine. La meilleure amie de Sophie. À la seconde où mon regard a croisé le sien, il y a eu ce petit rien qui fait qu'on sait qu'on ne pourra jamais se supporter. En face d'elle est assise Julia, une très, très jolie jeune femme qui manifestement n'a pas la plus petite idée de sa beauté, ce qui la rend bien plus jolie encore.

C'est toujours difficile d'entrer dans la conversation d'un groupe d'amis qui se connaissent par cœur. On ne comprend pas la moitié des plaisanteries, on s'oblige à sourire poliment et on se sent stupide. Moi aussi, je voudrais bien rire un peu. Alors j'interromps, je pose des questions, je pousse mes voisins de table à me raconter leur vie par le menu, et la conversation se fait petit à petit. Je dois dire que je suis plutôt fière de moi. Je crois que Lili n'en reviendrait pas de me voir comme ça rire et plaisanter avec de parfaits inconnus. Moi non plus, je n'en reviens pas tellement, en fait.

À la fin du repas, alors que les extras desservent les dernières assiettes, le silence se fait. Il y a cinq minutes Sabine s'est éclipsée, et la revoilà parmi nous qui affiche un air satisfait et mystérieux. Comme quelqu'un qui vient de faire une bonne farce. Les lumières s'éteignent et commence l'inévitable montage photo Power Point commenté. On passe en revue les photos des mariés bébés, chacun dans leur bain. Puis les mariés à cinq ans. Le montage donne l'impression que, déjà, ils s'élancent l'un vers l'autre. La salle est tout émue. Personnellement, je trouve ça un peu artificiel, mais j'imagine que si c'était moi la mariée, je réagirais différemment. Les photos s'enchaînent. C'est d'un ennui... Du coup, j'écoute la conversation de mes voisins. Ils parlent de la rencontre des mariés. Vraisemblablement à une soirée d'anniversaire du petit groupe. Je les entends ricaner à propos d'une folle furieuse hystérique, apparemment adepte de scènes tragi-comiques à répétition. Leur conversation a l'air drôle. Ils semblent avoir la dent dure sur cette malheureuse, mais moi, j'adore les potins. Et je veux participer à la lapidation. Je me rapproche de Jules dans l'espoir d'en savoir un peu plus. « Elle a l'air complètement allumée cette fille, je plains son mec », dis-je pour entrer dans la conversation. « Oui... », me répond Jules en même temps que Sabine me précise : « On parlait de l'ex de Julien, une dingue. Elle lui demandait au moins trois fois par jour s'il ne la trouvait pas trop grosse et, quelle que soit la réponse, il en prenait plein son grade. Soit parce qu'il avait mis deux secondes de trop à lui assurer que non, elle n'était pas grosse, soit parce qu'il lui répondait qu'elle était très bien comme ça, ce qui déclenchait des colères plus importantes encore. Une dingue. » Je suis morte de rire. Je ne peux pas m'empêcher d'ajouter : « Ah oui, le genre de nana capable de faire voler l'argenterie parce que son mec n'a pas remarqué qu'elle venait de se faire épiler les sourcils ! Ah, ah, ah, elles sont malades, ces nanas ! » Et Sabine de renchérir sur une autre anecdote : « Et puis le jour où elle a découpé toutes ses fringues », et une autre : « Et quand elle le harcelait au téléphone », et une autre encore : « Et quand il est parti en stage aux States et qu'elle l'appelait trois fois par jour... » Jules se tord de rire, moi aussi.

Eh ! Mais... le voyage aux States... Oh, non. Mon Dieu ! Je voudrais mourir là maintenant, tout de suite ! La fille qui l'appelait trois fois par jour aux States... c'était... moi. Je suis donc en train de vivre le moment le plus humiliant de mon existence. Il paraît que la honte ne tue pas et je peux officiellement affirmer que c'est bien dommage.

Oh, je voudrais tellement rétablir un semblant de vérité, comme dire que je ne suis pas une folle hystérique pour commencer. Et que non, je ne passais pas mes journées à demander à Julien un compte rendu détaillé de ma courbe de poids... Bon, peut-être que si, mais jamais je ne me mettais dans des colères de ce genre. Pas aussi ridicules en tout cas... Et puis zut, après tout, chacun ses petits travers. Est-ce que je racontais à tout le monde, moi, que Julien repasse consciencieusement ses boxers et ses chaussettes et qu'il est radin comme un pou, capable de faire croire qu'il a oublié son chéquier pour éviter de payer ? Hein, est-ce que je raconte ces trucs-là à tout le monde, moi ? C'est vrai, je l'ai peut-être rapporté à deux trois personnes au détour de la conversation... Mais ça ne comptait pas, j'étais totalement désespérée lorsque l'on s'est quittés, j'avais besoin d'un exutoire... Soit, *désespérée* est peut-être un terme un peu fort...

Pendant que je blêmis, Sabine est lancée dans un flot ininterrompu d'anecdotes. À l'entendre, je suis vraiment à enfermer. Heureusement qu'il fait sombre, je sens le rouge me monter au visage comme jamais. D'un coup, je me sens seule, mais seule... Rester calme mais vite, vite, se lever, courir se refaire une beauté aux toilettes, faire comme si de rien n'était. Garder le sourire. Après tout, je n'ai pas précisé que j'étais une ancienne petite amie. Je suis seule à savoir qu'on nage en plein drame. Si je parviens à me maîtriser, tout rentrera dans l'ordre.

Quand je sors des toilettes, la lumière est revenue. J'ai dû m'absenter longtemps, car le gâteau a été coupé par les mariés et les petits choux arrivent, assiette après assiette, sur nos tables. Les miens m'attendent déjà, mais je n'ai plus très faim. Je m'assieds. Mon voisin me demande joyeusement où je m'étais cachée. Le petit groupe fait l'éloge du nouveau couple. Tout y passe : leur entente parfaite, leur complémentarité de caractères, leurs rêves communs, leurs projets... Ma seule échappatoire est de joindre ma voix à leur joyeux inventaire. Ce que je fais, finalement, de bonne foi et avec un certain plaisir.

Et enfin, la musique se lance. Les mariés ouvrent le bal. L'un après l'autre, ils font le tour des tables, attentifs au confort de chacun. Petit à petit, par grappes, les gens se lèvent pour danser.

Je sirote un second café lorsqu'une voix guillerette et familière m'interpelle : « Tu es bien la dernière personne que je m'attendais à trouver là, fillette. » Je reconnais cette voix et je souris. *Fillette*, c'est comme cela que Victor m'avait surnommée. Lorsque j'étais avec Julien, son père m'appelait ainsi parce que je ressemblais, disait-il, à un amour de jeunesse. Tout le monde se moquait gentiment de moi avec ce surnom. Et Victor semble s'en être souvenu, comme un petit clin d'œil d'ex-futur cousin à ex-future cousine.

Victor s'installe à côté de moi. Il est si visiblement surpris de me trouver là que je serais tentée de lui demander s'il ne me soupçonne pas de m'être incrustée. Mais nous passons vite à autre chose. Je suis lancée sur mon travail. Il écoute attentivement mes explications. À son tour, il me parle du sien : il me dit en deux mots qu'il travaille dans la production. Je l'ignorais. Devant mes yeux exorbités, il rit. Il me recommande de rester calme : il ne produit que des documentaires, inutile de lui demander de me présenter Brad Pitt. La chape de plomb qui me pesait sur les épaules commence enfin à se dissiper. Sur la piste de danse, on fait les fous. On saute. J'ai très mal aux pieds et ma démarche claudicante l'amuse apparemment beaucoup. Peu sensible à mes supplications, il m'embarque dans un rock endiablé... Et c'est pile au moment où la soirée a repris ses couleurs que je vois le beau Victor froncer les yeux en sortant de sa poche un portable dernier cri. La bête vibre à faire trembler les murs. Victor décroche. La conversation semble animée. Je tente de m'éloigner, mais il me retient par le poignet. Au bout du fil, son interlocuteur semble avoir beaucoup à dire, car je vois Victor tenter sans succès de prendre la parole. Il finit par articuler quelques mots, raccroche, cette fois manifestement en colère. Au moment où les invités entonnent bruyamment *Les Lacs du Connemara* de Sardou, je distingue à peine sa voix qui me donne son congé. Je comprends vaguement qu'il s'agit de sa fiancée et qu'il y a un problème à régler. À peine le temps de l'embrasser, et il est déjà loin.

Me voilà à nouveau seule. Pour de bon, cette fois. Et je n'aurai pas le courage de renouer la conversation avec un nouvel inconnu. Je cherche des yeux les mariés pour les saluer avant de m'éclipser, mais ils sont entourés par une foule de copains. Probablement très occupés à rire de l'ex-hystérique, me dis-je.

Il est à peine minuit. Je sais que c'est puéril, mais j'appelle maman pour qu'elle vienne me chercher. Quelle chance, elle n'est pas encore couchée. Dans quinze minutes, elle sera là, je n'ai plus qu'à attendre. Et c'est ce moment que choisit la mariée pour s'approcher de moi. Elle a un peu bu, semble-t-il, mais ça n'enlève rien à sa beauté. Je l'entends s'adresser à moi :

— Ah, te voilà, toi. Alors, tu as trouvé ça comment le mariage ?

Oui, manifestement, elle a un peu forcé sur le champagne.

— Vraiment bien. Vous avez organisé un très beau mariage, merci, dis-je en faisant un effort pour mettre un peu de chaleur dans ma voix.

— Mais je t'en prie, j'étais ravie de t'inviter... Note bien au passage que c'est la dernière fois que tu vois Julien. J'espère que cette soirée a bien su te montrer combien nous étions liés et combien nous étions heureux. J'ose croire que tu as bien compris qu'il ne reviendrait jamais avec toi. Jamais... Maintenant, bonsoir, merci pour le cadeau. Et tu es priée de sortir de ma vie.

C'est le clou. J'ai envie de lui courir après pour lui expliquer qu'il doit y avoir un gros malentendu, mais devant une telle froideur, je reste sans voix. Je suis vissée au sol, incapable de bouger ou de dire un mot. Et je suis beaucoup trop fatiguée pour ça. Je sens les larmes perler malgré moi. Au loin, j'aperçois deux gros phares – probablement maman –, ce qui me donne exactement trente secondes pour me recomposer une attitude et arrêter tout de suite ces larmes de crocodile, sinon je risque un interrogatoire en règle. La voiture s'arrête enfin. J'arrive à esquisser un sourire de circonstance, j'ouvre la bouche, mais constatant que rien de compréhensible n'en sort, je me contente de l'embrasser. Merci maman d'être venue si vite.

Chapitre 3.

Maman est fabuleuse. Elle n'a posé aucune question dans la voiture et a fait mine de croire que je dormais vraiment. (Je fais, paraît-il, des petits bruits bizarres quand je dors. Impossible à imiter. C'est très frustrant.) Elle m'a juste proposé un thé en rentrant à la maison. Elle a chauffé l'eau, choisi ma tasse préférée (celle qui est ébréchée sur le côté, avec des petites fleurs bleues), a laissé infuser un thé vert juste le temps qu'il faut. Et puis elle s'est levée. Elle a posé un petit baiser sur le haut de mon crâne. Elle m'a dit de ne pas m'inquiéter, que tout s'arrangeait toujours, même lorsqu'on est une Pénélope Beauchêne et qu'on a l'impression que notre vie va tout de travers. Et puis elle a dit qu'elle m'aimait, que j'étais son bouchon et elle est allée rejoindre papa.

Maman va avoir cinquante ans. Je crois que c'est une femme heureuse. Elle dit souvent qu'elle a la vie qu'elle a choisie, en particulier devant ses amies qui n'ont, apparemment, jamais compris qu'elle accepte de se consacrer à sa fille et à son mari.

Elle est née à Dinan, est « montée à Rennes » (comme elle dit) pour y faire ses études et n'a plus

33

quitté cette ville où elle a toute sa vie. Je crois qu'elle rêvait de Paris. Je vois bien ce qui pétille dans son regard lorsqu'elle entre en contact d'une façon ou d'une autre avec ce qui lui semble être la vie parisienne. Pourtant, nous n'y sommes pratiquement jamais allés alors que Paris n'est qu'à deux heures de train. Elle me répète souvent que je devrais « tenter ma chance ». Chanteuse, actrice, graphiste, tout ça c'est la même chose pour elle. Quand on exerce un métier de bohème, ainsi qu'elle les appelle, c'est à Paris qu'on doit chercher fortune. Si je me lançais dans une petite analyse de comptoir, j'imagine que me pousser dans les bras de la capitale serait pour elle une façon de réaliser un rêve de jeunesse à travers moi. C'est vrai qu'elle m'a encouragée à prendre au sérieux la proposition de ma tante, Aure. Et à bien y repenser, ça a dû être un sacrifice pour elle. M'encourager à suivre une femme dont l'existence est un peu le négatif de sa vie à elle…

Aure est la sœur de mon père. C'est la réussite de la famille, la fierté du clan. Elle travaille comme directrice de la communication dans une énorme boîte. Le genre de groupe tendance « maître du monde ». Et ça intimide tout le monde chez nous. Aure ressemble à s'y méprendre à une héroïne des feuilletons américains du dimanche sur M6. Quand elle annonce sa venue pour un week-end, c'est le branle-bas de combat à la maison. On croirait qu'on se prépare à recevoir un ministre : papa a toujours l'impression que c'est trop petit, que le canapé est ringard, la chambre vieillotte, la cuisine de maman « trop terroir ». Ambiance. Aure est exactement telle que l'on peut l'imaginer : mincissime, élégantissime, toujours pendue à son portable dernier cri et pétrie de cette assurance insolente que seuls savent afficher ceux dont l'intime conviction est d'être enviés de tous. Ce qui n'est pas complètement faux. Lorsqu'elle s'offre une virée shopping en ville, les passants se retournent sur elle, persuadés d'avoir croisé une vedette du cinéma ou de la télévision, sans parvenir à mettre un nom sur ce visage. Ici, à Rennes, personne ne s'habille comme Aure. Je crois bien qu'aucune des femmes que je connais ne rentrerait dans un de ses tailleurs. Je me demande même si cette taille existe dans les boutiques que je fréquente. Aure ne s'appelle pas vraiment Aure. Jusqu'à ses vingt ans, elle se prénommait Aurélie…

C'est pour de petits détails comme celui-ci que maman ne l'aime pas trop, je crois. Elle se garde bien de dire le fond de sa pensée, mais je pense que si elle pouvait lui refaire le brushing sans que ça crée un incident diplomatique majeur, elle s'en ferait vraiment une joie. Toute ma vie, j'ai entendu mes grands-parents, mes oncles et tantes, et même mon père répéter en chœur qu'il fallait prendre exemple sur Aure ; toute sa vie, maman a entendu sa belle-famille me dire qu'il fallait prendre exemple sur Aure. Prendre exemple sur une femme qui est à peu près le contraire d'elle-même. Je crois qu'à sa place, moi, je ne pourrais carrément pas la saquer, la tante. Je lui donnerais tout un tas de surnoms vachards et rigolos et je ferais ma langue de vipère avec Lili chaque fois que j'aurais la plus petite occasion de le faire. Mais maman n'est pas comme ça. C'est une femme douce et mesurée. Grande classe. Et moi, ce que je crois, c'est que nous devrions tous prendre exemple sur elle.

Mais Aure m'impressionne aussi. Comment ne pas admirer cette femme qui semble réussir absolument tout ce qu'elle entreprend sans donner une seconde la sensation d'être un peu débordée : un travail important, un fils brillant et un ex-mari avec qui les relations semblent au beau fixe, des amoureux à la pelle et un réseau d'amis impressionnant. À l'entendre, elle connaît le monde entier, ce qui est probablement vrai quand on y réfléchit. Mais comme pour moi, le monde entier, c'est trop grand, je préfère raconter que ma tante a un peu tendance à enjoliver les situations. Et puis par solidarité avec maman, moi non plus, je ne déborde pas de sympathie pour elle. Pure jalousie ? Euh… Oui, peut-être bien aussi. Et pourquoi pas, d'abord ?

Pour couronner le tout, j'ai eu la bonne idée de choisir un métier dans le même secteur qu'elle. Et depuis que je travaille en free-lance, papa me répète tous les jours qu'il faudrait appeler Aure, qu'elle aura plein de contacts à me donner et que, à elle toute seule, elle peut assurer ma carrière et celle de mes enfants sur dix générations. Et je ne peux pas me résoudre à lui passer ce satané coup de fil supposé m'ouvrir toutes les portes. Elle me fiche les jetons à moi avec son carnet d'adresses long comme un jour sans pain. Je sais parfaitement que je ne deviendrai jamais riche ici, à Rennes, en réalisant des sites Internet pour des boulangeries, des accroches et des textes pour les plaquettes commerciales de petites enseignes et les flyers des serruriers de la ville. Mais je tiens tout de même un bon rythme de travail avec des clients réguliers et, financièrement, j'ai ce qu'il faut. Quant à savoir si cela me convient vraiment et surtout si ce rythme n'est pas qu'une façon paresseuse et facile d'exercer mon métier... Je ne me suis pas encore vraiment posé la question.

Mais en me proposant de travailler avec elle, Aure a un peu mis la pagaille dans mes plans de carrière. La pauvrette, ne gagnant, semble-t-il, pas assez bien sa vie, souhaite « élargir le champ de ses activités », m'a-t-elle brièvement expliqué au téléphone, et espère rapidement participer à des conférences, intervenir dans les grandes écoles et proposer ses services en tant que consultante. Elle a pensé à moi pour officier en qualité d'assistante (secrétaire, à mon avis), prendre ses rendez-vous, caler les emplois du temps, organiser des réunions, etc. Pourquoi à moi ? Je me le demande encore. Cette activité supplémentaire serait supposée me demander seulement deux à quatre heures d'attention quotidiennes et ne m'empêcherait pas, par ailleurs, d'exercer mon métier. Elle souhaitait que je la rejoigne à Paris. Je pense évidemment décliner fermement cette proposition. Il semble que je puisse négocier un travail à distance. Il ne manquerait plus que ça, que j'aille travailler dans les bureaux de sa boîte en plus de faire son larbin, à Miss Brushing ! Surtout vu ce qu'elle propose comme salaire.

Franchement, j'ai autant envie de faire l'assistante que de me pendre (l'expression est un peu excessive certes, mais l'idée est là), mais tout le monde a l'air de trouver que j'ai là une opportunité géniale. Papa ne cesse de me répéter que ce serait une occasion idéale de me faire des contacts. Comme cette histoire vire au harcèlement (et qu'il n'a pas tout à fait tort, sans doute), je n'ai pas encore dit non. Ni oui non plus. Mais je crois que si maman elle-même m'encourage à y réfléchir, c'est qu'elle croit sérieusement qu'il s'agit d'une vraie chance.

J'ai tellement remué mon thé vert depuis quelques minutes qu'il en est devenu trouble. Et froid. Cette soirée m'a vraiment lessivée. Je sais bien que Sophie était soûle, mais tout de même, quelle agressivité. Et Victor, parti comme ça, sans un mot. Par-dessus tout, j'entends en boucle les rires autour de la table, ces rires à propos de l'ex-hystérique de Julien. Moi, donc. Et quand je pense à tous les amis que nous avons en commun, les amis d'amis, etc., je sais que, dès lundi, toute cette histoire va me revenir aux oreilles. Amplifiée, cela va de soi. Déformée autant qu'elle peut l'être. Et quand je pense que même la vérité a de quoi faire jaser pendant des semaines, j'ose à peine imaginer jusqu'où iront les déformations. En même temps, voyons le côté positif des choses : je n'ai pas fondu en larmes. C'est absolument miraculeux, moi qui pleure pour un oui, pour un non. C'est déjà ça. Mais ce qu'il y a, surtout, c'est que je ne comprends pas du tout ce qui a bien pu se passer. J'ai l'impression de sortir d'une sorte de vilain rêve incohérent. Pourquoi m'avoir invitée si Sophie ne voulait pas me voir ? Pourquoi avoir dit qu'elle avait envie de faire ma connaissance ? Et pourquoi m'avoir placée à la table de ses amis à elle ? Oh… mon Dieu, et ces remarques sur moi… J'ai beau être seule devant mon thé, je sens que je rougis. Je ne sais même pas où je vais trouver le courage de raconter tout ça à Lili. Elle entendra de toute façon plusieurs versions, autant qu'elle connaisse d'abord la vraie…

Heureusement, on est dimanche demain. Dodo. Grasse matinée. Repas en famille. Promenade aux jardins du Thabor avec les grands-parents. Exactement ce qu'il me faut. Et puis comme dirait Scarlett, demain est un autre jour.

Chapitre 4.

Vendredi 15 juillet 2005

De : a.rosenberg-dircom@sa-dgrs.com
À : penelopinette@yahoo.fr
Objet : Ta venue

Pénélope,

Je ne pourrai pas venir te chercher à la gare, prends un taxi. Chez moi, va voir la gardienne, elle te donnera le double des clefs et t'ouvrira. Je rentrerai vers 19 h 30. Ta chambre est au fond du couloir.

À la semaine prochaine,

A.

Je commence à me demander ce que je fais là. Comme lorsque les rêves s'éloignent et qu'on se réveille vraiment, tout étonné de se retrouver dans la réalité.

Non. Je sais très bien ce que je fais là : je pars vivre à Paris parce que la vie provinciale est bien trop étriquée pour moi. Je vois grand, moi, madame. Eh oui. Horizons lointains, aventures trépidantes, goût du risque… c'est tout moi, ça. *A lonesome cowgirl.*

Il n'y a pas une semaine, je n'étais même pas prête à accepter le boulot d'Aure. Même pour l'exercer depuis mon chez-moi de Rennes. Et me voilà dans le train pour Paris. Il n'y a pas une semaine, ma vie était réglée comme une horloge, tout était à la bonne place. Je n'avais jamais pensé sérieusement à venir vivre à Paris. Maintenant, je n'y pense toujours pas sérieusement, mais apparemment, c'est ce que je suis en train de faire. Ça fait une heure seulement que je réalise que j'ai vraiment lâché mon appartement. Pas de bol, il a tout de suite trouvé preneur : il est déjà impossible de revenir en arrière.

J'ai presque du mal à me remémorer comment tout ça est arrivé. Il y a eu ce mariage atroce avec tous ces gens qui se moquaient de moi et au lendemain duquel tout a été exactement comme je l'avais imaginé : tout m'est revenu aux oreilles, déformations comprises. J'ai même entendu que Victor m'aurait giflée avant de me planter comme il l'a fait au milieu de la piste. Pendant ces derniers jours, j'ai évité mes amis autant que possible. Ça n'a pas empêché ma boîte vocale de déborder de messages plus ou moins habiles, officiellement destinés à me remonter le moral et m'assurer d'une amitié indéfectible, officieusement pour connaître le fin mot de l'histoire : qui avait giflé qui, qui s'était moqué de qui et qui était, en fait, l'hystérique de l'histoire. Moi, pas trop ravie de la tournure des choses et moyennement emballée à la perspective de révéler les dessous de l'affaire (oui, oui, je confirme, la folle hystéro, c'est bien moi…), j'ai laissé ce satané répondeur se remplir sans oser décrocher. Il paraît que c'est dans l'adversité qu'on reconnaît ses vrais amis : personnellement, je préfère douter de cette maxime débile parce que si je la prends au mot, ça signifierait, en gros, que j'ai zéro amis. Et là, quand même, ce serait un peu fort de fromage.

Et puis, il y a eu mon père qui, pour la sept millième fois de la semaine, m'a pompé l'air avec son : « Tu as appelé ta tante ? » Ma mère, elle, a eu l'extrême obligeance de me trouver mauvaise mine et de désespérer de me voir *encore* célibataire.

Mais le pire de tout, c'est Lili, qui ne répondait à aucun message.

Ces derniers jours, tout est allé de travers. À croire que le monde entier s'était ligué contre moi. Du coup, pour faire culpabiliser un peu tout ce petit monde, j'ai utilisé la bonne méthode du « personne ne m'aime : puisque c'est comme ça, je vais partir très loin et vous ne me reverrez jamais ».

Vraiment mécontente contre Lili qui ne rappelait pas (et un peu inquiète, aussi, mais ça fait partie des trucs qu'on ne se dit pas avec Lili), je lui ai laissé un message assassin sur son téléphone du genre : « Bon, Lili, je n'arrive pas à te joindre. Rien de spécial à signaler, c'était juste pour avoir de tes nouvelles. Bon, je te laisse, je suis un peu bookée, là : je pars vivre à Paris. Il faut que je m'occupe de mes bagages. Salut. » Le coup de bluff pathétique. Je rougis rien que d'y penser maintenant. Oui, je sais, c'est mal. Mais, je lui en voulais de ne pas donner signe de vie pile au moment où j'étais dans le flou.

Prise dans ce mouvement vengeur, j'ai fait pareil avec mes parents. Je ne sais pas ce qui m'a pris de trouver cette histoire de fille qui va vivre à Paris sur un coup de tête. J'ai débarqué dans la maison comme une furie juste après le dîner pour leur annoncer, l'air grave et l'œil mouillé, que, primo, j'acceptais le boulot d'Aure et, secundo, j'allais vivre à Paris. J'espérais bien, cela va sans dire, déclencher un déluge de larmes, au moins de la part de maman. Un truc d'émotion, comme quand on annonce qu'on va se marier, quelque chose de fort. Eh bien, que nenni ! Non seulement ils n'ont pas pleuré, mais en plus, j'ai vu leur visage – même celui de ma mère ! – s'éclairer comme si je leur avais annoncé que j'avais décroché un ticket gagnant au Loto. La trahison absolue. Et moi qui croyais que j'allais leur faire un peu de peine de partir comme ça, presque sans prévenir… ben voyons. Ça a été horrible, tout le contraire de ce que je voulais. J'ai eu le droit à la totale : « Enfin, tu te décides à avancer ! », « On se demandait si tu allais jamais prendre ton envol », « Ma chérie, voilà enfin une décision d'adulte », et je n'ai pas tout gardé en mémoire, sinon je crois qu'on se fâchait à vie. La claque. Ils se sont montrés fiers de moi comme jamais. J'étais effondrée.

Conclusion : Il n'y a rien de plus ridicule qu'un plan culpabilisation qui dérape.

Bien entendu, je ne comptais pas du tout aller à Paris, je n'avais même pas appelé Aure. Le piège.

Et puis Lili, très en colère à cause de mon petit numéro de cirque, a fini par me rappeler. Elle m'a passé un de ces savons… Contrairement à mes parents tout fiers, elle a fini par me dire que de toute façon je n'aurais jamais le cran de partir et que « mes petites manœuvres » pour la faire culpabiliser d'avoir perdu son chargeur de téléphone étaient franchement minables. Évidemment, je ne pouvais pas lui dire : « OK, tu as raison, j'ai été nulle, excuse-moi. » Son histoire comme quoi je manquais de cran m'a piquée au vif. Donc, bien sûr, j'ai tenu bon. J'en ai rajouté en lui racontant les détails de mon futur départ, ma discussion avec ma tante et l'organisation de ma future nouvelle vie. En y réfléchissant, je me demande même si ce n'est pas là que j'ai commencé à croire à mon mensonge… En raccrochant, j'avais l'impression que tout ce que j'avais raconté était vrai. Notre petit coup de froid a duré vingt-quatre heures et puis bien entendu, comme toujours, ça n'a pas continué. Je l'ai rappelée en lui disant qu'elle avait raison, que j'avais été nulle en lui racontant n'importe quoi, que c'était idiot et que le vrai problème était que je lui en voulais de ne pas avoir été disponible alors que j'avais eu un vrai coup dur avec le mariage de Julien. C'est alors qu'elle m'a dit que, elle aussi, elle avait été nulle. Elle a avoué qu'elle avait un peu menti. Elle ne répondait pas à mes appels parce qu'elle avait eu vent de l'affaire du mariage et qu'elle ne savait pas comment réagir (la peste ! me laisser seule dans un moment pareil…). Des bêtises de filles, quoi…

Et puis je me suis entendue lui dire : « Mais tu sais, Lili, je ne plaisantais peut-être pas tant que ça. Je crois vraiment que je vais partir à Paris. » Et il y a eu un blanc au téléphone.

Ensuite, je ne sais pas ce qui m'a prise, j'ai appelé ma tante. Sans réfléchir. Ça faisait des semaines que je différais ce maudit coup de fil qui me terrifiait : que lui dire ? comment ? Et attention, « elle a beau être ta tante, on parle boulot là, surveille ton langage ». Sois pro. Mais c'est quoi être pro ? Est-ce que je suis pro ? Et si elle me trouvait mauvaise et que je fasse honte à toute la famille ? Et si je faisais des grosses bourdes et qu'à cause de moi elle se ridiculise aux yeux de tous, voire... qu'elle se fasse virer ? Je suis parfaitement capable de faire des bêtises grosses comme moi. Et si, à cause de moi, mon père et elle se brouillaient à vie ? Et si, et si, et si... Toutes ces questions-là, en l'appelant, je n'y ai pas pensé. Lorsque son assistante a décroché, j'ai bredouillé quelque chose de parfaitement incompréhensible. Par je ne sais quel miracle, elle m'a passé ma tante immédiatement. Je me souviens avoir dit à Aure que j'étais d'accord. D'accord pour tout : le travail, et venir à Paris. J'ai commencé à bredouiller un ersatz d'argumentaire auquel elle a coupé court. En deux minutes l'affaire était pliée. Il lui a suffi de me dire : « Écoute, là, je pars trois jours, donc ça te laisse trois... allez quatre jours pour trouver un locataire pour ton appart', avertir tes clients d'un petit changement de programme et prendre tes billets de train. Une fois à Paris, je te laisse une ou deux semaines pour t'acclimater et découvrir la ville, et ensuite, rendez-vous à mon bureau. Je te laisse, il y a quelqu'un sur l'autre ligne. » Et paf, elle a raccroché au milieu de mon « au revoir ». Il lui aura suffi de débiter une phrase et ma vie a changé.

Et me voilà dans ce train à écouter un vieux monsieur qui, j'espère, divague un peu. En l'espace d'une heure, nous nous sommes raconté nos vies. Il ne va pas jusqu'à Paris, ce monsieur, il s'arrête à Versailles. Paris, la ville des fous, très peu pour lui, il ne s'y rend jamais. Depuis une heure, je l'entends me débiter toutes sortes de mises en garde plus effrayantes les unes que les autres. J'ai appris, par exemple, que les viols collectifs dans le métro étaient monnaie courante, y compris aux heures de pointe. Surtout aux heures de pointe, même, si ça se trouve. Ça fait trois fois qu'il me répète aussi que des alligators et toutes sortes de bestioles peu engageantes remontent parfois dans les appartements par les conduits des canalisations. Et même que le manque de lumière les a rendus tout blancs. Là, j'ai eu un peu envie de rire, mais il semble si grave, ce monsieur. J'ai bien compris qu'il ne plaisantait pas du tout. Normalement, je devrais le prendre pour un type gentil qui n'a simplement pas la lumière à tous les étages. Mais pas de chance, ce monsieur-là, qui me décrit mon futur chez-moi comme le lieu de toutes les perditions, m'a tout l'air d'être parfaitement sain d'esprit. Il a une telle façon de raconter les choses, il parle comme quelqu'un qui serait revenu vivant d'une jungle sans pitié. Et surtout, il semble bienveillant comme un bon grand-père à mon égard et, dans ce train où je vais vers une inconnue, j'ai l'impression d'avoir un allié.

Je hoche poliment la tête au moment où il me met sérieusement en garde une énième fois : « Il y a une règle d'or à Paris, ma petite fille : ne portez jamais de bijoux, ni de vêtements de valeur. Jamais. C'est la

seule façon pour vous d'être tranquille dans la rue. »
Et la litanie continue : « Toujours fermer soigneusement son sac à main. Le métro est truffé de pickpockets,
savez-vous ? Et de brigands de toutes sortes. Mieux
vaut ne rien conserver de valeur chez soi non plus : les
cambriolages sont légion à Paris. Jamais d'appartement sous les toits. Trop facile d'y pénétrer. Éviter
également les appartements pourvus d'une cheminée
(les conduits sont des repères de voleurs). Et les
immeubles entretenus par des concierges (on ne peut
jamais leur faire confiance). Ne jamais croire qu'un
lieu est sûr : dans un quartier populaire vous avez toutes
les chances d'atterrir au beau milieu d'une rixe, dans
un quartier huppé vous risquez constamment l'agres-
sion à main armée. »

Heureusement que j'ai la tête en ébullition. Toute
cette excitation causée par le changement me permet
d'accueillir les réjouissantes perspectives que m'offre
le vieux monsieur avec ce gentil sourire « spécial personnes âgées » dont j'ai le secret. J'ai juste envie qu'il
se taise un peu. Avant d'arriver, je voudrais finir de
mettre de l'ordre dans mes idées.

Au début, Lili n'était pas très enthousiaste. Elle
trouvait que ce départ ressemblait surtout à l'une de
mes tocades habituelles, dans une version juste un peu
plus extrême. Pour elle, réagir à cette histoire de
mariage d'une façon aussi extravagante était un peu
ridicule. Je crois qu'au début elle ne me croyait tout
simplement pas. De nous deux, c'est toujours elle qui
prend les vraies décisions. Et pourtant, ce départ n'a,
finalement, pas grand-chose à voir avec le mariage, je
ne serais pas partie pour ça. Disons qu'il a, tout au

plus, fait partie d'un tout. Et puis elle connaît Paris, Lili, elle y a vécu durant plusieurs années. Et elle croit que ce n'est absolument pas une ville pour moi (ce que je crois aussi un peu, j'avoue, mais pour le moment, j'évite d'y penser). Ce que je pense, moi, c'est surtout qu'elle n'avait pas envie que je parte. Et une chose est sûre, moi aussi, j'ai du mal à imaginer ma vie sans Lili. Nos petits cafés du matin près de la place des Lices. Nos longues discussions chez elle ou chez moi. Et cette sensation de sécurité absolue quand on sait que l'autre n'est jamais bien loin. Mais elle viendra me rendre visite dès que possible et ce sera formidable : comme elle connaît un peu Paris, elle me fera découvrir plein d'endroits géniaux.

Mais, tout en me répétant que je faisais une erreur de partir comme ça sur un coup de tête, Lili a tout fait pour se rendre utile et me faciliter la vie, ces derniers jours. Elle m'a aidée pour tout. Nous avons reçu ensemble les locataires de l'appartement (c'est même elle qui a rédigé l'annonce). Elle a dormi chez moi pratiquement tous les jours et nous avons bien ri. Avec mon père nous avons déménagé mes affaires. Elle en a récupéré une partie (ma géniale télévision, par exemple) et le reste est parti à la cave.

Tout est allé à une telle allure... L'appartement est loué depuis ce matin par une fille de notre âge, qui est vendeuse chez Zara (notre marque préférée à Lili et à moi). C'est drôle, de penser qu'en ce moment même une fille est en train de créer son petit nid chez moi. Toutes les deux, à ce moment précis, nous commençons une nouvelle vie.

Sauf que moi, pour l'instant, je n'ai plus vraiment de chez-moi. Chez moi, ce sera chez ma tante, au moins au début. On n'a pas trop parlé de ça avec elle, d'ailleurs. Elle m'a juste laissé un mail avant-hier pour me dire qu'elle ne pourrait pas être là lorsque j'arriverais, mais que la gardienne m'ouvrirait sans problème.

Hier avec Lili, nous avons fait les boutiques, mais le cœur n'y était pas vraiment. Nous étions nerveuses : on parlait fort, on riait bêtement à des choses pas drôles et, le plus symptomatique, nous n'avons rien acheté. Du tout. Pourtant, comme on avait organisé un petit pot de départ avec les copains, on avait une excuse toute trouvée pour faire claquer notre tirelire, mais rien n'y a fait. Heureusement, le soir, ça a été génial, ils étaient tous là, nos amis de fac et des tas d'amis d'enfance à moi que Lili m'avait fait la surprise d'inviter. Ça a été comme un anniversaire et j'étais particulièrement émue parce que, justement, personne ne m'avait jamais fait de surprise de ce genre. Tout le monde avait l'air content et personne n'a fait allusion au triste épisode du mariage. Moi aussi, j'étais toute joyeuse, il faut dire aussi que j'étais un peu pompette avec tout ce champagne. J'ai même eu un cadeau, un petit collier avec mon nom dessus « pour faire ma Carrie Bradshaw » à Paris et épater mes futurs copains branchés. Je le trouve tellement joli mon collier Pénélope. J'ai promis que je ne le quitterais pas. Nous avons fini tard dans la soirée et puis je suis allée dormir chez mes parents.

Ce matin, bien entendu, je me suis réveillée avec mal à la tête. Dans la maison, tout le monde était surexcité. Étrangement, moi non. J'avais juste mal au crâne. Et envie d'aller me recoucher. J'ai même suggéré qu'après tout je pourrais tout aussi bien partir demain. On a frôlé la crise diplomatique, tout ça parce que je réclamais un petit supplément de sommeil. Et puis papa a chargé mes deux valises dans la voiture. J'ai fait une remarque un peu plus vive que je ne l'aurais voulu sur son désir d'être bien certain de me voir partir. J'ai râlé après maman pour une peccadille, et avec Lili, on ne parlait pas, dans la voiture. L'ambiance guillerette des départs, quoi.

Et c'est sur le quai que nous avons tous sorti les grandes eaux. Paf, d'un coup, on s'est tous mis à pleurer, papa et maman (mais eux, c'était normal, c'est leur rôle, après tout), moi aussi bien entendu, deux fois plus que tout le monde... et Lili. Je n'avais jamais vu Lili pleurer pour quelque chose de ce genre. Ça m'a fait encore plus pleurer et elle aussi, du coup. Mais je sentais bien qu'elle était un peu en colère contre elle-même de se laisser aller comme ça. Alors que moi, il faut bien le dire, je pleure avec une facilité déconcertante. Des larmes de crocodile, dirait ma grand-mère. Le train tardait à arriver, nous avons pleuré comme ça un moment et puis, au bout d'un petit quart d'heure, je crois qu'on en a tous eu un peu marre, alors on s'est arrêtés. On a été gênés quelques minutes et on s'est remis à parler de tout et de rien. Du boulanger, des affaires que j'avais emportées avec moi, de ce client qu'il faut que je rappelle impérativement dès demain, du travail de Lili, du nouveau shampooing qui fait de jolis reflets roux et du temps, de la chaleur. Une conversation de quai de gare. Finalement, le train est arrivé. Et, lorsque j'ai tourné le dos à ce qui est déjà mon ancienne vie, je ne me suis même pas rendu compte que je le faisais. Je les ai regardés s'éloigner avec l'impression que je les retrouverais ce soir. Ou demain. Et que je regagnerais mon joli appartement.

Mais non. Tout à l'heure. Dans moins d'une heure, maintenant, je cesserai d'entendre les mises en garde apocalyptiques du vieux monsieur en face de moi, je descendrai du train. Et à la sortie de la gare, déjà, une nouvelle existence me tendra ses bras douillets pour que je m'y installe en toute confiance. Ça y est, je crois que j'ai réalisé. Ces derniers jours, l'impression de subir quelque chose que je n'avais pas voulu ne m'a jamais quittée, et pourtant, je réalise maintenant que c'est exactement ce dont j'avais envie. Ce dont j'avais besoin. Alors à nous deux, Paris. Et j'aime autant te dire que tu as intérêt à être sympa !

Chapitre 5.

Me voici arrivée. Il ne s'est écoulé que trois heures et demie, mais j'ai l'impression d'avoir traversé un océan. Ici, je me sens loin de tout. Ce n'est pas mon premier séjour à Paris, pourtant tout me paraît différent aujourd'hui. Sans doute parce que c'est désormais mon nouveau chez-moi. Il fait une chaleur incroyable, je dégouline de partout. Heureusement, Aure n'est pas venue m'accueillir, je crois que je lui aurais fait un peu honte dans cette tunique blanche à demi transparente toute collée autour de moi et ce vieux pantalon bordeaux affreusement froissé par le voyage.

En fait de nouvelle existence qui me tendait les bras, j'ai d'abord cru qu'on me bizutait : j'ai enchaîné à une allure démente les clichés qu'on se fait sur la vie parisienne. Crottes de chien, bousculade, gruge lamentable dans la file d'attente pour le taxi (ah non... la gruge lamentable, c'était peut-être moi), Parisiens en colère et stressés... en dix minutes, j'ai eu droit à tout.

Et bien sûr... j'ai cru mourir dix fois dans le taxi. En passant sur la place de l'Étoile, j'ai sérieusement pensé que j'avais affaire à un suicidaire en passe d'en finir avec la vie. Pendant un moment, j'ai vu ma courte existence défiler sous mes yeux. Il a dû me prendre pour une hystérique tellement je lui ai crié sur tous les tons qu'il était malade.

Aure habite rue Jacob, dans le sixième arrondissement, en plein Saint-Germain-des-Prés. Il m'a fallu une bonne dizaine de minutes pour trouver le bon numéro, niché dans une porte cochère. Là, une concierge manifestement méfiante m'a accompagnée sur le seuil de l'appartement. Elle m'a remis un double des clefs avec la solennité des animateurs de « Fort Boyard » et m'a plantée là, sans un mot. Me voici dans la grande entrée de l'appartement de ma tante. Mes bagages jonchent le sol. Il fait chaud. C'est tellement luxueux que je n'ai toujours pas osé respirer. Un petit mot d'Aure me propose de faire comme chez moi. Euh, comment dire… Mais oui, tout est fait ici pour que je me sente comme chez moi ! Manquent plus que les cordons de sécurité devant les fauteuils de son salon pour que je me croie égarée au musée. Je ne pensais pas que ma tante vivait dans un lieu si élégant. Je n'ai jamais rien vu de tel. Ma chambre est, paraît-il, au bout du couloir. Heu… Quel bout ? Quel couloir ? (Il y en a au moins deux rien que dans l'entrée.) Du coup, je m'assieds sur ma valise et j'attends. Quoi ? Je me le demande. Je me sens si petite, si peu à ma place… Enfin Pénélope, ne sois pas idiote, tu vas vivre quelque chose d'extraordinaire ici. Paris est la ville de tous les possibles, et puis n'exagère pas le tragique de ta situation : tu vas habiter un appartement luxueux, avec une personne qui ne souhaite que ta réussite, tu vas rapidement connaître du monde et dans moins de six mois tu seras plus parisienne que parisienne. Alors calmos.

Ouais, d'abord. Calmos. Et en plus, j'ai faim. Armée de tout mon courage, je finis par risquer un pied hors du tapis de l'entrée. Un demi-tour à gauche et hop ! j'atterris dans la cuisine. On est bien loin de notre cuisine familiale, ici. Tout est chromé, luisant, propre comme une cuisine de démonstration, sauf que même moi, je suis capable de voir que tout a été fait sur mesure. Mais toute cette propreté intimidante ne suffit pas à me couper la faim et je rêve de m'asseoir devant un bon chocolat chaud avec des biscuits au miel. J'entreprends donc une petite exploration. En deux secondes, je peux déjà affirmer qu'il y aura divergence d'opinion alimentaire entre nous. D'abord, il n'y a pratiquement rien dans les placards : de la ratatouille en boîte, quelques boîtes de cœurs de palmier et une dizaine de flacons d'épices. Le contenu du frigo est à mourir de rire, il y a là-dedans de quoi nourrir une vache, sans aucun doute : salade, salade, herbes, graines germées (jamais touché à ces trucs), jeunes pousses de soja, re-salade, un citron. Tout cela nourrirait avec bonheur n'importe quel ruminant... mais ma tante ? Je ne peux pas croire qu'elle puisse se contenter de ça.

Je pars donc en quête d'un second frigo, le vrai frigo où il y aurait de vrais aliments : beurre, yaourts crémeux, quelques fruits et légumes, un reste de poulet rôti et un assortiment de délicieux fromages. Du lait aussi, et du Coca. Un vrai frigo, quoi. Mais non, j'ai beau chercher, à moins qu'elle ne cache le frigo magique dans un endroit secret, il semble que ma tante ait pour de vrai une alimentation à base de salade et de citrons. Ah... Mais non, j'ai été mauvaise langue : après une inspection plus approfondie de la bête, je réussis à trouver une canette de Coca Light et un yaourt zéro pour cent. Hyper réconfortant, le goûter. Je m'installe donc sur un coin de table avec mon soda-yaourt (en fait de table : un somptueux bar en chêne clair, capable d'accueillir huit personnes au bas mot). J'en profite pour observer encore cette étrange cuisine. Un bouquet de fleurs embaume la pièce, c'est la seule note de couleur. La netteté ambiante contraste sacrément avec mon allure toute froissée, ce qui me donne, d'un coup, une envie folle de me décrasser. Mais pour se décrasser, il faut sortir de la cuisine et affronter l'immensité de cet appartement. Il va falloir que je me décide à trouver ma chambre.

J'emprunte le premier couloir, juste en face de moi, mais c'est en réalité un cul-de-sac. Un simple recoin au bout duquel se trouve le large rideau qui s'ouvre sur... le dressing ! Mon Dieu... je n'ai jamais vu ça ! Une pièce rien que pour ranger les fringues. Une grande pièce en plus. Un immense miroir installé sur tout un pan de mur agrandit l'espace de façon considérable. Si les vêtements n'y étaient pas aussi serrés que sur les portants de Kiabi, on pourrait se croire dans une de ces boutiques de luxe dans lesquelles je n'ose pas entrer. C'est vraiment beau. Tellement que je n'ose pas m'attarder davantage. Et me revoici en quête de ma chambre. Au fond du couloir. Ça ne devrait pas être bien compliqué, quand même ! Une porte, deux portes, une encore, un virage à droite et me voici au bout. Ma légendaire curiosité est anéantie : normalement, j'aurais profité de l'absence d'Aure pour explorer toutes les pièces, une à une... et ouvrir les placards (je sais, c'est très mal, mais j'aime tellement voir comment vivent les autres), mais je suis trop intimidée, pour l'instant. Et me voilà enfin devant ma chambre. Il n'y a pas de doute, c'est ici. J'ai le souffle court en appuyant sur la poignée. C'est là que je vais habiter. Pour un bout de temps probablement, vu les loyers parisiens... J'ouvre les yeux, enfin.

Heu, bon. Très bien. C'est... comment dire... Blanc. Rien d'extraordinaire, ici : un lit, un piano (un piano ?), un chevet, une table, une armoire ancienne, un fauteuil. Un peu spartiate au niveau de la déco. Tout est blanc ou presque. Gros contraste avec le reste de l'appartement, mais je devrais pouvoir y faire mon petit nid. Le lit semble par contre incroyablement confortable, et il y a des tas de rangées de coussins comme dans les magazines de déco de maman. J'ai envie de l'essayer tout de suite. Quand je m'allonge, mon regard s'arrête, ébloui par quelque chose que je n'avais pas vu d'abord. Le plafond possède des moulures. Attention, pas une vulgaire petite frise pour encadrer un mur. Pas du vulgaire polystyrène peint, non. De vraies moulures, un incroyable enchevêtrement de formes, comme des plantes grimpantes mêlées à des coquillages. Et des arabesques. Et des fleurs. Ce plafond est tout simplement magique. Je comprends mieux qu'il n'y ait pas grand-chose dans cette pièce : il pourvoit facilement à tous les besoins esthétiques. Et d'un coup, dans cette chambre, sans doute parce qu'elle est moins fastueuse (quoique à y regarder de plus près, pas tant que ça) et que je m'y sens moins impressionnée, dans cette pièce, je découvre la vraie beauté de cet appartement : un parquet ancien qui chante sous chaque pas, une fenêtre depuis laquelle je vois un arbre – un abricotier, semble-t-il –, des murs d'une hauteur vertigineuse et ces moulures dont je ne peux détacher les yeux. Mais il est déjà 19 h 30, je n'ai pas encore pris ma douche et mes affaires jonchent le sol dans l'entrée. Avant d'aller buller dans l'eau du bain, je ne peux résister à l'envie de m'approprier déjà les lieux. Je me demande un instant si ce n'est pas un peu prématuré : la fille qui se pointe dans un lieu inconnu une heure plus tôt et qui veut déjà en faire son chez-elle, ce ne serait pas un peu le comble de la grossièreté ? Maman dirait sans aucun doute que si, précisément, qu'elle ne m'a pas élevée comme ça et que j'ai beau avoir vingt-quatre ans, ce n'est certainement pas ça qui va l'empêcher de me dire mes quatre vérités. Mais maman n'est pas là et ce n'est pas accrocher deux trois trucs aux murs et brancher mon ordinateur qui fera de moi la honte de la famille sur dix générations. Zut. J'ai besoin de me sentir chez moi. Hop ! Je cours chercher mes valises. Et voilà deux cadres qu'on croirait faits pour ce chevet, mon ordinateur ira parfaitement sur cette console. Suis-je bête, Aure l'aura probablement installée ici spécialement pour moi ! Manquent encore quelques photos que je vais accrocher au mur dès ce soir, et je me sentirai chez moi. Je regarde encore cette superbe chambre et, vraiment, je n'en reviens pas que ma tante ait été si attentionnée pour moi. C'est un beau cadeau de bienvenue. Je suppose que je lui rappelle sa propre jeunesse de petite Bretonne arrivant sur les pavés de la capitale…

Allez, au bain maintenant ! La salle de bains est comme je l'imaginais. Il paraît qu'à Paris elles tiennent toutes dans un mouchoir de poche. Celle-ci ne faillit pas à sa réputation, mais ce n'est pas un problème : il y a une baignoire, ce qui est déjà une amélioration par rapport au petit cabinet de toilette de mon appartement à Rennes. Et malgré la petitesse du lieu, je dois dire que tout est ravissant. Les robinetteries anciennes, la mosaïque en camaïeu de blanc qui renvoie des reflets de nacre, cette petite marche inutile qui mène à la baignoire, seulement quelques rangements discrets et cette minuscule fenêtre qui capte, malgré son étroitesse, la lumière de la cour. Aure a vraiment le sens du détail pour accueillir ses invités. Je n'ai même pas besoin de sortir ma trousse de toilette. Comme à l'hôtel, il y a du gel douche et du shampooing, de la crème pour le corps, plusieurs serviettes de toilette avec le peignoir assorti. Rien ne manque. Je n'ai plus qu'à me glisser dans l'eau brûlante.

Pour la première fois depuis que j'ai posé le pied sur le sol parisien, je me détends un peu. L'eau est la même partout, ce doit être pour ça. La mousse qui déborde de toute part sent merveilleusement bon. Pour un peu, je réclamerais bien au room service une coupe de champagne avec des fraises, comme dans *Pretty Woman*. Ça y est, je m'y crois. Je me demande si je vais m'habituer à la vie de châââââteau. Le luxe, tout ça, est-ce que ça va me plaire ? Ahhhhh… C'est vraiment génial ! Quand je pense que je vais pouvoir refaire ça tous les jours… Je peux même sortir du bain tout de suite et, si je veux, je pourrai m'en faire couler un autre dans une heure, ou bien ce soir, avant de m'endormir dans les draps frais et blancs qui me tendent déjà les bras… Si ça se trouve, ce ne sera même pas à moi de faire mon lit…

Trêve de rêves, il faut que je me dépêche, une partie de mes affaires est toujours dans l'entrée, il faudrait que je range avant qu'Aure arrive. Je dois vraiment lui faire bonne impression, elle se montre si généreuse avec moi… Oh, et puis zut, on est trop bien dans l'eau. Après tout, je suis bordélique, c'est comme ça. Autant qu'elle le sache tout de suite ! Je ne vais pas renier ma nature profonde au motif que je me trouve chez ma tante. Surtout que, si on doit vivre ensemble, autant qu'elle s'en rende compte rapidement, non ? Oui, mais quand même, mieux vaut peut-être lui épargner l'envie de me jeter dehors dès le premier jour. Un peu de courage, que diable !

Les serviettes sont d'une douceur hallucinante. C'est vraiment chouette de faire la princesse et se promener dans tout l'appartement en petite culotte, drapée de cette serviette toute douce et blanche comme neige. J'ai ramené mes affaires dans la chambre. Tout est en vrac sur le lit. Je suis effarée moi-même par le nombre de trucs inutiles que j'ai tenu à emporter. À croire que j'ai abandonné ma vie d'avant (je dis déjà « ma vie d'avant », alors que ma vie d'avant c'était il y a quatre heures à peine) aux flammes d'un incendie, contrainte de choisir les petits souvenirs auxquels je tenais le plus en quelques minutes. C'est un peu ridicule, mais c'était ma façon de ne pas arriver trop neuve dans ma nouvelle vie. Oh, il est 20 h passées et Aure ne va pas tarder à arriver. Je dois m'habiller vite, on rangera plus tard. Encore faut-il savoir ce que je vais porter. Tiens, pourquoi pas cette jupe en toile bleue ? Elle fera parfaitement l'affaire. Et un tee-shirt blanc à message : « j'adore le chocolat ». Ou non, plutôt un jean, peut-être. Oui, ça vaut mieux. La simplicité avant toute chose. Je ne peux pas rester avec cette tête, il faut au moins que je me sèche les cheveux, je ressemble à une sorcière comme ça… Évidemment, c'est toujours quand je cherche quelque chose que je ne le trouve pas. Pourtant, c'est certain, je me revois encore le mettre dans la valise, le fichu sèche-cheveux. Ah, le voilà, caché sous trois épaisseurs de fringues.

Non, c'est pas vrai, j'entends la porte qui vient de s'ouvrir. Je suis en culotte au milieu de mes vêtements. Vite, vite, la jupe. Non, ça ne va pas du tout. Elle est froissée. Mince, Aure m'appelle.

— Ouiiiiii, Aure, je suis là, dans la chambre.

J'entends ses pas qui se rapprochent, mais où diable a pu se cacher ce satané jean ? Les pas se rapprochent encore. Ils sont juste là. Et voilà ma tante plus jeune que jamais, qui entre avec une tête que je ne lui connais pas.

— Ah, te voilà. (Puis, ouvrant la porte :) Bonjour Pénélope. Tu as fait bon voyage ?

— Oui, heu… excuse-moi, je… je suis prête. (En soutif, à la recherche de n'importe quel vêtement adapté à des retrouvailles, c'est « être prête » ?) Oui, oui, j'ai fait bon voyage, merci. (Hop, un tee-shirt.) Ton appartement est magnifique, rien à voir avec mes souvenirs d'enfance… (Hop, un jean.) Merci beaucoup de m'accueillir ici et merci pour le travail, c'est vraiment une chouette opportunité…

Long silence…

Aure parcourt la pièce jonchée de mes vêtements d'un drôle d'air. Je résiste à l'envie de dire « avec un regard réprobateur » : elle ne va quand même pas me reprocher de ne pas ranger mes vêtements, si ? Mais c'est étrange, on dirait qu'elle est comme surprise de me trouver là...

— Je vois que tu as pris tes aises...
— Oh, oui, pardon. Merci mille fois pour la chambre. Elle est si jolie. Les moulures au plafond sont si belles... et cette salle de bains. C'est vraiment superbe d'avoir pensé à tout installer pour mon arrivée, je suis très touchée par toutes ces attentions pour faire en sorte que je me sente ici chez moi. Vraiment, merci Aure. Ne t'inquiète pas pour le désordre, c'est juste que j'étais un peu pressée, mais j'étais déjà en train de ranger, tu vois, j'ai installé quelques cadres et mon ordinateur pour travailler. Dès ce soir, tout sera en ordre. (Mais pourquoi blêmit-elle, comme ça ?) Cette vue est vraiment magnifique. Depuis que je suis arrivée, je ne pense qu'à l'heure d'aller dormir tellement il me tarde d'aller me cacher sous ces draps. Tout est...
— Pénélope, c'est ma chambre.
Je sens que je rougis. Mais pourquoi tous ces égards pour moi ?
— Tu as voulu me laisser *ta* chambre, Aure ? Mais il ne fallait pas !
Apparemment, ce n'est pas la bonne réponse. Aure a encore blêmi d'un ton et je la connais assez pour savoir que ce regard autoritaire n'augure rien de bon.
— Pénélope, je crois que tu as mal compris. C'est *ma* chambre, *mon* lit, *ma* salle de bains...

— Je ne comprends pas... dans le mail, il y avait écrit « la chambre au bout du couloir » ? (Oh, mon Dieu, je n'ai pas pu faire une bourde pareille. Si ?... à en juger par cet air exaspéré, si.) Je ne suis pas dans la chambre au bout du couloir ?

Cette fois, c'est elle qui semble un peu gênée.

— Ah... tu as cru que... que tu allais habiter... Ah, oui, la chambre au bout du couloir... En fait Penny, je peux t'appeler Penny ? Je parlais du couloir de dehors. Et de la chambre attenante à l'appartement. La chambre de bonne...

À mon tour de blêmir.

— ...

— Je... je pensais que tu préférerais... ton intimité. Bon, écoute, ne fais pas cette tête, il n'y a pas de problème. Prends le temps de t'habiller et rejoins-moi dans le salon. Il faut que nous discutions de ton arrivée et de la façon dont nous allons devoir nous organiser pour vivre ensemble...

Et la voilà partie. J'entends le bruit de ses talons aiguilles s'éloigner, tac, tac, tac. Comme une petite mitraillette.

Cette fois, je m'interdis de penser à ce qui vient de se passer, sinon je crois bien que je risque de découvrir que si, en fait, on peut mourir de honte. Je vais gentiment m'habiller et faire encore comme Scarlett : « J'y réfléchirais demain. »

Chapitre 6.

Voyons le bon côté des choses : je n'aurais pas pu faire une entrée plus remarquée à Paris. Quand j'y pense… avoir pris la chambre d'Aure pour ma propre chambre alors que par « au fond du couloir » elle entendait : « la chambre de bonne au fond du couloir », en face de la porte de service de l'appartement… C'est une belle performance pour un début, non ? J'ai eu le temps ces derniers jours de digérer le truc, mais ma première nuit parisienne a tout de même été un peu agitée. J'ai eu cette sensation d'avoir fait une énorme bêtise, irréparable. J'ai même failli appeler maman, mais j'ai bien pensé qu'elle se tordrait de rire en entendant la façon dont j'avais fait une entrée fracassante dans la vie de sa belle-sœur. Et elle aurait eu bien raison. Quand je lui raconterai, nous en rirons ensemble, c'est certain.

Hum. Je suis à deux heures en train de mon appartement breton. Ouh, là, là, quelle aventure ! Je me fais un peu honte parfois, tout de même. Dieu merci, cette petite passade à « Jesuisimmatureland » n'a pas duré.

Et puis, j'ai beau être au bout du couloir, je ne suis pas si mal lotie. Je croyais qu'une chambre de bonne était forcément un espace microscopique et plus ou moins vétuste, et je dois bien admettre que, de ce point de vue, c'est plutôt une bonne surprise : je dispose de vingt bons mètres carrés et tout y est en bon état. En même temps, si l'on part du principe que même les poubelles de ma tante ont de l'allure, on peut imaginer l'apparence de ce qui lui sert de grenier. Je n'irai pas jusqu'à dire que c'est beau (c'est un grenier un peu aménagé), mais étrangement, je m'y suis tout de suite sentie chez moi. Tout est peint en blanc cassé avec du coco par terre. Il y a un petit cabinet de toilette à l'entrée, exigu et vieillot mais qui fonctionne. L'éclairage est minable, j'ai tout juste la place d'y poser une petite trousse de toilette et d'accrocher une serviette de bain à la porte, mais l'essentiel y est. Dans la pièce, il y a plein de cartons partout. Je les ai entassés dans un coin, mais je ne crois pas que je pourrai parvenir à les faire disparaître de la vue. Il y a aussi un vieux lit, une ancienne table de cuisine avec des tabourets en Formica, quelques armoires (pleines) et encore des cartons. Mais ce qui est génial, c'est que j'y suis chez moi. J'ai le droit d'y apporter tous les aménagements que je souhaite. Aure a même pensé à prendre rendez-vous pour qu'on m'installe la ligne ADSL sans laquelle je ne pourrais pas travailler. Mais Internet ne sera pas disponible avant plusieurs jours encore.

Après ma petite méprise, Aure m'a laissé le temps de « prendre mes quartiers » comme elle a dit et je l'ai rejointe dans le salon où elle m'a communiqué ses instructions. Je n'ai pas pu m'empêcher de penser : comme directrice de la communication, on ne peut pas dire qu'elle a l'art et la manière de transmettre les informations ou de mettre ses interlocuteurs à l'aise.

Mais comme ce serait gonflé de ma part de ne pas être reconnaissante pour « tout ce qu'elle a déjà fait pour moi », je ne vais pas déjà me laisser aller à de douces médisances. D'autant que son idée de me laisser la chambre de bonne afin que chacune puisse profiter pleinement de son intimité, c'est une bonne excuse. À sa place, j'aurais probablement fait la même chose.

Il a été convenu que je prendrais mes repas chez elle, ce qui est un énorme avantage. Nous ne nous croiserons pratiquement pas dans la cuisine : elle prend son petit déjeuner au boulot, déjeune à l'extérieur, « ou mieux, ne déjeune pas », a-t-elle précisé d'un geste entendu qui m'a clairement fait sentir que nous vivions là un grand moment de complicité féminine, et ne dîne que rarement chez elle, ayant un emploi du temps nocturne à peu près aussi complet que ses journées de business-woman. J'ai adoré entendre qu'il me suffirait de noter ma liste de courses sur un carnet de notes et que ce serait Mme da Silva, la concierge, qui s'en occuperait, ce qui est quand même la grande classe. Je pourrai également profiter de temps en temps du salon si je le souhaite, mais en dehors de ça nous mènerons chacune notre vie comme nous l'entendons. Moi dans ma chambre de bonne, elle dans son palace, juste au bout du couloir... oui, d'accord : je fais du mauvais esprit. C'est qu'il fait une chaleur dans cette pièce... Un vrai four.

En ce moment, à Paris, il fait une chaleur incroyable.
En ce moment, ici, il fait une chaleur incroyable.
En ce moment, chez moi, il fait une chaleur incroyable.

J'adore me répéter ça. C'est avec des phrases comme celles-là que je me sens prendre possession de ma nouvelle vie de Parisienne. « Bonjour, je m'appelle Pénélope Beauchêne et je vis à Paris... Oui, dans le sixième arrondissement... heu, dans le sixième, quoi... Saint-Germain, exactement... Oui, n'est-ce pas, c'est vraiment un quartier formidââââble... »

En même temps, pour le moment, il semble que je ne sois pas spécialement au point dans mon nouveau moi parisien. En allant prendre un verre dans un des nombreux cafés hors de prix à côté de chez ma tante (celui qui se trouve en face de l'église, sur la petite place, mais dont le nom m'échappe), le serveur m'a demandé d'emblée pour combien de temps j'étais à Paris et si j'étais satisfaite de mes vacances. Je ne sais pas pourquoi, mais je lui aurais volontiers balancé mon Vittel menthe à la figure à celui-là. Sa petite remarque tombait pile dans un de mes moments « je prends un verre à la terrasse d'un lieu forcément branché puisqu'il se trouve en plein Saint-Germain : ça y est, moi aussi, je suis une vraie Parisienne ». Et ce type qui me sort comme ça que je n'ai pas l'air d'être moulée dans le décor... J'aurais dû lui demander ce qui lui avait mis la puce à l'oreille, tout de même, ça m'intrigue. Mais bien entendu, j'étais beaucoup trop vexée pour risquer de m'entendre dire qu'il y avait écrit « plouc » en lettres rouges sur mon front.

À Montmartre aussi, j'ai clairement senti qu'il y avait quelque chose de manifestement non parisien chez moi. Lorsque je suis allée me promener sur la place carrée, j'ai bien remarqué que les portraitistes choisissaient leurs victimes. Ils écartent de leur clientèle possible toute personne qui trace son chemin d'un pas un peu trop vif. Toute personne en tenue de travail, tailleur ou autre uniforme de ce type, et toute personne qui ne prête aucune attention au paysage. Je n'entrais, visiblement, dans aucune de ces catégories, car à chaque pas, une personne m'interpellait dans le but de crayonner un petit portrait de moi. J'adore les regarder faire. Je crois que voir un dessin apparaître sous mes yeux est l'un des plus jolis petits miracles auxquels il m'ait été permis d'assister. Voir ce fouillis de traits ésotériques prendre forme tout à coup est un plaisir dont je ne me lasserai jamais. C'est pour ça, d'ailleurs, que j'ai passé une grande partie de mes journées là-haut, sur la butte Montmartre, ces derniers jours, à observer la ronde des portraitistes et de leurs modèles. Et puis hier, je n'ai pas pu résister. L'un d'entre eux, un homme asiatique, qui ne parlait pas un mot de français, m'a convaincue, je ne sais trop comment, de débourser une petite fortune pour une rapide esquisse. Depuis toute petite, j'en rêve. Je me souviens encore de mon insistance à passer devant les portraitistes de la fête foraine de Saint-Malo à laquelle m'emmenaient mes parents chaque année. Et hier, j'ai finalement cédé à ce rêve de toujours. Pendant près d'une demi-heure, j'ai joué les modèles. Je regrette un peu de m'être laissé faire, j'aurais préféré attendre la visite de Lili, nous aurions passé un bon moment toutes les deux. Quoique je ne sois pas certaine qu'elle aurait accepté de dilapider ses sous pour quelque chose d'aussi suspect. Toute seule, c'était une expérience un peu ennuyeuse. Mais quand, après de longues minutes, le dessinateur m'a fièrement exposé le portrait... de ma mère ! j'avoue que j'ai trouvé ça plutôt drôle. Je n'avais jamais pensé que je ressemblais à maman, mais ce doit être le cas, finalement, tellement ce portrait lui ressemble davantage qu'à moi...

Ce qui est difficile, c'est de passer mes journées toute seule. Ne parler à personne et ne rien partager. Je suis même allée faire mes courses moi-même au Monoprix de la rue de Rennes au lieu de profiter des services de Mme da Silva. Ce qui m'a permis de constater que l'exubérance des prix n'était pas une légende et que ma tante me faisait une sérieuse fleur en me proposant le couvert, en plus du gîte. Les magasins de la rue de Rennes sont formidables. Formidablement chers, essentiellement. Même la boutique Zara, nichée entre Cartier et une marque hors de prix nommée Et Vous que je ne connaissais pas, même les fringues de chez Zara me paraissent inabordables. Chaque fois que je me risque à pousser la porte de l'une de ces boutiques, j'ai l'impression d'entrer par effraction dans un monde réservé à d'autres. Dehors, il fait un temps merveilleux. Aure m'a bien dit que Paris était vide à cette époque de l'année, mais pour moi, il y a un monde fou. Les terrasses sont pleines à craquer. Les filles sont magnifiques, incroyablement minces et bronzées avec de grandes lunettes de mouche qui feraient mourir de rire n'importe quelle petite Bretonne. Je ne sais pas comment elles font pour avoir de l'allure avec ça, mais elles en ont. En trois jours, j'ai croisé plein de célébrités. Ici, au milieu de tous ces gens beaux, riches et bien sapés, les gens connus ne sont pas plus beaux que les autres et, de ce fait, ils se fondent dans le paysage. Je résiste quand même à l'envie de téléphoner à tout le monde pour frimer. Avant de partir, j'ai prévenu que je n'appellerais pas tout de suite : quand on veut prendre son indépendance, il faut couper un peu les ponts.

Je ne sais pas pourquoi, je ne me suis toujours pas rendue à la tour Eiffel, comme si j'attendais le bon moment. Il paraît qu'elle scintille quelques minutes au début de chaque heure, à la nuit tombée. Je crois que je vais y aller ce soir. J'avais prévu de profiter de ma ligne Internet nouvellement installée, mais elle pourra attendre une heure de plus.

Heureusement que j'ai le Net, je me demande vraiment comment faisaient les gens, avant, sans ce truc. D'abord, c'est indispensable pour travailler avec mes clients de Rennes. Mais pour être honnête, je passe surtout mon temps à me promener sur la Toile. J'ai découvert plein de blogs géniaux, ces sites Internet en forme de journal intime dont tout le monde parle en ce moment comme si ça venait de sortir alors que ça existe depuis des lustres. J'en ai déniché plusieurs qui parlent de Paris, des endroits où aller se promener, des boutiques à ne pas manquer et des nouvelles expos (bon, en même temps, la dernière fois que j'ai mis les pieds dans une expo remonte à… hum, passons). J'adore les blogs, cette impression que les gens vous ouvrent la porte de leur univers, partagent leurs connaissances et leurs coups de cœur. Je crois aussi que la vie des autres m'intéresse, je suis curieuse de savoir comment ils vivent, de lire leurs anecdotes quotidiennes, leurs bons plans et leurs petits soucis. Les blogs sont le *Voici* des anonymes ! Depuis que je suis à Paris, je suis prise d'une boulimie de lecture de blogs.

Et je profite à fond de mon temps libre, car ça ne va pas durer toute cette liberté : il ne me reste que peu de jours avant de commencer mon nouveau travail. Je commence lundi, c'est-à-dire dans trois jours. J'évite de trop y penser tellement je me sens démunie. C'est assez difficile d'envisager avec enthousiasme un boulot qui, précisément, n'a rien d'enthousiasmant. Il paraît que j'ai une chance folle : je vais travailler dans le quartier de la Madeleine. Fort bien. Je crois que je ne saurais même pas le situer sur la carte, mais si Aure trouve ça fabuleux, c'est que ce doit être plutôt pas mal. Finalement, je me suis laissé convaincre d'aller travailler dans les locaux de la société d'Aure, chaque matin. Toutes mes après-midi seront libres et je pourrai me consacrer à mon vrai boulot de graphiste. Au départ, j'ai déployé des trésors de rhétorique pour obtenir de travailler depuis ma chambre, mais au bout de quelques jours seulement, il faut bien reconnaître que la solitude me pèse déjà. Travailler là-bas sera un bon moyen de rencontrer du monde. J'ai donc fini par capituler. Il paraît que l'*open-space* (ces bureaux immenses qui rassemblent des fourmilières de petits travailleurs) est très grand mais bien fait et très design. J'espère que mon statut particulier ne me mettra pas trop tout ce petit monde à dos, mais Aure m'a déjà recommandé de me méfier en m'assenant un rassurant « tu entres dans la fosse aux lions, Penny ». Elle m'appelle Penny depuis que je suis à Paris. Bon.

Nous n'avons pas beaucoup discuté, avec Aure, car elle est très occupée. Mais les quelques fois où nous avons pris un café ou dîné toutes les deux sur le pouce, je dois dire qu'elle s'est montrée vraiment charmante.

On voit bien qu'elle n'est pas habituée à vivre avec une autre personne et que, très vite, une présence étrangère devient pénible pour elle, mais je sens qu'elle fait des efforts pour m'être agréable. Elle m'a tout de même fusillée du regard lorsqu'elle m'a vue sortir d'un de ses placards un gros pot de Nutella modèle familial et des petits pains au lait. Elle n'a pas pu s'empêcher de me dire que, vraiment, il allait falloir que je fasse attention à mon alimentation. J'ai senti qu'elle se retenait d'en dire davantage et c'est tant mieux. Mes quelques kilos en trop ne sont pas un sujet que j'ai envie d'aborder avec elle. Ni avec qui que ce soit d'ailleurs. Il faut dire qu'elle fait tellement d'efforts manifestes pour être en forme, soignée, etc., qu'à sa place je crois que j'aurais probablement l'agréable impression d'héberger chez moi une ogresse souillon et volumineuse. Un comble de raffinement.

Oh, mon Dieu ! Je ne me suis pas rendu compte que mes pas m'avaient menée si loin : me voici nez à nez avec la tour Eiffel. Comme par magie. Elle est là. Comment suis-je arrivée ici ? Elle est en plein soleil. C'est superbe. Je n'ai aucune idée de la façon dont il faut m'y prendre pour revenir sur mes pas. Je suis ici, perdue dans Paris, devant cette majestueuse vieille dame. Il ne me manque qu'un livre et quelques friandises pour patienter ici, la contempler jusqu'à la tombée du jour et attendre la pluie d'étoiles qui s'abat sur elle chaque fois que l'horloge sonne une nouvelle heure. Et puis tant pis pour les friandises, la grande pelouse me tend les bras. Que demander de plus ?

Chapitre 7.

J'angoisse. Le mot est faible : c'est pratiquement la première fois que je mets les pieds dans une entreprise. J'ai toujours travaillé pour mon compte. Et j'ai un peu de mal à me faire une idée de l'ambiance qu'il y a là-dedans, de la façon dont les gens coexistent. Ça me fait un peu peur, je dois dire. Mais me voici devant la porte de l'open-space, je suis volontairement arrivée un peu tôt pour ne pas avoir à saluer trop de nouvelles têtes d'un coup et je pensais qu'à la mi-août il n'y aurait pas grand monde, mais apparemment, ce n'était pas assez tôt. Plusieurs voix féminines. Aure doit déjà être arrivée, elle était partie lorsque je suis allée prendre mon petit déjeuner. Il faut que je traverse l'open-space pour rejoindre son bureau, m'a-t-elle expliqué. Allez, courage.

Personne ne m'a vue. Elles sont plusieurs à prendre le café, à rire. Elles sont toutes extrêmement bien habillées. J'ai passé en revue cinquante tenues au bas mot avant d'arrêter mon choix, ce matin, mais à côté d'elles, j'ai l'air d'une clocharde. C'est intimidant, mais je m'avance.

— Bonjour, je suis Pénélope Beauchêne, je viens p…

— Ah oui, la nièce d'Aure, coupe une voix que je n'arrive pas à distinguer dans cette mêlée.

Puis une jeune femme sort du lot et m'indique du doigt un bureau à côté d'une porte aux vitres sablées.

— Tiens, c'est là-bas ton bureau, Aure a proposé que tu t'installes ici. Elle sera de retour vers midi.

Je n'ai même pas le temps de la remercier qu'elle m'a déjà tourné le dos et a repris de plus belle la conversation. Je n'ai donc d'autre choix que de m'installer à ma place. Et ce n'est pas plus mal, car j'ai repéré un Mac magnifique sur le bureau et je suis déjà galvanisée. Le bureau est superbement placé : j'ai une vue d'ensemble sur tout l'open-space, qui est véritablement immense. Je dirais qu'il doit compter cinquante bureaux et j'ai beaucoup de mal à imaginer l'ambiance, une fois que tout le monde sera là, c'est-à-dire dans vingt bonnes minutes, juste le temps pour moi d'allumer l'ordinateur et de faire connaissance avec lui.

Il y a un Post-it signé d'Aure à côté de l'écran : « ID : PennyB / MP : beauchene » et, juste en dessous, « Enjoy ! » Mes mots de passe ! Je m'exécute. Je vois déjà les icônes de plusieurs logiciels de dessin et de mise en page. C'est un vrai cadeau qu'elle vient à nouveau de me faire. Aure a fait installer sur l'ordinateur la plupart des logiciels nécessaires à mon activité de graphiste. Du coup l'impolitesse des Miss Bégueule de l'open-space est instantanément dissoute et je m'abîme dans la contemplation de ce nouveau jouet. J'ai également un logiciel d'agenda, pour Aure, je pense, et plusieurs autres outils dont je découvrirai plus tard l'utilité. Et surtout, j'ai un accès libre à Internet, de quoi passer le temps en attendant de recevoir les instructions de ma tante.

… Qui, deux heures plus tard, n'est toujours pas arrivée. Mais je dois admettre que le petit manège qui s'opère sous mes yeux est si passionnant que je ne vois pas le temps passer. La ronde du travail a commencé. Certaines personnes ont remarqué la présence d'une nouvelle, d'autres non, mais tout le monde, sans exception, fait comme si je n'existais pas. Personne n'est venu me saluer. Par contre, je saisis des regards entendus et des paroles sous cape. C'est amusant, tout le monde est habillé pareil. Les filles ont presque toutes un jean surmonté d'un petit top tout simple, une petite jupe droite, souvent en jean. Et toutes arborent une paire de tongs sur ongles vernis. Elles sont impeccablement coiffées, maquillées, et ce malgré la chaleur qui règne au-dehors. Chaque tenue est minutieusement étudiée. Rien d'extravagant, mais on voit tout de suite qu'aucun relâchement n'est toléré, ici. Les hommes eux aussi sont tirés à quatre épingles, et pourtant, pas un seul ne porte de costume. Ni de cravate. Sauf un qui n'a pas hésité à tenter le mix cravate-jean. Avec un certain succès, je trouve. Je suis surprise par la capacité des uns et des autres à se concentrer dans cet espace qui, bien que beaucoup moins bruyant que ce que j'avais pu imaginer, reste un lieu de passage, de va-et-vient et de mouvement perpétuel.

Quand tout à coup, je vois débarquer une folle, les cheveux en l'air, qui traverse la pièce comme une furie, la veste de travers et toute froissée, les yeux bouffis. Elle se jette sur un bureau proche du mien. Demande à sa voisine si elle est vraiment très en retard. Celle-ci répond du tac au tac, mi-amusée, mi-sévère : « très ». Elle se lance dans des explications manifestement peu convaincantes et d'un coup, au milieu de sa phrase, avec un sourire, se retourne vers moi :

— Tiens, salut. Tu es la nouvelle ? C'est toi qui vas travailler pour Miss Pe… euh, pour Aure ? Tu es sa nièce, n'est-ce pas… Bienvenue. Tu as eu le temps de faire connaissance avec les autres ? Non, j'imagine que non. Je vais prendre un café, tu m'accompagnes ? De toute façon Aure n'arrivera plus avant 11 h 30 maintenant, c'est toujours comme ça, les réu' avec le DAF. (Heu… le DAF ? C'est quoi un Daf ? Elle a peut-être voulu dire le staff ?) Ça nous laisse une vingtaine de minutes.

Et me voilà entraînée. Elle s'appelle Julia. Elle est secrétaire de rédaction, c'est-à-dire qu'elle s'occupe de corriger les textes des journalistes qui écrivent pour les journaux d'entreprise de la boîte. Elle réécrit les titres, s'assure que les visuels arrivent à bon port et fait en sorte que tout le monde ait rendu sa copie à temps. Normalement, les secrétaires de rédac' sont des personnes très organisées et j'ai beaucoup de mal à penser que Julia soit une fille organisée. Mais elle semble absolument charmante et je lui suis infiniment reconnaissante de m'avoir saluée au milieu de tous ces gens indifférents. Elle parle tant et si vite que j'ai à peine le temps de comprendre ce qu'elle raconte, et aucune possibilité d'en placer une. Julia fait les questions et les réponses à une allure qui dépasse l'entendement, mais je ne m'en préoccupe pas, trop heureuse d'avoir trouvé une personne avec qui discuter… façon de parler car je me contente de l'écouter : dans le cas présent, je ne demande rien de plus.

Lorsque nous rentrons de notre petite pause-café, Aure, finalement, est arrivée. On le comprend à la lumière qui filtre à travers les vitres sablées de son bureau. Je sens Julia qui se fige, mais très vite, elle reprend sa course folle vers son bureau, fouille parmi ses dossiers, en retire une liasse de feuilles écornées, se précipite vers le bureau et entre pratiquement sans frapper. Je l'entends débiter une longue tirade sans reprendre son souffle. Puis un blanc. Et la réponse d'Aure, précise. Deux phrases au plus. Trois secondes plus tard, Julia cavale déjà hors du bureau avec l'air du chirurgien appelé aux urgences. Je la vois filer comme une flèche, slalomant entre les bureaux, puis disparaître au détour d'un couloir. Je retourne à mon ordinateur et je n'ai plus qu'à attendre les instructions d'Aure. Il est presque midi et j'ai déjà observé un nombre incroyable de choses tout à fait fascinantes. J'entends, par exemple, une femme raconter sa folle nuit d'amour de la veille. Il y a, dans un coin de bureau, une autre femme qui a les larmes au bord des yeux depuis un bon moment et à qui personne ne prête attention. Une autre n'a pas décroché son téléphone de toute la matinée mais ne cesse de le regarder avec angoisse, comme si elle en attendait quelque mauvaise nouvelle. Une autre, encore, n'hésite pas à mettre de la musique à fond. Et ses voisins immédiats subissent, manifestement, mais en silence. On devine facilement les groupes, les affinités des uns et des autres, les tensions… C'est amusant.

Mon téléphone sonne. Ce qui me permet de prendre conscience que j'ai un téléphone. Le nom d'Aure s'affiche. Je décroche et c'est elle, je l'entends juste dire : « Tu viens dans mon bureau ? » d'un ton calme, mais qui ne souffre aucune réplique, et elle raccroche. Je m'exécute dans la seconde.

Elle se tient au fond d'un grand fauteuil en cuir. Je suis très surprise par la simplicité de son bureau que j'imaginais plus féminin, plus avenant. Mais non, ici, on est dans un vrai lieu de travail. Impersonnel au-delà du possible et conçu pour être surtout pratique. Cette fois, pas de bourde : je n'ai pas pris mon ordinateur pour celui de quelqu'un d'autre : elle me demande si les logiciels installés sont les bons et si je suis contente.

— C'est pour te permettre de travailler ici autant que tu le souhaites. Je suis bien consciente que tes clients risquent parfois d'exiger de toi une vraie disponibilité. Tu pourras ainsi répondre sans trop de problème à tes urgences. Je ne doute pas que, de ton côté, tu te montreras aussi disponible que possible pour moi.

Puis Aure me donne ses instructions. Cinq coups de fil à passer et des recherches sur Internet. Elle détourne alors les yeux, décroche son téléphone et tapote quelques chiffres. Je reste assise à la regarder. J'entends bien que ce dont elle parle avec son interlocuteur au bout du fil n'a rien à voir avec moi, mais elle ne me donne pas mon congé. Elle raccroche et je la vois qui se plonge dans un dossier. Je n'existe manifestement plus. J'esquisse un bête « bon, ben, je te laisse », auquel elle ne répond pas. Et je m'éclipse. C'est donc ça, être une personne insignifiante dans une entreprise. On ne me le redira pas deux fois.

Les coups de fil à passer pour Aure étaient une formalité : annoncer qu'elle serait bien présente à tel meeting, s'assurer que le pressing avait fini de préparer sa tenue pour la soirée à l'ambassade de Pétaouchnoc et deux trois appels de ce genre. Tout le monde est allé déjeuner. Quelques personnes avalent en vitesse un sandwich devant leur écran. Et moi, je me promène sur Internet. Je vais faire la tournée des blogs que j'aime, ça m'occupera.

Tiens, c'est marrant, Suzy de Shoesaholic bosse aussi dans la com' ! Comme moi. Elle travaille à la Défense. Aucune idée de l'endroit exact où ça se trouve, mais c'est dans Paris, je crois. Ou tout près. C'est marrant de penser qu'on n'est sans doute pas très loin l'une de l'autre. Je n'ai jamais laissé de commentaires sur son blog, mais je le lis tous les jours. Elle parle de ses frénésies d'achat. Surtout de chaussures. Elle claque tous ses sous dans les chaussures. Elle les prend en photo et les poste sur son blog. En général quelques semaines plus tard, ces mêmes chaussures se retrouvent en vente sur Ebay pour combler ses découverts bancaires. Elle a l'air un peu dingue, cette fille, mais très sympa. Finalement, je vais lui laisser un commentaire. Hop. Je me lance.

Message : Ça fait des semaines que je te lis et, vraiment, j'adore ton blog.
Adresse web : nsp
Pseudo : ???

Mais j'en ai pas, moi, de pseudo... il faut avoir un blog pour avoir un pseudo, non ? Et je n'ai pas de blog.

Eh ! Mais comment se fait-il que je n'y aie pas pensé plus tôt ??? Je n'en reviens pas moi-même !

C'est exactement de ça que j'ai besoin : d'un blog ! De mon blog, je veux dire. Je veux un blog !!! Génial. Le commentaire attendra, je vais faire mon blog.

Hop ! Direction canalblog.com. C'est là que tout le monde crée le sien. Ils disent qu'en deux minutes chrono c'est fait. Bon, il faut s'inscrire. Facile. En effet, deux minutes plus tard, montre en main (c'est une expression, hein, je n'ai pas regardé l'heure), j'ai mon compte personnel sur Canalblog. Mais… il me demande le nom de mon blog… Petit malin, va… je sais même pas de quoi je vais parler, alors tu vois, un nom… Tiens, c'est vrai ça : de quoi je vais parler ?

Ben de ma vie, pardi… Euh, ne t'emballe pas, Pénélope Beauchêne. Ta vie, pour le moment, c'est un peu « Seule au monde ». Pas d'amis, pas d'appart', pas de vie. Pas sûre que ça me fasse un auditoire, ça. Sauf… sauf peut-être si je la joue petite provinciale qui arrive à Paris. Qui parle de ses découvertes au jour le jour. De ce qui la surprend. De ce qu'elle aime… J'ai des tas de trucs à raconter sur les Parisiens et leur ville. Comme par exemple… heu, des tas, quoi. Bon. Disons que ce sera ça mon sujet. Si c'est nul, après tout, je changerai en route. Mais le nom… Oh ! Je sais. Géniale idée : l'autre jour, en discutant avec Aure sur son balcon, j'ai entendu un bruit d'oiseau bizarre que j'ai pris pour le cri d'une mouette. J'ai pensé que ça devait être la nostalgie de la Bretagne qui refaisait surface (la fameuse nostalgie du vieux marin pêcheur… pfffff, n'importe quoi). J'ai donc préféré me taire pour ne pas avoir l'air idiote. Mais le cri s'est fait entendre à nouveau et Aure a vu ma surprise. Elle a ri et, sans que j'aie besoin de lui poser la plus petite question, m'a dit : « Oui, il y a des mouettes à Paris. Je crois même qu'il y a autant de mouettes que de Bretons. Et crois-moi, ici, il y en a des Bretons. » Et j'ai trouvé ça top. En une seconde, ce cri insupportable de bestiole à qui on coupe la tête m'est devenu agréable. Les mouettes ont leur place à Paris. Avec un cri moche et leur air revêche, on les accepte quand même. Et je me suis sentie un peu plus chez moi. Donc ce sera ça, le titre de mon blog : « Il y a des mouettes à Paris ». Ou plutôt « Une mouette à Paris ».

http://unemouetteaparis.canalblog.com

Wouahhhh... j'ai mon blog. Et moi, je m'appelle Peny. Ce sera mon pseudo. Chouette, je vais pouvoir laisser un commentaire à Suzy, signé Peny de Une mouette à Paris. En même temps, c'est peut-être un peu long, ça, « Peny de Une mouette à Paris ». Et pourquoi pas « la Mouette », tout simplement ? Ah oui, ça me plaît. Ce sera la Mouette. Mais avant d'envoyer des commentaires sur les blogs des autres, il faut que je personnalise un peu mon nouveau chez-moi.

Je suis vivante.

C'est miraculeux, car vraiment, ce taxi roulait vite. En même temps, j'aurais dû m'en douter qu'on ne meure pas à chaque fois : tous les taxis parisiens roulent comme des fous et je ne crois pas qu'on fasse état de centaines de morts au quotidien sur les routes de la capitale...

Je suis contente d'être en vie, donc. Ça aurait été bête de mourir maintenant, avouez. Alors que j'ai tout à découvrir de ce nouveau nid. Et que, déjà, j'ai tant à dire sur la ville et sur ses curieux habitants... Pas que du mal, rassurez-vous.

Je suis une mouette bretonne venue s'installer à Paris. Oui, vous ne le saviez pas ? Il y a des mouettes à Paris.

Bienvenue dans mon petit chez-moi virtuel (beaucoup plus grand que mon chez-moi réel).

Et hop ! Voilà mon premier billet posté. Mais il est encore impersonnel ce petit nid et puis je suis graphiste, il faut que « la Mouette » me fasse honneur ! Hop ! Au boulot. Et quand ce sera fini, je pourrai aller poster des commentaires partout. Me faire plein d'amis virtuels. Et devenir la reine de la blogosphère !!!

Chapitre 8.

Je travaille maintenant depuis un mois. Résumons la situation…

— *Aptitude au travail dans un open-space : 0,1.*
À partir de 10 heures, j'ai envie de tuer tout le monde. Et tout le monde me le rend bien. C'est un signe.

— *Nombre d'amis au boulot : 1.*
Julia me dit « bonjour » et m'autorise parfois à l'écouter parler. À ce stade, je crois que l'on peut clairement parler d'amitié, non ?

— *Nombres d'amis virtuels : 4.*
Oui. Vient un moment dans la vie où l'on est bien obligé de compter les amis virtuels pour ne pas perdre la face.

— *Nombre d'apéros pris avec des amis à Paris : 2.*
Après tout, on peut très bien dire aussi que c'est parce que je n'aime pas trop ça, moi, traîner dans les bars.

— Nombre de kilos pris depuis cet été : 3.

Ce qui m'amène à penser que vient un moment dans la vie où l'on est bien obligé d'arrêter de compter ses kilos pour ne pas perdre la face.

— Âge du blog : 4 semaines.

Quatre semaines à raconter ma vie dans le vide. Mais non, ça n'a rien de pathétique.

— Succès du blog : Heum. No comment.

En même temps, le succès, le succès… qu'est-ce que ça veut dire « le succès » ? On ne peut pas baser ça uniquement sur des chiffres. Le nombre de visiteurs, ça ne veut pas dire grand-chose, franchement. Si ?

— Addiction au blog : 12 547,5.

Ben, oui. C'est ça, le drame. Je ne sais pas si mon blog m'aime, mais je l'aime d'amour, moi, mon blog.

— Aptitude à la vie parisienne : 2.

Mais ça, c'est normal. C'est plutôt les Parisiens qui n'ont pas trop d'aptitude à la Pénéloperie !

Je viens, pour la cinquième fois en trois minutes et demie, de regarder s'il n'y a pas un nouveau commentaire posté sur le blog. Aujourd'hui, j'ai parlé (avec beaucoup d'esprit, évidemment) de la légendaire amabilité des vendeuses parisiennes. Sans faire de vilaine comparaison Paris-Province, je note tout de même que la vendeuse parisienne de base saute à la gorge de son client à la moindre demande de renseignement, quand la vendeuse de province a parfois la courtoisie d'esquisser un vague début de réponse. J'ai étayé mon papier de plusieurs exemples précis, et ce avec beaucoup d'humour. J'en conclus donc que les commentaires devraient logiquement se presser au portillon. Mais il n'en est rien. Je revérifie une sixième fois. Juste pour voir (on ne sait jamais, avec ces ordinateurs…). Et puis je clique sur le site de mon amie virtuelle, Isolde. Une Parisienne aussi, avec laquelle on n'arrête pas d'échanger des commentaires. Je vais commenter ses billets sur son blog et elle vient commenter les miens. Et parfois, ça se transforme presque en discussion. Mais son blog, à elle, a beaucoup, beaucoup plus de visiteurs que le mien. Enfin, je crois, vu le nombre de commentaires qu'elle reçoit à chaque nouveau billet posté. Elle est très sympa, cette fille. Je crois qu'elle aussi travaille dans la communication (il semble que tous les gens qui ont un blog travaillent dans la communication, à vrai dire). C'est rigolo. On s'est dit plein de fois qu'il fallait absolument qu'on prenne un jour un verre ensemble, mais on sait bien toutes les deux qu'on ne le fera pas : imaginez, si c'est un vieil homme moustachu en vrai ? Ben ouais. On sait jamais. Et le monsieur du train, il m'avait bien prévenue.

Je suis au bureau et je regarde tout ce petit monde qui se méfie si manifestement de moi. En un mois, je ne suis guère parvenue à plus d'intimité avec les Miss Bégueule qu'au premier jour. Si ce n'est que je connais désormais leur nom. Je m'entends très bien avec Julia qui est définitivement la fille la plus mal organisée de tous les temps (encore plus que moi, c'est dire !). C'est plutôt étrange tous ces visages familiers et inconnus à la fois. En même temps, c'est assez naturel, je suis la nièce de leur boss et je suppose qu'à leur place je me méfierais aussi un peu. Il faut dire que cette distance a son bon côté : je peux, sans que cela pèse trop sur ma conscience, me servir de ce vivier de préjugés et de médisances pour écrire mes papiers sur la faune parisienne.

Tiens, il y a un nouveau aujourd'hui. Il a l'air de rentrer de vacances. Il saute sur toutes les filles en leur faisant des bisous dans le cou. Eurk. Je trouve ça dégoûtant. Qu'il essaye de faire ça avec moi pour voir… Il a gardé ses lunettes noires sur le nez et il arbore un look étrange. Il a l'air tout maigre avec son jean serré et sa veste noire. C'est rigolo, il est coiffé comme dans les pubs de vêtements couture. Même dans Paris, on n'en croise pas souvent, des comme ça. Comme dans les pubs, aussi, il a le sourire ultrablanc qui fait mal aux yeux. Un peu carnassier, je trouve. Ça fait une bonne demi-heure que je l'observe et il me dit quelque chose. Bof… sans doute qu'il ressemble telle-ment à une pub que j'ai l'impression de le connaître, voilà tout.

Douzième clic pour voir si j'ai un commentaire. Mais non, je ne suis pas accro aux commentaires de blog ! Et puis en plus, j'ai eu raison, cette fois, il y en a ! Deux même. Il y en a un écrit par Isolde et un autre, d'une personne que je ne connais pas. Mais qui a un blog, elle aussi. Isolde renchérit sur mon papier (« Ouaiiiis ! Trop raison la Mouette, les commerçants parisiens sont tous des nazes, surtout les boulangères : D : D : D ») alors que l'autre m'explique doctement que non, non, non, chez Cartier, les vendeurs sont char-mants… Ben oui, mais ma poulette, si tu veux, moi, Cartier… c'est un peu le genre de boutique où je n'ai pas trop l'occasion de mettre les pieds. Et en plus, je voudrais pas faire mon enquiquineuse, mais au prix où ils vendent leurs babioles, le minimum, c'est d'avoir appris à sourire, non ? Heu… bon, je vais pas répondre ça, quand même. Je me contente de souhaiter la bienvenue sur le blog à cette nouvelle venue et de la remercier pour cette intervention : « Oui, tu as bien raison, il ne faut pas faire de généralités. » Et m'empresse d'aller jeter un œil sur son blog, des fois qu'il y aurait moyen de choper une nouvelle lectrice. Je suis un monument d'authenticité et de franchise.

Ehhh… mais il s'avance vers moi, le grand bizarre avec son jean serré et ses dents phosphorescentes… Oui, c'est bien à moi qu'il sourit… Et… euh… il me parle.

…

Hein ??? Quoi ! Alors ça, c'est la meilleure ! J'en serais presque tombée de ma chaise : ce type, c'est Axel. Mon cousin. Le fils d'Aure. C'est incroyable ce qu'il a changé. La dernière fois que je l'ai vu, c'était il y a pratiquement cinq ans, je dirais. Il vit aux États-Unis avec son père. Pardon, aux *States*. Il vient si rarement en France que j'en étais venue à oublier son existence. Pourtant nous avons été pendant de longues années de très bons amis tous les deux. Nous avons le même âge et nous passions tous nos étés ensemble dans la maison de nos grands-parents, au bord de la mer. Selon les années, nous étions amis ou ennemis, mais plutôt amis, en vérité. C'est vraiment étrange. Je le regarde et, cependant, je n'arrive pas à le reconnaître tout à fait. Comme si mon cousin était caché à l'intérieur du mec bizarre. Il a gardé sa voix. Et malgré son intonation un peu spéciale de type qui se la joue, je trouve en elle les marques dont j'ai besoin pour m'adresser à lui autrement qu'à un étranger. Wouah. C'est mon cousin. Je suis supercontente.

Et les Miss Bégueule sont vertes. Je jubile.

Axel me fait me lever pour mieux me voir. Il me fait tournoyer. M'ausculte, en fait. Et je l'entends prononcer un discours occulte dans un curieux jargon où je discerne parfois : « Hummmm yes, un peu plus court… un carré. Plutôt un marron chocolat. Les jupes. Hummm… Talons ? Black… non gris *maybe*… Pas de *red*… humm… Hummm. » Il me dévisage à nouveau, laisse planer un silence totalement théâtral et achève son analyse par cette tendre tirade fraternelle :

— Il y a du travail, ma belle, mais je crois qu'on peut faire de toi une vraie Parisienne. N'est-ce pas, mam' ?

Aure acquiesce, visiblement amusée. Oh, non. Il ne manquait plus que ça. Me voilà au milieu d'une réunion de famille apparemment destinée à trouver le moyen de faire disparaître la plouc qui m'habite de façon un peu trop évidente… Et tout cela devant un parterre de filles secrètement hilares. J'ai vraiment le chic pour me laisser entraîner dans les situations les plus pourries. Me voilà rouge comme une pivoine. Jusqu'à ce que mon cousin achève cette entrevue en me claquant un gentil baiser sur la joue avant de s'envoler vers la sortie, me laissant sur cette phrase spéciale Miss Bégueule :

— Au fait, habille-toi, ce soir. Je te sors, ma belle.

Huit heures plus tard, il est 23 heures passées. C'est bien ce que je pensais : Axel a dû trouver ça joli de faire le gentleman devant les filles du bureau. Mais c'était une phrase comme ça, quelques mots qui collaient avec le moment, en aucun cas une vraie invitation à rejoindre son groupe d'amis. Il aura oublié sitôt la porte passée.

J'ai bien fait de ne pas me préparer. À peine si je me suis changée. Si j'ai passé trois minutes dans ma penderie (façon de parler, je ne sais pas si « penderie » est adapté, dans le cas présent : un tas au pied du lit), c'est bien le bout du monde. Allez, quatre minutes. Une pour trancher cette épineuse question : collants ou pas collants, deux pour trouver une jupe qui ne me boudine pas. J'ai bien compris tout à l'heure qu'il voulait dire que je devrais porter davantage de jupes. Il a bien fallu aussi que je dégote un haut potable, puisque j'en étais là. Au moins deux minutes également. Et puis disons que j'ai passé une nanoseconde à rafraîchir mon maquillage. OK. À me maquiller. Bon.

Et puis ça tombe bien que je ne me sois pas trop préparée ; de toute façon, ce soir, je n'avais pas tellement envie de sortir. J'ai eu des tas de messages sur mon blog aujourd'hui. Au moins… dix. Et la moindre des choses, c'est de répondre à ces personnes. C'est vrai, la tenue d'apparat, maquillage compris, n'est peut-être pas indispensable pour répondre à une série d'êtres virtuels, mais c'est que j'ai le sens du détail, mouââ. Et puis en plus, j'avais envie de chocolat et j'ai juste une tablette sous les yeux que j'aimerais autant déguster tranquillement. Et il n'a pas intérêt à frapper maintenant parce que je n'ai pas la plus petite envie de partager.

C'est toujours comme ça. Pile au moment où je décide que je m'en fiche, et que, même pas vexée, je vais occuper ma soirée vachement mieux qu'à aller picoler avec ses potes débiles : c'est là, bien entendu, que mon cousin débarque dans ma chambre. Sans frapper, of course : il est très au-dessus de ça. Il se vautre sur mon lit, sans même me regarder. Approuve totalement l'esprit « je suis en transit » de mon petit nid. Et me signale que nous sommes en retard alors que je ne suis... même pas prête. Quoi ? Même pas prête ? Ça fait *deux heures* que je me prépare avec l'angoisse de la fille qui va au bal de la promo.

Heuuu... non. Bien sûr, je ne suis même pas prête. Pas eu le temps. D'autres choses à faire, moi. Des tonnes de clients. Pas vu l'heure.

Non, mais.

Je me dresse vers lui et lui explique avec calme que non, évidemment, je ne suis pas prête : pouvais-je savoir comment m'habiller alors que j'ignorais où nous allions ? Trop forte, la fille. Je lui propose donc d'examiner avec moi le contenu de ma garde-robe.

Il se saisit de ma proposition avec un entrain un peu trop prononcé à mon goût et plonge dans le tas de vêtements qui gît au pied de mon lit. La penderie, donc. Soulève un bout de tissu que je ne parviens pas moi-même à identifier. Murmure, comme tout à l'heure, des sons étranges. Il soupèse une jupe, tire un tee-shirt de la pile. Le repose. Puis pose la jupe. En extrait une deuxième. Il regarde, vraiment suspicieux, en direction de ma mince collection de chaussures. Réprime, semble-t-il, un haut-le-cœur. Puis replonge, la tête la première, dans le tas coloré, avant d'en sortir, triomphant, une jupe en jean et un tee-shirt blanc. Il regrette amèrement que je n'aie pas de ballerines.

— Mais tout le monde a une paire de ballerines.

— Ben non, mon pote, pas moi. Je n'ai pas exactement les gambettes de Claudia Schiffer au cas où tu manquerais de discernement.

— Ahahaha !!! Claudia Schiffer !!!! Qui connaît encore Claudia Schiffer ??? Ahahahah ! Tu es délicieusement rétro, cousine !

Et le voilà qui sort de ma chambre sans plus d'explication. Au loin, je discerne difficilement un borborygme que j'interprète comme un « habille-toi, je reviens ».

J'ai donc passé deux heures à sélectionner soigneusement des vêtements de soirée pour terminer avec une jupe en jean et un tee-shirt blanc. Quelque chose m'échappe.

Je le vois débouler quelques minutes plus tard avec une paire de ballerines... dorées. Quelle horreur. Les ballerines dorées étaient le truc préféré de ma mère quand j'avais douze ou treize ans. Avec Lili, nous avons établi une espèce de classification du monde. Et dans ce classement, les femmes arborant des ballerines dorées se trouvent très clairement du mauvais côté de la barrière. Oh, mon Dieu, heureusement qu'elle ne me voit pas avec ça. Et malheur : elles me vont parfaitement. Aure et moi faisons apparemment exactement la même taille. À peine ai-je eu le temps de les enfiler que mon cousin, portable collé à l'oreille, en grande discussion avec ses amis, m'entraîne hors de la chambre. Je n'ai ni sac, ni clefs, ni rien.

En voiture, j'ai cru mourir une bonne dizaine de fois. Sans mauvais esprit, c'est vraiment un truc de Parisien, de rouler comme des dingues. Nous voilà sur les bords de Seine. Aucun bar à l'horizon mais une péniche. Il y a une longue queue devant. Je sens que nous allons devoir attendre. Mais non, Axel ne semble voir personne, comme si la file n'existait pas, il m'entraîne et passe allégrement devant tout le monde. Je suis gênée, quand même. Doubler comme ça tous ces gens qui attendent... Je le vois faire un signe à quelqu'un qui approche de nous, son ami, apparemment. Il glisse un mot au type de l'entrée qui fait la pluie et le beau temps. (Toi, t'es riche, tu rentres. T'as l'air un peu pauvre, toi, par contre, non ? Ben, dans le doute, tu restes dehors. Classe.) Et la foule s'ouvre sur nous comme la mer Rouge devant Moïse. Un miracle. Je me faufile derrière mon cousin sur le bateau. Et tout à coup, un choc. Nous sommes dans un vrai salon marocain à ciel ouvert. Des tapis partout, des tables basses. Des divans. Et la nuit étoilée. Je comprends qu'à l'entrée les gens tentent leur chance au risque de gâcher leur soirée à espérer qu'une place se libère au paradis. Nous slalomons parmi les tables et nous voilà enfin face aux amis d'Axel. Tout à coup, le trac m'envahit. Ils sont tous beaux à mourir. Habillés à la perfection, branchés comme jamais. Il me présente.

— Salut, c'est ma cousine Pénélope.

Comme personne ne réagit, je pense qu'il va se répéter. Mais non. On s'assoit. Et plus rien. Je suis à côté d'une blonde sculpturale qui ne cesse de jouer avec ses ongles. Elle est au téléphone depuis dix minutes, au moins. Avec plusieurs interlocuteurs à la fois, semble-t-il. Je tente, sans trop de succès, de m'intéresser à la conversation du reste du groupe, ce qui se révèle plutôt difficile étant donné qu'il s'agit du récit des frasques des uns et des autres. Je ris avec eux aux blagues, sans vraiment en comprendre le sens. Le fait que Manu se soit retrouvé nez à nez avec Julia me rend absolument hilare. De même que la fameuse histoire de Julia avec Marine, la fille du patron du Dameray, totalement tordante. À un moment, d'autres personnes arrivent. Une nouvelle fournée de filles canon, notamment. On se pousse tous, Axel commande du thé pour tout le monde. La blonde assise à mes côtés rechigne : vu l'heure, elle préfère tourner au Dompé, dit-elle (qu'est-ce que le Dompé ? mystère). Depuis quelques secondes, j'ai une nouvelle voisine, plus loquace. Chouette. Elle s'appelle Ombeline. Elle est ravissante. Son nom me dit quelque chose. Pourtant, Ombeline, ce n'est pas courant. Elle est photographe et tire une tête de six pieds de long. En regardant un peu autour de moi, j'en déduis que faire la gueule est apparemment une hygiène de vie, ici. Pourquoi pas, après tout… Le serveur revient avec du champagne. Mais… qui a commandé du champagne ? Pas grave, j'en veux bien aussi. Les filles attrapent toutes leur coupe d'un geste nonchalant, comme je le fais avec un mauvais Malibu orange servi dans un verre en plastoc à peine propre. À ce qu'il semble, c'est le breuvage de rigueur ici. Super, j'adore le champagne. Ce qui est bien, c'est que tenir une coupe me donne assez de contenance pour que je puisse me passer de parler. À côté de moi, Ombeline grommelle. D'après ce que je comprends, il y a de l'eau dans le gaz avec mon autre voisine, celle qui n'a pas décollé l'oreille de son portable. Je l'entends murmurer les pires atrocités à son sujet. En face, un dénommé Damien s'amuse beaucoup à ce petit manège et me demande si ça ne m'inquiète pas trop d'être enfermée sur un bateau parmi les dingues. Je ris. Pour me donner une contenance, une fois de plus. Mais il est déjà retourné à une autre conversation. Ombeline finit par m'adresser quelques mots :

— Il est trop froid, ce champagne. C'est infâme. Bon, tu fais quoi dans la vie ?
— En fait, je suis graphiste, mais je bosse aussi pour ma tante, la mère d'Axel.
— Ahhhhhh… c'est toi Pénélope ? J'avais pas compris. J'ai souvent entendu parler de toi quand on était gamins.
— Ahhhhhh… Tu es *la* Ombeline ?

Et Ombeline rosit délicieusement. Ça y est, j'ai compris. Ombeline était la « meilleure amie-petite chérie » d'Axel quand nous étions adolescents. Leurs parents sont amis et ils passaient beaucoup de temps ensemble. J'ai entendu de looooongues complaintes, sur la plage, lorsque mon cousin ne recevait pas son courrier hebdomadaire en temps et en heure. Je me souviens, maintenant, avoir vu quelques photos d'elle, mais elle est méconnaissable maintenant bien qu'elle ait toujours un vague air d'adolescente avec ce corps si mince, frêle… presque fragile. Avec son jean et son tee-shirt trop grand qui fait paraître ses bras si menus. Et son absence de maquillage, sa blondeur d'enfant, son teint de bébé. C'est donc elle, Ombeline.

Tout à coup, je me sens mieux avec cette fille qui m'est un peu familière. Nous parlons des bribes que nous connaissons de l'existence de l'une et de l'autre. De son boulot, du mien. Elle me dit que mes ballerines sont jolies. Elle me demande si ce sont des Repetto. Je me marre en disant que je n'en sais rien. Elle me regarde à son tour en écarquillant les yeux si fort que j'ai l'impression qu'ils vont jaillir de leurs orbites. J'y décèle quelque chose de curieux... comme une pointe d'admiration.

— Quoi ? Tu ne sais pas ? Tu veux dire que tu ne connais pas la marque des chaussures que tu as aux pieds ?

Elle a l'air de trouver ça génial.

— Non. Je ne sais pas. Mais attends, je vais te dire.

Je soulève donc un pied.

— Oui, tu as raison, ce sont des Repetto. Je porte des chaussons de danse, donc. Amusant.

— De toute façon, ça ne pouvait être que des Repetto. Ils sont les seuls à savoir faire des ballerines aussi fines. J'aime bien, comme ça, en doré. De toute façon, j'adore le doré.

— Oui, moi aussi, j'adore. (Comment ça ? Qui a dit que je détestais le doré ?)

Tout à coup, tout le monde se lève. On part. Axel me glisse rapidement qu'« on s'arrache parce qu'on crève d'ennui ». Ah ? Bon. Je suis le mouvement. J'ai juste le temps, en partant, de lire l'étiquette de la bouteille de champagne : Dom Pérignon. La vache. Je viens de boire du Dom Pérignon. Et je ne m'en suis même pas rendu compte.

Ahhhhh… je viens de comprendre *Dompé*. C'est comme ça qu'on appelle le Dom Pérignon quand on en boit comme d'autres boivent du thé.

Ce soir, je suis allée au Teaboat et j'ai bu du Dompé. Même que, aux pieds, j'avais des Repetto. Génial.

Chapitre 9.

Un thé sous les étoiles

Hier soir, je suis allée avec des potes au Teaboat. Vous savez, ce bateau-salon marocain génial sur les bords de Seine.

Je vous recommande chaudement l'endroit, totalement dépaysant. Avec ce temps de fin d'été, c'était tout à fait fabuleux.

La déco est d'enfer : imaginez un salon marocain à ciel ouvert... Et je peux vous dire que boire du Dompé à la belle étoile à demi allongée sur un lit de coussins a quelque chose de franchement paradisiaque.

« Tsssss... voilà qu'elle fait sa Parisienne », pensez-vous... Eh bien oui ! Après quelques semaines d'adaptation je commence enfin à me sentir ici chez moi :)

Et puis qui a dit que Paris ne recelait pas quelques trésors cachés parmi les grincheux et les taxis tueurs d'hommes ? Comment ça « moi » ?

PS : Je vous mets en photo mes nouvelles ballerines en or. (Ce sont des Repetto... dorées et je dirais, sans mauvais jeu de mots, au prix de l'or. Hahaha. Oui, je sais : quel humour !)

Posté par la Mouette / le 14 septembre 2005 / Rubrique : Sorties

Commentaires : 23

Quoi ? Quoi ? Vingt-trois commentaires ? Sur mon blog ? C'est dément, je n'ai jamais eu ça !!! Apparemment, mon escapade au Teaboat a fait son petit effet. Mais en fait, je suis allée voir sur Internet, il y a plein d'articles dessus. Il semble que ce soit l'un des lieux branchés du moment. Ahhhhh mais oui... je vais dans les lieux branchés, mouâââä. Qu'est-ce que vous croyez ?

Bon. Du calme. Faire comme si j'étais totalement habituée au succès. Ne pas m'emballer. Lire calmement les divines remarques et répondre à chacune avec ma coutumière bienveillance. Oh... mais c'est plein de nouveaux lecteurs ! Il n'y a même pas de message d'Isolde, ma complice de blog pour canarder les Parisiens en soulignant tous leurs défauts. Une certaine Marie s'extasie carrément : elle y était aussi mais dans la file d'attente et elle voudrait savoir combien de temps j'ai attendu. Je lui réponds, le plus simplement du monde, que je n'ai pas eu à attendre. Pas d'ostentation. Inutile de dire que j'ai fendu la foule sans un regard pour les badauds qui attendaient leur tour. C'est ça la classe après tout. Ne pas se vanter.

Oh… et qu'est-ce qu'ils ont tous avec mes ballerines ? Il y a plein de messages sur mes chaussures. Tout le monde me demande : « Mais comment tu as fait ? » J'ai envie de répondre quelque chose comme : ben, j'ai rien fait de spécial, je les ai achetées… enfin, on me les a offertes… enfin, c'est mon cousin qui les a empruntées à sa mère parce qu'elle a six mille paires identiques et qu'elle ne s'en apercevra même pas. Heu. Non. Mauvaise idée. Qui a besoin de savoir ça ? Je réponds donc, le plus sobrement du monde : « Merci beaucoup ! Moi aussi, je les aime bien, mais je ne saurais dire où je les ai achetées : on me les a offertes. » Point.

Incroyable ! Le temps que je réponde aux précédents messages, d'autres sont venus s'ajouter. Et à ce que je lis, décidément, le Teaboat et « mes » ballerines agitent les foules… À croire que j'avais vraiment de l'or aux pieds, tout le monde veut savoir où je les ai eues… Il y a même une personne qui me dit qu'elle est prête à me les racheter…

Je n'ai parlé à personne de mon blog. C'est mon petit secret et, de cette façon, je reste libre de dire exactement ce que je veux. Mais du coup, c'est superfrustrant de ne pas pouvoir le montrer à Axel. J'aimerais bien savoir, tout de même, ce qu'elles ont de génial ces ballerines. À part d'être dorées (j'ai bien compris que, sur ce coup-là, Lili et moi avons tout faux). Justement, le voilà, tout pimpant.

— Hello, belle cousine ! Bon, tu viens ?
— Pourquoi ? On a quelque chose de prévu ?

— Vu ce que tu as sur le dos, ma chérie, oui, nous avons quelque chose de prévu. Et on a même pas mal de travail, pour tout dire.

— Du… travail ?

— Mais oui, ma belle. Maman est d'accord pour que je te relooke. Et déjà, commence par lâcher ce paquet de bonbons. C'est pas comme ça que tu vas maigrir.

— …

— Dépêche-toi, j'ai pris plein de rendez-vous.

Je n'ai aucune idée de la façon dont il faut réagir. Mon cousin adoré vient de m'expliquer que j'étais imprésentable, grosse et mal sapée. Tout va bien. En même temps, Axel est étudiant dans la mode (je l'ai compris il y a quelques jours seulement). Les fringues, c'est son truc. Disons que je vais pouvoir profiter de ses conseils. De toute façon, si je ne positive pas, je pleure (quand même, je suis très vexée, là).

Dans le taxi qui nous conduit chez le coiffeur (s'il me coupe les cheveux court, je le tue), je constate qu'il avait préparé son coup. Il est venu me chercher au boulot pour que je n'aie aucun moyen de prétexter un empêchement. Et il a dû passer la matinée à tout organiser, car le programme est plutôt chargé : j'ai rendez-vous chez Toni&Guy, le coiffeur branché du moment (je le savais, je l'ai lu dans Cosmo), et ensuite, nous irons faire les boutiques.

Chez Toni&Guy, je manque de m'évanouir. Ceux qui sortent de là ont tous une tête bizarre avec des cheveux dans tous les sens. À l'intérieur du salon, une musique de dingue oblige tout le monde à hurler. On se croirait en boîte. Axel, lui, est à cent pour cent dans le trip « coiffeur fou, musique de dingues ». Il fait des bises à tout le monde et compose une attitude inspirée pour donner ses instructions au type qui va se charger de ma tête. Quand je tente d'expliquer que je ne veux pas ci ou que telle couleur ne me plaît pas, je comprends que je n'ai pas voix au chapitre : le hochement de tête du coiffeur, pourtant très étudié afin de faire genre « je vous ai compris », est un moyen de me faire taire. D'abord, vu le volume sonore de la pièce, je suis certaine qu'il n'a rien entendu de ce que je viens de lui demander. Deuxièmement, je crois qu'il s'en fout, de mes remarques. Et pour finir, je me demande si ce type parle français. Axel, lui, est ravi. Il me tourne autour en me répétant que je vais être magnifique, que c'est génial, qu'il sait déjà exactement comment je vais être et que ça va être top. De toute façon, je n'ai d'autre choix que de le croire.

Après le shampooing le type revient vers moi, armé de sa paire de ciseaux. Maintenant qu'Axel s'est calmé (il se tient sagement à côté de moi, plongé dans la lecture d'un magazine à potins de haute volée), c'est le coiffeur qui volette autour de ma tête comme un frelon prêt à piquer. Il m'ébouriffe dans tous les sens. Me fait pencher la tête, coupe une mèche (une de ces mèches que j'ai passé des années à faire pousser), puis une autre. Constate apparemment qu'il y a du génie dans sa façon de travailler. Lisse quelques cheveux sur le devant de mon front. Recule. Recoupe un bout. Évidemment, je n'ai pas de miroir pour contempler le travail de l'artiste. Je crois que c'est aussi bien parce que si ça ne me plaît pas, je risque de pleurer. Je l'ai déjà fait, ça : pleurer chez le coiffeur, une fois où la fille m'avait taillé une coupe au bol. Je peux donc témoigner que ça n'a aucun avantage : on est ridicule, ça ne défoule même pas, on fait pitié à tout le salon, on paye quand même et, au lieu de ressortir de là avec seulement sa coupe ratée, on a *vraiment* une tête à faire peur.

Axel lève la tête. Ils échangent quelques mots. Je sens un coup de ciseau beaucoup trop près du crâne à mon goût. Un frisson me parcourt. En même temps, à ce stade, on ne peut plus rien faire. Il m'ébouriffe encore. Coupe. Change d'outils. Me regarde. Me fait lever puis secouer la tête. Ouf, je sens encore des cheveux qui caressent mes oreilles. Il n'a pas tout enlevé. Le voilà maintenant qui sèche dans tous les sens. Ce type est quand même bizarre : on dirait qu'il cherche à tout prix à me décoiffer... Lorsque l'engin s'arrête, le ballet des ciseaux reprend de plus belle. J'ai les cheveux dans les yeux et hâte que ça s'arrête. Axel, lui, semble adorer. Je me demande si ce n'est pas une source d'inquiétude supplémentaire : Axel adore les jeans qui moulent les chevilles et porte des bagues à chacun des dix doigts... Mais en même temps, c'est un pro de la mode (je me demande pourquoi cela ne suffit pas à me rassurer). Finalement, le coiffeur semble avoir atteint son but.

Juste à ce moment-là, une fille s'avance vers lui. Ils échangent quelques mots rapides. Axel ne fait pas attention à nous. La lecture de *Voici* semble tout à fait inspirante. J'ai bien compris qu'ici je n'avais pas d'allié, je choisis donc de me taire et je me sens seule au monde lorsque je vois la fille arriver avec son nécessaire de coloration. Elle me susurre (en français, ouf, quelqu'un à qui parler) : « Bon, on passe au maquillage. »

Enfin quelque chose de positif. La coloration ne m'est pas destinée. Au maquillage ? Mais où ça, le maquillage ? Bon. Au moins, ça, c'est sans risque, un coup d'éponge si le résultat me déplaît et hop ! Je réponds, plus tranquille : « Je vous fais confiance » pendant qu'elle touille son mélange à coloration.

Et avant que j'aie eu le temps de comprendre, la voilà qui applique vigoureusement un premier coup de pinceau sur ma nouvelle coupe top secrète. « Hé ? Mais vous m'aviez parlé de maquillage ? » La fille se marre et me répond d'un air un peu condescendant : « Oui, du maquillage du cheveu. On est dans un salon de coiffure ici, au cas où vous ne l'auriez pas remarqué… » Je viens de m'illustrer une fois de plus par l'étendue de mon vocabulaire capillaire. Je demande à Axel des précisions sur ce qui m'arrive. Je récolte seulement un vague sourire énigmatique qui m'inquiète encore davantage. En plus, je suis morte de faim.

Et me voilà, moi aussi, un *Voici* dans les mains en attendant la délivrance. La musique commence à me taper sur le système. J'évite de regarder trop autour de moi : dès qu'une personne entre avec une tête normale, elle en ressort avec la coupe de Marilyn Manson. D'un autre côté, il faut reconnaître que peu de personnes qui passent la porte ont une tête normale. Oh, mon Dieu… quand maman apprendra que sa fille a viré punk, elle qui me voit déjà siéger aux côtés d'Aure à la direction artistique du département communication d'une multinationale…

J'en suis là de mes interrogations quand, enfin, Miss Maquillage capillaire vient m'extraire de mon *Voici*.

Premier shampooing. Émulsion (rien compris à ce qu'elle me veut avec son émulsion : il paraît que ça va m'apporter un « max de brillance ». Soit). Re-shampooing. Soin. Je comprends au passage que je vais devoir acheter la moitié de leur gamme pour cheveux colorés si je veux avoir une chance de ne pas voir ma coupe s'effondrer au premier contact avec l'air. Petit massage. Retour à la case séchage. Séchage. Menus coups de ciseaux du dingue que je soupçonne forte-ment de cisailler dans le vide afin de parfaire l'image d'âââârtiste capillaire qu'il se fait de lui-même. Genre le peintre qui signe sa toile. Allons bon, je ne suis plus à ça près vu les tourments qui sont les miens depuis deux heures. Je le vois s'enquérir du miroir. Axel, lui, a carrément disparu, je ne sais pas où il est.

Le miroir approche. J'ose à peine regarder… et me voilà… me voilà… comment dire… noir de jais. Avec des cheveux dans tous les sens. Longs, mais dans tous les sens. Il y en a de toutes les longueurs, c'est très effilé. Et ça ondule. Manque plus que les ongles noirs, et j'ai l'air d'une gothique. Tout va bien. Axel, réap-paru comme par magie, est manifestement satisfait. Plus que ça même. Il me trouve superbe. « Exactement ce qu'il me fallait. » C'est un peu un choc de me voir comme ça. Mais je dois dire que ça n'est pas si mal. Je n'arrive pas à aimer totalement parce que je ne me reconnais pas, mais si c'était une autre fille que moi, je crois bien que je la trouverais jolie. De toute façon, je n'ai pas le temps d'y réfléchir. Axel me fait signe que l'heure tourne, il est encore au téléphone et je le vois sautiller au fond du salon pour payer. Je lis sur ses lèvres « c'est cadeau ». J'ai du mal à remercier. J'avoue que je suis plus dans l'état d'esprit « manquerait plus que ça que je paye, encore ». Mais je n'ai pas le temps de dire ou penser quoi que ce soit, une tâche apparemment de la plus haute importance nous attend : le shopping.

En arpentant les rues de Saint-Germain, je me rends compte combien le terme *shopping* est éloigné du sens qu'il revêt avec Lili. Là, ça ne rigole pas. Axel sait où il veut aller. Il m'explique d'un ton sans réplique que j'ai besoin de basiques (de quoi ? c'est quoi exactement des basiques ?). Je ne dis rien : je saurai toujours assez tôt. Nous atterrissons dans une minuscule boutique où nous sommes entassés avec cinq autres personnes. Je vois Axel se jeter sur les jeans. Il farfouille dans les piles. Me regarde, regarde la vendeuse, regarde les piles. Demande des précisions. Le Diesel, vous l'avez en 28 ? Non, pas celui-là, il est trop taille basse. Et le Joe's ? Oui, je veux bien le 27 aussi, ils taillent supergrand. Et me voilà avec une pile de jeans à essayer. Je m'exécute. Ne les ferme pas tous, mais Axel m'explique que si le jean ferme, c'est qu'il est trop grand. J'en déduis donc que la phlébite est quelque chose de particulièrement tendance.

J'essaie, j'essaie, j'essaie. Il y a plein de formes et de couleurs différentes. (Enfin, « plein de couleurs »… Plein de « bleus » différents, mais, bien entendu, il ne faut surtout pas dire « bleu », sinon ça craint. Je commence à piger le truc.) Axel juge au fur et à mesure de « ce qu'on garde ». Au final, il en a retenu deux et je dois dire que je suis assez d'accord avec lui sur ce coup-là. Mais j'avoue que je ne sais pas comment lui expliquer calmement qu'un jean à deux cent vingt euros, ce n'est pas exactement dans mon budget. Et que donc, en toute logique, deux jeans à ce prix-là, c'est juste pas possible. Je me dis que nous allons débattre tranquillement une fois que je serai rhabillée, mais au moment d'enfiler mon jean normal à cinquante euros, je l'entends alors déclarer à la vendeuse : « On prend les deux. » Vent de panique. Comment ça, on prend les deux ? Et à nouveau, je l'entends me dire : « T'inquiète, c'est la maison qui régale. » Bon. Je me demande bien qui est « la maison », mais après tout... À peine sommes-nous sortis qu'Axel m'entraîne dans une boutique où tout me semble fait pour les gens qui n'aiment pas la mode, justement. Que des couleurs passées, vert triste, bleu triste, kaki triste, violet déprimé. Contre toute attente, je vois mon cousin s'extasier. La boutique s'appelle Zadig & Voltaire. Inconnue au bataillon. Axel connaît manifestement la collection par cœur et va directement demander à la vendeuse tel pull dans telle couleur avec tel message. Et tel haut en telle taille. Pendant que la fille s'exécute, je regarde les étiquettes. Le prix me fait tourner la tête. Jamais je n'ai acheté un tee-shirt à ce prix-là. Axel semble comprendre et me lance : « Détends-toi, chérie, ta garde-robe basique, c'est cadeau. Écoute, j'ai des prix dans toutes ces boutiques, et considère que c'est mon petit cadeau de bienvenue. » La vendeuse, sublime, arrive avec plusieurs hauts, pulls, etc. Vraiment, je suis surprise que ces fringues soient à la mode. Il y a même des trucs pour les coudes sur le pull. Je suis franchement dubitative, mais devant l'insistance d'Axel, je finis par abdiquer. J'essaye. Forcée de constater que c'est superjoli (m'énerve quand il a raison, ce type), j'accepte ce qu'il me propose. « Allez, me dit-il, on file chez Gap, maintenant. »

Ah, enfin une marque que je connais, je vais enfin me sentir un peu moins cruche.

Grossière erreur. Nous entrons dans Gap, Axel attrape deux tee-shirts blancs et nous voilà déjà dehors.

La course folle aux basiques (je n'ai toujours pas compris ce que c'est) continue. Les boutiques s'enchaînent. J'ai cessé de regarder les étiquettes tellement les prix me surprennent. En plus, je ne connais aucune de ces marques. Maje. Sandro. No Collection. Jamais entendu parler. Lui, il jubile. Je vois bien que mon étonnement devant les prix l'amuse. Il me glisse quelque chose du type « ahahaha, si on allait chez Chloé, ce serait autre chose ».

Qui est Chloé ? Aucune idée. Une amie encore plus *fashion victim* que lui, probablement…

Me voilà maintenant avec un cardigan, une robe, deux jupes, un trench. Je me laisse faire, je ne sais même plus si j'aime ou non. Je croyais ne jamais m'entendre dire ça, mais j'en ai assez du shopping, j'ai envie de rentrer.

Dieu merci, je crois qu'on a fait le tour. J'ai plein de paquets dans les mains, et Axel aussi. Il m'explique qu'il faut absolument que je lui fasse penser à un truc de sac à main (rien compris). Et enchaîne sur ce que je vais mettre tout à l'heure puisqu'on va sortir avec ses copains. Rien que l'idée de sortir me fatigue. Il le sent et me dit que, quand même, je ne vais pas faire la mollasse, et qu'à New York les gens sont autrement plus dynamiques. On ira aux Deux Magots. Les recommandations d'Axel s'enchaînent : « Le Diesel brut avec le petit haut Zadig chocolat. Tu sais, celui avec écrit *Robbie* derrière. C'est très rock pile ce qu'il faut à ta nouvelle coupe. Avec ça tu as bien une paire de converses… Quoi ? Tu n'as pas *une seule* paire de converses ? (Ben non, dis. Pas une. Mais j'avais jamais percuté à quel point ça faisait un gouffre béant dans ma vie.) Bon, tes Repetto feront l'affaire. Je vais te prêter ma Rolex, aussi. Mais tu feras gaffe, hein. » Nous voilà maintenant devant le porche de l'immeuble. Axel me propose de le rejoindre à l'appartement. « Il reste deux trois trucs à fignoler. »

Pour être franche, il commence à me taper sur le système. J'ai l'impression d'être un chantier. Dans la cuisine, Aure se prépare un thé. C'est plutôt rare qu'elle rentre si tôt, mais je suis contente de la voir. Elle s'extasie devant tous mes paquets. Puis à ma mine renfrognée, elle rit : « Le rouleau compresseur est passé par là à ce que je vois. C'est très joli cette nouvelle coupe, ça met en valeur tes grands yeux. Moi aussi, j'ai un petit truc pour toi, suis-moi. » Aure m'entraîne vers son dressing. Elle en sort une petite malle qui contient une bonne quinzaine de sacs et autant de paires de chaussures. « Tiens, je t'ai fait une petite sélection rapide. Je ne les porte jamais, donc je te les prête. Tu peux t'en servir comme bon te semble, mais prends-en soin, ce sont de belles pièces. » Là, je dois dire que j'ai beau en avoir trop vu pour aujourd'hui, les chaussures et les sacs à main sont deux choses qui retiendront toujours mon attention. Je suis comme une gamine à tous les essayer, c'est top !

Mais là encore, pas le temps de lambiner, Aure, comme à son habitude, a déjà filé et j'ai à nouveau Axel sur le dos qui me presse d'aller m'habiller.

Vite, vite, j'enfile ce qu'il m'a demandé de porter. Je prends sans réfléchir le sac qu'il me tend. Et nous filons aux Deux Magots.

Les amis d'Axel sont déjà là. Les deux filles, Ombeline et l'autre, toujours pendue au téléphone, sont installées, lunettes noires sur la tête. Je ne suis même pas assise que la fille au portable interrompt sa conversation : « Naaaannn, le Zadig, tu l'as eu comment ? Ils disaient qu'ils n'en avaient plus. » Et retourne à sa discussion par mobile interposé. J'ai déjà compris que ma réponse n'avait pas d'importance, que ça devait être sa façon de dire bonjour. Je m'assieds à mon tour et entame la conversation avec Ombeline. Le soleil de fin de journée est doux, les gens qui passent sont beaux. La boutique Louis Vuitton, juste à côté, ferme ses portes, l'odeur des crêpes de la petite baraque à frites à l'entrée du métro vient nous chatouiller les narines. Nous sommes vraiment bien, ici. Je suis à Paris, dans l'un des plus beaux quartiers du monde, attablée à l'une des terrasses les plus prisées de la ville, donc du monde. Mon cousin, comme une bonne fée, vient de m'offrir (avec l'argent de son père, qui en a beaucoup) l'équivalent de trois mois de salaire en fringues. D'un coup, je prends la mesure du privilège qui est le mien.

Je me rappelle être venue m'installer à cette même terrasse il y a quelques semaines. On m'avait demandé sur un ton condescendant pour combien de temps j'étais en visite ici. Aujourd'hui le serveur, le même, prend ma commande sans un regard. En général, je me vexe, mais là je comprends que je fais juste couleur locale. Si je regarde autour de moi… les autres filles… je suis comme elles. Même look faussement débraillé. Mêmes chaussures. Même coupe de cheveux. Et je viens de comprendre : en une après-midi, Axel a fait de moi une Parisienne.

Chapitre 10.

« Ouais... t'es où ? »

Attention : petit message médisant mais si agréable. Je sais, je sais, je suis désormais parisienne à temps complet, j'ai donc, d'un coup, moins de légitimité à me moquer. Mais j'ai beau adorer ma nouvelle peau de Parisienne, il reste encore quelques vestiges de ma vie passée, en conséquence de quoi, j'ai un peu de mal à m'accommoder de certaines choses.

Par exemple, ceci : « Ouais... t'es où ? » J'ai mis un peu de temps à le comprendre mais c'est en fait le « allô » de la Parisienne branchée qui ne voit généralement aucun intérêt particulier à saluer son interlocuteur, quel qu'il soit. Précisons au passage que cette même Parisienne conclura n'importe quelle conversation téléphonique par un « bisou », y compris si l'interlocuteur au bout du fil n'est autre que le DG d'une holding américaine.

En même temps, je ne vous cache pas que ça a une certaine classe. Quelque chose qui te dit : « Mais pour moi, chérie, il n'y a ni hier, ni demain, ni jours, ni nuits.

Je ne ponctue pas ma vie d'éternels bonjour-bonsoir.
Ma vie est une longue journée. » Ça a beau être un peu
ridicule, ça me plaît beaucoup. La question est : faut-
il, oui ou non, imiter le « ouais, t'es où » de la Pari-
sienne branchée ?

Posté par la Mouette/le 30 septembre 2005/
Rubrique : Parisianismes

Commentaires : 45

Et ce n'est même pas caricatural. Au téléphone,
c'est Iris. La blonde toujours pendue à son Samsung
1458D 740. Ce mutisme à mon égard que j'avais
d'abord pris pour un certain mépris n'était en fait rien
d'autre qu'une incapacité viscérale à communiquer
avec autrui autrement que par téléphone interposé. Il a
donc suffi que je lui donne mon numéro pour que tout
soit réglé... Nous nous parlons beaucoup désormais...
au téléphone. Pour des choses pratiques essentiellement : « On se retrouve où ? Et Axel, il est avec toi ?
Passe-le-moi. »

Justement, on doit se retrouver ce soir pour une
soirée organisée par je-ne-sais-pas-qui. (« Un copain »,
vais-je donc raconter demain au boulot. C'est ce que
tout le monde fait, de toute façon.) Mais avant, on a
prévu un *before* au Teaboat. *Before*, ça veut juste dire
« avant d'aller en boîte ». En Bretagne, on dit simplement « boire un verre ». Ou « boire un pot avant
d'aller en boîte » pour ceux d'entre nous qui ont vrai-

ment besoin de toutes les données du problème. Tiens, il faudra que je ressorte ça pour mon blog.

À propos de blog, depuis que j'ai ma nouvelle peau de Parisienne toute neuve et que je sors dans des tas de lieux déments avec les potes d'Axel, c'est incroyable. Rien qu'hier, j'ai eu mille deux cents visiteurs. C'était écrit dans les statistiques : je peux suivre en temps réel les visites, c'est très rigolo. Le message sur le « ouais, t'es où » a reçu plus de quarante commentaires. Je n'ai même pas eu le temps de répondre à tout le monde. Je ne sais pas comment me voient les gens, mais apparemment, je suis devenue, en quelques jours, la « night-clubbeuse » parisienne du web. Je ne vais pas me plaindre. Il y a plein de gens qui m'envoient des mails pour me dire qu'ils adorent mon blog et que j'ai l'air d'avoir une vie géniale. Et je dois reconnaître que depuis quelques semaines c'est vraiment le rêve. Tout va bien. J'ai enfin rencontré un groupe de personnes sympas, mon boulot se passe bien, je suis hypergâtée par Aure. Lili est partie pour deux mois en Inde et elle me manque, mais je suis une grande fille. Je peux donc me passer de ma meilleure amie quelques semaines. Surtout qu'elle m'a promis qu'elle s'arrêterait quelques jours à Paris à son retour, avant de rentrer en Bretagne. Il me tarde de la voir, je suis superimpatiente qu'on fasse des trucs géniaux toutes les deux…

Enfin, pour l'instant, la question existentielle est : mais que vais-je porter ce soir ? J'ai déjà sorti toute ma collection de « basiques » offerts par Axel. Heureusement, j'ai fini par comprendre ce qu'étaient « les basiques ». C'est tout bête : ce sont les vêtements incontournables, ceux qu'on-ne-peut-pas-ne-pas-avoirdans-sa-garde-robe. Jeans, tee-shirts blancs, chemises blanches... converses (j'ai fini par en acheter même si je trouve que j'ai l'air d'un pot avec ça), etc. Bien entendu, il y a des pièges. Le trench beige, par exemple, est un basique. J'ai, personnellement, réussi à survivre sans, jusqu'à il y a quelques jours, mais apparemment, ça tient du miracle.

Ce soir, je pense pouvoir compter sur mon jean brut et une chemise d'homme dans laquelle je me trouve particulièrement à mon avantage. Avec un petit bijou au cou et une paire d'escarpins à bout pointu d'une marque imprononçable (mais tout à fait géniale si j'en crois les regards hystériques que les filles lui ont lancés), je pense que ça ira.

Si Iris m'a appelée, c'est pour que nous nous retrouvions aux Deux Magots avant d'aller au Teaboat. Pour une sorte de *before*... Mais en fait, comme on a déjà le *before* au Teaboat, l'apéro des Deux Magots, ça s'appelle un *afterwork*. Il y a donc, dans l'ordre : l'*afterwork*, le *before*, la soirée et, pour ceux qui sont très courageux, il peut y avoir aussi une *after*, mais là, moi, je suis déjà au lit. Tout ça pour dire que ma nouvelle vie est extrêmement compliquée. Et, comme de bien entendu, je suis très en retard. Aucune Parisienne n'arrive à l'heure à un rendez-vous. C'est presque une politesse, ici, le retard. Je ne fais que me plier aux usages. J'enfile donc rapidement ma tenue, un petit coup de blush bonne mine, un rien de gloss, et me voilà fin prête. S'il y a une chose que j'aime ici, c'est le côté décontracté de la mode. À Rennes, lorsque nous sortons le soir, on se pomponne, on sort les jupes et les bustiers, le maquillage coloré... Ici, c'est exactement le contraire : on enfile un jean et des ballerines. Évidemment, tout réside dans le choix de la ballerine ou du jean. C'est là que perso, je m'y perds un peu. Mais mon cousin veille au grain, c'est parfait comme ça.

Me voilà devant la terrasse des Deux Magots. Seules les filles sont arrivées. Je m'installe avec elles. La discussion tourne autour d'un sujet de fringues (pour changer) dont je n'ai jamais entendu parler. Diane Von Quelquechose. Apparemment, c'est dément, et Ombeline a un plan pour une vente presse. Iris manque de s'évanouir à cette détonante nouvelle. Puis elles se tournent vers moi. Nouvelle crise d'hystérie. C'est mon sac à main qui vient de provoquer cette salve de hurlements. Il paraît que la couleur est « juste hallucinante ». Je n'ose pas dire que je ne vois pas bien ce qu'il a de si génial et qu'il m'a plutôt l'air... marron. Marron normal, je veux dire. Ombeline, soudainement inspirée, se tourne alors vers Iris.

— Au fait, tu l'as vu le Paddington ? Tu vois... le bleu ardoise... Pas le petit, le moyen.

— M'en parle pas, j'en rêve. Je fais pression sur Carina. Mais si, tu sais, Carina, la copine de Jeff qui bosse chez Chloé. Je fais tout pour qu'elle m'ait un plan pas trop cher.

— Attends ? T'as un plan ? Et jamais tu me le dis, ça ?

— Mouais, en même temps, elle va peut-être pas en faire profiter la terre entière, la Carina. Et puis je te rappelle que c'est pas non plus ma meilleure amie.

— Nannnn... un Paddington, c'est mille euros. S'il y a moyen de payer moins cher, faut tout tenter. Il paraît qu'ils sont même en rupture sur certains modèles...

C'est à ce moment-là que je crois bon de m'immiscer dans la conversation...

— Attendez, les filles, il y a un truc que je ne comprends pas... Mais pourquoi tenez-vous tellement à vous acheter un... ours en peluche à ce prix-là ?

Grand silence. Et tout d'un coup, les voilà parties dans un long rire. Un immense éclat de rire. Je n'ai jamais vu autant de dents d'un coup. Elles se tiennent les côtes et rient à en pleurer. Je ne me connaissais pas un tel talent d'humoriste. À moins qu'elles se fichent de moi... Oui. C'est malheureusement plus probable.

— Heum... qu'ai-je donc dit de si drôle ?

Et les revoilà parties. J'entends vaguement : « Un ours ! Ahahaha !!!... un ours !!! »
Ben oui, quoi ? Paddington, c'est bien un ours ? L'ours Paddington. Avec son ciré et ses bottes rouges. L'ours le plus connu du Royaume-Uni...

Quand finalement, l'une d'elles parvient à articuler, entre deux hoquets :
— Pas l'ours Paddington... le *sac*. Le sac de Chloé... la même marque que ce petit sac que tu as là et qui coûte un œil.

Bon alors, je jette l'éponge, moi. Si les sacs ont un prénom maintenant... Heu... mais elle ne vient pas de me dire que j'ai un sac Chloé, moi ? Mais c'est une marque canon ! Axel n'arrête pas de me bassiner avec ça... Ouaiiiiis ! J'ai un sac Chloé !!! Cet enthousiasme est certes un peu forcé, mais j'ai besoin de ça pour encaisser l'énorme gaffe que je viens apparemment de faire.

Trois heures plus tard, j'ai totalement perdu mon sens de l'humour. Je vois l'anecdote qui passe de bouche en bouche. Dans la boîte, j'entends des « ahahaha, un ours ». Tout le monde est mort de rire. Heureusement, ils ne savent pas tous que c'est *moi* qui ai sorti cette idiotie si manifeste, mais je m'attends à chaque instant à entendre le DJ annoncer publiquement la nouvelle. C'est dommage, ça me gâche la soirée, qui aurait dû être géniale. Nous sommes dans un bâtiment désaffecté de la ville, squatté par un groupe d'artistes à moitié marteaux. Une partie du hangar est à ciel ouvert et il y a même un jardin de fleurs sauvages. On se croirait dans un autre monde. Mais je n'arrive pas à me mettre dans l'ambiance. De toute façon dès que je tente de l'ouvrir, tout le monde se marre comme si j'allais sortir une autre énormité. Je me tiens donc un peu en retrait en sirotant une Margharita plutôt fameuse. J'adore regarder les gens et, finalement, ce moment de solitude un peu forcée serait presque agréable si je n'étais pas vexée comme un pou.

Ehhhhh... Mais... le type canon, là, assis à côté d'Axel... je le connais ! C'est Victor le Magnifique, le cousin de mon ex, Julien... Celui qui m'avait invitée à danser au mariage... Incroyable. Je suis vraiment ravie de le voir. J'enjambe les filles devant moi, sûre de mon petit effet.

— Victor ? C'est bien toi ?

— Pénélope ??? Mais qu'est-ce que tu fiches ici ? Tu es bien la dernière personne que je m'attendais à trouver dans ce genre de soirée… Alors, comment vas-tu ? Je vais me chercher un verre, tu m'accompagnes ?

Et nous voilà partis. Derrière moi, j'ai calmé tout le monde. Bien fait. Je sais que les filles hallucinent qu'on se connaisse et je pense qu'Axel aussi.

— Mais… tu connais Axel ?

— Oui, c'est mon cousin. En fait, j'ai emménagé à Paris il y a quelque temps. J'habite chez lui. Enfin, dans la chambre de bonne qui va avec l'appartement de sa mère. Je bosse pour elle à mi-temps. C'est vraiment amusant de te trouver ici.

— Attends, c'est moi qui suis surpris. La gentille Bretonne s'est muée en une authentique Parisienne à la vitesse de l'éclair à ce que je vois.

— C'est bizarre, j'ai du mal à le prendre comme un compliment…

— Ben, disons que ça n'en est pas un alors, ni un reproche non plus. Juste une remarque. Mais c'est vrai que j'ai du mal à croire que tu te sentes bien parmi ces filles.

— Pourquoi ? Elles sont très sympas…

— Iris et Ombeline ? Sympas… ahaha, je suis mort de rire ! Non, mon petit chou, ces filles ne sont pas « sympas » justement. Elles sont rigolotes pour faire la fête, boire un verre de temps en temps, mais… Enfin, laisse. J'imagine que tu dois les voir différemment, ce sont des amis de longue date de ton cousin qui les adore.

— Mais… Axel et toi ? Vous vous connaissez depuis longtemps ?

— Oh, oui… depuis toujours, j'ai l'impression. Je ne sais pas vraiment si on est potes, mais on se croise depuis si longtemps.

— Tu es avec des amis ? Ta chérie ?

— Plus de chérie. Mais des amis, oui. Ils sont quelque part à danser. Bon, alors, dis-moi… tu te plais, ici ? Comment occupes-tu tes journées ?

— J'ai pas mal de boulot en fait. Et puis depuis qu'Axel est ici, on passe beaucoup de temps ensemble, c'est chouette.

— Ehhh, mais tu sais, je suis content de te voir.

— Yep ! Moi aussi… et puis je suis contente de pouvoir m'extirper un peu du groupe. J'ai fait une gaffe tout à l'heure et, apparemment, c'est le gag du jour. Dès que quelqu'un approche de la table, une personne du groupe la lui raconte et tout le monde se marre. Ça fait déjà deux bonnes heures que ça ne m'amuse plus du tout. Même Axel a l'air de commencer à le prendre mal.

— Mais… tu as dis quoi de si marrant ?

— Mais rien en plus ! J'ai simplement cru que les filles parlaient de l'ours Paddington alors qu'en fait…

— … elles parlaient du sac.

— C'est pas vrai, toi aussi, tu es au courant ?

— Non, c'est juste que… je m'en doutais. Jamais tu n'entendras une Ombeline ou une Iris parler de l'ours Paddington. Sauf si un grand créateur trouve un moyen de le mettre à la mode. Et là, crois-moi, elles seront les premières à hurler : « Mais noooooooooonnnn. Pas le Paddington de Chloé : Paddington l'*ours* ! Enfin, tu débarques d'où ? »

Ouf. Il y a au moins une personne sur terre qui soit de mon côté. Victor me fait rire : il mime les filles avec une étonnante justesse, et pourtant, il ne parvient pas à avoir l'air méchant, ou cynique. Je lui suis vraiment très reconnaissante d'être apparu comme par magie, juste au moment où j'en avais besoin.

— Merci ! Tu me redonnes le sourire.

— Mais vous m'en voyez ravi, mademoiselle... Qu'est-ce que je vous offre pour fêter nos retrouvailles ?

— Ouahhhh... ma foi... une coupe de Dompééééé ?... Ça va, ne fais pas cette tête, je plaisante ! Une autre Margharita, ce serait génial. Avec plein de citron !

— C'est parti !

— Et toi, Victor ? Tu vis ici ?

— Yes ! Pas loin du canal Saint-Martin. Tu connais ? Il faudrait que tu y ailles, c'est vraiment joli et truffé de petits bars sympas, de restaus pas chers et un peu bruyants. Et toi qui es graphiste, tu devrais adorer la librairie spécialisée qui se trouve sur les quais. Il faudra que je t'emmène, je suis sûr que tu vas aimer. Tiens, ton cousin te cherche apparemment.

Et en effet, je vois Axel s'approcher de nous. Il vient me signaler que notre petite troupe met les voiles vers une autre soirée. Il semble que Damien ait obtenu in extremis des entrées à une soirée très privée dans un appartement du septième. On est sur la liste, il paraît. Axel est tout excité. Il me tire pas le bras comme un gamin. J'ai à peine le temps de faire un signe de la main à Victor. Et nous voilà dehors. Comme je l'imaginais, les interrogations fusent. Ombeline et Iris « veulent tout savoir ». Mais savoir quoi ? « Tout », répondent-elles de leur mine la plus théâtrale.

Eh ben oui, sauf que moi, j'ai envie de dormir. Elles devront attendre pour « tout » savoir (ça tient en deux mots : cousin canon de mon ex, mais pour l'instant, j'aime autant qu'elles marinent dans leur jus).

Et hop ! Un taxi.

Zut. Je ne lui ai même pas donné un numéro, une adresse… comment je vais faire, maintenant, pour visiter le canal Saint-Martin ?

Chapitre 11.

« Logo dropping »

Je ne sais pas si vous connaissez le « name drop-ping ». C'est quand, pour faire style « je connais le monde entier parce que je suis overbranchée, mouââââ », on appelle les gens connus par leur pré-nom.

Par exemple, au lieu de dire « j'ai croisé Claire Chazal, hier à Saint-Germain », je pourrais prendre mon air le plus désinvolte pour dire : « Ah, au fait, j'ai croisé Claire, hier... » « Comment ça : Claire ? Claire qui ? » « Pffff... Chazal, évidemment... » Le « name dropping » est une activité couramment pratiquée par le commun des gens de la night.

Et dans la même veine, il y a le « logo dropping ». Si toi, petite tête, tu crois que c'est le jean taille basse et les ballerines qui sont à la mode, tu te trompes. Déjà, si tu dis « à la mode », tu es grillée. Ce sont les Diesel, marque de jean incontournable, et les Repetto, marque de pompes incontournable, qui sont tendance.

Et tout est comme ça. Par exemple, moi aujourd'hui, j'ai mon Joe's assorti à mon Zadig, mes Repetto et mon Céline. Les plus averties d'entre vous devineront aisément que tout cela signifie seulement que je porte :

— un jean (que vous devinerez taille basse et plutôt foncé) ;

— un pull (que vous devinerez en cachemire, avec des coudières et un message écrit dans le dos) ;

— des ballerines (que vous devinerez dorées et décolletées sur le devant du pied) ;

— et un sac (vous aurez bien de la chance si vous devinez à quoi il ressemble vu que ce n'est pas le modèle phare de la marque).

Enfin, voilà le concept. Et vous ? Vous logo droppez ?

*Posté par la Mouette/le 18 octobre 2005/
Rubrique : Parisianismes*

Commentaires : 87

Je me trouve décidément très spirituelle dans mon analyse superfine de la Parisienne. Et j'avoue : un peu cruelle aussi. Après tout, j'ai franchement tendance à hurler avec les loups quand je sors avec les amis d'Axel. C'est même étrange de voir à quel point, en quelques semaines, sortir est devenu ma seconde nature.

Je me lève le matin pour aller travailler au bureau de ma tante. Jusqu'à midi, je téléphone, j'organise son agenda, je propose des rendez-vous, je rédige des notes pour sa prochaine intervention dans une école à cinq mille euros l'année. J'écoute, en me moquant, les Miss Bégueule du bureau, plus bégueules que jamais. J'échange quelques paroles avec Julia, toujours débordée, et avec quelques autres qui semblent avoir compris à quel point je n'étais pas une menace pour elles. Vers 1 heure, je vais déjeuner, seule, le plus souvent. C'est le moment pas drôle de la journée. Puis je regagne la petite chambre qui est devenue mon chez-moi, mon QG. Là, je reprends ma peau de graphiste et je travaille pour les quelques clients qui ne m'ont pas lâchée. Je reconnais que j'attendais plus de fidélité de leur part, mais il semble que la distance soit un vrai problème pour eux. Les jours où le travail manque, je démarche (sans grand succès) quelques clients parisiens en attendant impatiemment l'heure où mon dingue de cousin débarquera dans ma chambre, seul ou avec l'un ou l'autre de ses copains zombis. C'est alors que commence ma seconde journée. Celle où, finalement, je me sens le plus vivante, celle qui m'amuse et me dépayse. Celle qui me donne l'impression que ma vie n'est pas la vie de tout le monde.

En même temps, je dois bien admettre que le parcours quotidien, toujours le même à peu de choses près, pourrait vite devenir ennuyeux.

Si nous voulons prendre le thé, nous allons chez Carette, place du Trocadéro. Pourquoi chez Carette ? Mystère. On n'y est ni mieux installé ni mieux servi qu'ailleurs. Ni moins bien, du reste, mais j'ai un peu de mal à percevoir l'exception du lieu. Si, pour une raison quelconque, nous ne pouvons aller chez Carette (l'ex-meilleure amie d'Ombeline y est déjà en compagnie de l'ex-homme de sa vie, la sœur d'Iris et ses amis y ont installé leur quartier général...), nous nous rabattons chez Cador, cette adorable boulangerie salon de thé grande comme un mouchoir de poche. Là encore, pourquoi Cador ? Je l'ignore. Si ce n'est que leurs macarons sont assez fabuleux.

Si nous nous retrouvons à une heure plus tardive, nous avons alors rendez-vous aux Deux Magots. La terrasse y est idéale pour critiquer son prochain, activité favorite de notre petit groupe. Enfin, eux critiquent et, la plupart du temps, je me contente d'acquiescer bêtement. Et puis les Deux Magots, c'est la terrasse du Tout-Paris. Tous les jours, on prend l'apéro à côté de quelque starlette plus ou moins connue. J'en tiens le compte détaillé à maman, chaque fois que je lui parle au téléphone. Je sens que cette promiscuité lui apparaît comme le gage d'une réussite évidente.

Après l'apéritif, nous filons au Teaboat, où nous allons pratiquement tous les soirs. L'avantage, c'est que l'on peut y dîner. Bien entendu, rien à voir avec ce que le commun des mortels appelle « dîner ». Ici, les filles se nourrissent presque exclusivement de cœurs de laitue assaisonnés de vinaigre balsamique, glanant éventuellement une ou deux frites dans l'assiette de leurs amis masculins, moins au fait des nécessités pondérales de leurs égales féminines. Dîner au Teaboat, c'est boire, bien plus que manger. Maintenant que j'ai compris le truc, j'avale vite fait un morceau avant de rejoindre tout ce petit monde, sinon je frôle l'évanouissement avant les douze coups de minuit.

Ensuite, tout dépend des invitations des uns et des autres. Nous avons généralement le choix entre deux ou trois soirées privées.

Pour dire la vérité, je suis un peu crevée. Du coup, j'ai perdu des kilos et je flotte dans toutes mes fringues. Ombeline et Iris ne cessent de m'encourager. Je crois que chacune d'elle pèse à peine plus de cinquante kilos ; donc forcément, à côté, j'ai l'air obèse. D'ailleurs, là, assise entre elles, devant mes trois cœurs de laitue et mon thé à la menthe même pas sucré, je me sens un peu dans un univers parallèle. Limite si je ne suis pas en train de penser avec chaleur à cette image : moi, seule dans ma chambre de bonne un vendredi soir, devant un paquet d'Oreo recouverts de chocolat...

Et c'est au beau milieu de ce rêve chocolaté que je l'aperçois à nouveau. Lui. Assis à une table non loin de moi. Victor. Encore plus beau en plein jour que dans la pénombre d'une soirée branchée. Je suis incapable de résister. J'ai beau savoir que ça ne se fait pas, je me lève et je traverse le restaurant un peu trop précipitamment pour aller le saluer. À mi-parcours, je me rappelle que les Parisiens ne sont pas les champions du bonjour. Zut, je n'aurais peut-être pas dû me lever. Pour me donner une contenance, je cherche à me donner l'air de celle qui se dirige d'un pas rapide vers les toilettes avant de me rendre à l'évidence : les toilettes sont pile dans l'autre sens. Trop tard, donc, pour faire machine arrière. Oh, et puis après tout, je ne risque pas non plus ma vie.

Il discute avec un autre homme. Je lui lance un vague « hello-hoooo ».

— Hey… toi ! Décidément, nous avons le même Paris !
— Oui, il semble que oui. (Vite, vite, trouver un truc à dire.)
— Une chance que tu te soies levée, car j'allais partir et je ne t'aurais même pas vue. Mais dis-moi, tu as déjà dîné ?
— Heu… comment dire… techniquement oui : j'ai avalé deux cœurs de laitue. J'ose pas attaquer le troisième, on commence déjà à me regarder comme une boulimique !

Génial, je le fais rire. Au pire, il se fout de moi, mais c'est pas grave, je prends le risque.

— Ahahhhh. Mais un *vrai* dîner ? Ça te dit ?
— J'adorerais mais… mes amis… je ne peux pas les abandonner comme ça, c'est affreusement malpoli.

Mais pourquoi il a ce petit rire ? Et qu'est-ce qui me fait dire que, là, ce n'est pas mon humour détonant qui le fait rire ?

— Fais-moi confiance, personne ne t'en voudra pour ça. Et puis de toute façon, tu ne peux pas refuser. Tu es sur le point de devenir aussi maigre que tes amies et Paris trimballe suffisamment de sacs d'os comme ça. Allez, dis oui… Ça me ferait plaisir. Des années qu'on se croise sans avoir jamais eu l'occasion de parler, c'est un peu dommage, non ? Allez, dis oui.
— Bon. Attends-moi là, je vais voir.

À la table d'Axel, tout le monde semble s'ennuyer à mourir. Ombeline et Iris me regardent avec un drôle d'air. Une espèce de mélange bizarre fait d'amusement, d'étonnement et... je crois, d'un peu de jalousie aussi. Du coup, lorsque je glisse aussi discrètement que possible à Axel que je serais vraiment super-contente s'il ne m'en voulait pas de leur fausser compagnie, la table entière fait silence pour jouir pleinement du dénouement de l'histoire. Pour la forme, Axel me montre que j'abuse. Mais voyant, je crois, que je suis sur le point de m'excuser platement et de refuser l'invitation à dîner du plus bel homme de la place, il me lance juste un « t'es bête, bien sûr qu'il n'y a pas de souci, va donc rejoindre ton prince charmant... mais attention, ne rentre pas trop tard, Cendrillon... ».

Et merde. Je suis rouge comme tout. Rouge au point qu'on doit croire que j'ai avalé quelque chose de travers. Je me déteste. Quand Axel a parlé de prince charmant, j'ai senti le sang qui affluait à mes tempes. Je suis vraiment trop cruche.

Du calme. Suffit de perdre quelques secondes à chercher mes affaires, histoire de laisser à mon visage le temps de retrouver son apparence normale avant d'aller rejoindre Victor.

Une demi-heure plus tard, nous voilà attablés dans un petit restaurant. Je ne saurais dire où nous nous trouvons, mais je me sens ici comme chez moi. C'est grand comme un petit salon. Dix, quinze petites tables tout au plus. Des piments accrochés au mur et le parfum de la cuisine qui embaume toute la pièce. Il suffit d'un coup d'œil pour comprendre qu'on est dans une affaire familiale et que Victor est un habitué. Nous n'avons pas encore commandé qu'une carafe de vin est déjà sur la table, assortie de quelques olives noires. Les meilleures que j'aie jamais mangées. À la carte : des pâtes. Avec cette abondance de salade verte autour de moi (Aure n'avale rien d'autre que de la mâche et des graines germées), j'avais fini par croire que les spaghettis étaient une spécialité bretonne !

La conversation s'engage sur mille sujets à la fois. Ses parents qui vivent à Berlin, son frère, architecte de renom. Ses dernières vacances en montagne. Je n'ai jamais skié. Lui est super fort apparemment. Le bateau avec mon grand-père. Son grand-père qui était peintre de marines. Mon métier. « Graphiste » pour lui, ça sonne comme « artiste ». Il me dit que je dois à tout prix aller voir l'expo Basquiat au musée Maillol. Bof, Basquiat, Warhol, tout ça, c'est pas franchement mon truc.

— Quoi, mais tu peux pas dire ça, Pénélope !!!

— Heu, si, je le dis… J'aime pas Basquiat.

— Attends, on va ensemble à l'expo et on verra ensuite si tu es toujours insensible à Basquiat !

— OK, je suis prête à parier, on parie quoi ?

— Tout ce que tu veux, t'as déjà perdu ! Et puis Paris, tu t'y plais ? Et ton boulot avec ta tante ?

— Et toi ? Ça fait comment d'être un vrai Parisien de toujours ? Moi ici, je me sens encore un peu en transit, pas cent pour cent chez moi, mais toi ?

— Eh bien, je crois que ce qui me différencie de toi, c'est que je n'ai jamais fait un tour de bateau-mouche. Rien de plus. Et que je n'ai jamais besoin d'un plan. Mais le Paris des touristes, je ne le connais pas du tout.

Et tu ne vas pas me croire : je ne suis même jamais monté en haut de la tour Eiffel.

— Quoi ? Mais c'est impossible, ça ! Allez, viens, on y va.

— Où ?

— À la tour Eiffel, tiens ! Moi non plus, je n'y suis encore jamais allée. Allez, viens. On y va.

Et contre toute attente Victor se lève. En fait, nous sommes tout près de la tour. Il m'entraîne dans des rues que je ne connais pas et on a l'impression de jouer à cache-cache avec la vieille dame qui est tout éclairée. Lorsque enfin nous arrivons à ses pieds, il y a un monde fou ; nous sommes comme deux gamins tout excités. On va s'acheter des barbes à papa. J'ai la sensation d'être à l'autre bout du monde. Transportée dans une autre vie. On fait ce que font tous les touristes : on va exactement au centre de la place pour voir comment c'est en dessous, on constate que ça résonne un peu et on se fait alpaguer par des vendeurs à la sauvette. La file d'attente est interminable, mais ce n'est pas un souci. Nous discutons comme si nous devions tout nous dire cette nuit.

Lorsque, finalement, c'est notre tour de monter dans l'ascenseur, il m'explique que c'est à cause de ça qu'il n'est jamais monté : les ascenseurs. Et à la lumière, je constate, étonnée, qu'il a un peu pâli. La montée est lente. Mais arrivés au sommet, on a une vue qui est à couper le souffle. En bas, une forêt ressemble à un gros brocoli. Victor m'explique que c'est le bois de Boulogne. Je sens qu'il est ému d'être ici. Il me montre du doigt les différents endroits où il a vécu, d'abord enfant, puis ado. Je ne distingue rien, bien entendu, mais ce n'est pas grave. Je suis émue aussi.

Je lui raconte qu'il paraît que tous les jours des dizaines de fiancés viennent faire leur demande ici, on rigole en disant que c'est tellement ringard le coup de la demande en mariage à la tour Eiffel, franchement... et c'est juste à ce moment-là que le Japonais à côté de nous extrait une petite boîte de sa ceinture banane. La fiancée se jette à son cou. C'est vrai que c'est tarte, mais ils ont l'air si heureux tous les deux. Elle se souviendra toujours que la tour pétillait au moment où ils se sont dit oui. Et nous, pour ne pas avoir l'air trop bêtes, on fait des blagues idiotes.

Je n'ai pas envie que cette nuit s'achève maintenant. Et mon petit doigt me dit que lui non plus. Il ne fait pas encore trop froid. Il me propose de marcher jusque chez moi. Chez moi ? Mais c'est loin, non ? Pas tellement. Bien, rentrons.

Une demi-heure de marche, à peine plus, et me voilà déjà sur le pas de la porte. La soirée est finie. Victor prend soin, cette fois, de me demander mon numéro de téléphone. Et nous nous quittons là, sous le porche. J'ai envie de lui dire que j'ai passé une merveilleuse soirée. Mais je vais forcément m'y prendre mal, en dire trop ou pas assez. Inutile de tout gâcher par une phrase maladroite. Un petit salut de la main, et j'ai déjà tourné les talons.

Bon. Je crois que c'est clair : peut-être bien que j'ai trouvé un prince charmant.

Chapitre 12.

Mardi 20 octobre 2005

De : marion-blum@mademoisellemag.com
À : unemouetteaparis@yahoo.fr
Objet : article

Bonjour,

Je suis journaliste pour le magazine féminin Mademoiselle *et je travaille en ce moment à un dossier consacré aux blogs.*

Le vôtre, qui semble recueillir un grand nombre de visiteurs quotidiens, m'a tout particulièrement interpellée.

Seriez-vous d'accord pour répondre à quelques questions par téléphone ?

Je suis assez pressée par les délais, merci de bien vouloir me donner rapidement votre réponse. Vous pouvez me joindre au 06 XX XX XX XX.

À très vite,
Marion Blum

Alors ça, c'est la classe internationale ! Je viens d'appeler, la journaliste était méga-sérieuse, en plus. Déjà, c'était une *vraie* journaliste qui travaille pour un *vrai* magazine, et elle m'a fait des tas de compliments sur le blog. On a pas mal discuté et j'espère ne pas avoir dit trop de bêtises. Elle m'a aussi demandé une photo, mais j'ai refusé. Tout au plus ai-je été d'accord pour faire un petit dessin me représentant. Mais je n'ai donné ni mon nom, ni rien, le mystère total. L'article doit paraître dans un peu plus de trois semaines. Comment vais-je pouvoir attendre aussi longtemps ?

Quand elle m'a demandé le nombre de connexions enregistrées chaque jour sur mon blog, j'ai cru qu'elle allait m'accuser de mentir tellement les chiffres me paraissent énormes. Hier, mille sept cent quatre-vingt-cinq personnes sont passées sur « Une mouette à Paris ». Et elles ont visité plus de quatre mille pages. Mon billet sur le magnifique trench Burberry (mon Dieu ! j'ai acheté avec mes sous un trench Burberry, c'est de la pure folie) qu'Axel m'a pratiquement forcée à acheter a récolté soixante-quinze commentaires. Je reçois de plus en plus de mails de personnes qui souhaitent me rencontrer. C'est tout à fait étrange comme situation. Et puis, on me demande aussi des conseils : « Avec cette jupe, tu porterais quoi, toi ? » ou « Je recherche des bottes en cuir gold à talons mais genre cavalières. Avec une boucle mais pas dorée et pour moins de deux cent vingt euros. Tu sais où je peux trouver ça ? » Mais oui, je suis le service « aiguillage fashion », moi, c'est bien connu ! Hyper *strange*, quand même. Par ailleurs, je passe beaucoup de temps sur le blog, je réponds à tous les commentaires, je le

bichonne, je soigne son apparence, je modifie régulièrement les couleurs. Et puis je l'aime parce que c'est
mon petit coin secret, tout simplement. Lorsque la
journaliste m'a demandé ce que c'était, une journée de
blogueuse (quel mot horrible), je n'ai pas trop su quoi
répondre et j'ai baragouiné deux trois trucs ineptes.
Mais en fait, c'est le genre de chose qui ne se raconte
pas facilement, une journée de blogueuse. Oui, parce
que dans la réalité, ça se passe plutôt ainsi :

9 h 15. Première connexion de la journée.
Revue des commentaires. Quatre nouveaux commentaires seulement depuis hier. C'est nul. En même
temps, je suis rentrée à 2 heures cette nuit et j'ai tout
de même pris le temps de regarder les nouveaux messages sur le billet d'hier. Les gens ne regardent pas
forcément le blog entre 2 et 9 heures du matin, on ne
peut décemment pas leur en vouloir pour ça. Mais
quand même, quatre seulement, c'est nul.

9 h 22. Petit tour sur les blogs des copines.
Parce que c'est ça le truc, dans les blogs, on se fait
des amis virtuels et on va sur leur blog. On laisse des
commentaires sur leurs billets et c'est super, mais ça
prend un temps fou. Au début, je commentais sur plein
de blogs. D'abord, c'était le parfum de la nouveauté,
mais autant dire la vérité, c'était aussi pour que les
gens viennent ensuite sur le mien et pour me faire
connaître. De la promo de bas étage, quoi.

*9 h 31. Clic d'une main tremblante sur la page des
statistiques.*
Alors les statistiques, c'est le truc qui rend marteau.
Au début, on s'en fiche un peu, des statistiques : on ne

se rend pas bien compte de ce que ça représente. Mais quand même, le jour où l'on atteint les cent visites dans une journée, on a envie de hurler à la terre entière : ça y esttttt !!!! ouaiiiiiissss !!!! on est célèèèèèèbre !!! Et on est superfier. Pour pas grand-chose, mais quand même.

9 h 50. Trentième connexion de la matinée...

… pour voir s'il y a de nouveaux commentaires. Et angoisse de la page blanche. De quoi vais-je pouvoir parler aujourd'hui ? De ma nouvelle paire de chaussures géniale ? Heu… quelle paire de chaussures géniale ? De ce petit restau fabuleux où m'a emmenée Victor l'autre jour ? Ah, non ! Ça, c'est une adresse perso, aucune envie de divulguer ce petit coin de paradis (petite digression : ahhhhhh Victor !!!!).

Ah si, tiens, on est allés dîner la semaine dernière dans un restau près des Champs-Élysées, rue Marbœuf. Ça s'appelle le LibreSens. Voilà, ce sera le sujet du jour.

9 h 55. Clic angoissé sur la page des statistiques.

Ouf, personne n'a déserté, les visites sont au rendez-vous.

11 heures. Petite vérification...

… juste comme ça, histoire de voir s'il n'y a pas de nouveaux commentaires. Ah si, y en a. Chouette. Mais bon, il faut répondre. Et puis, tant que j'y suis, autant aller voir s'il n'y a pas de nouveaux messages sur les blogs que j'aime bien. Non, personne n'a encore posté le message du jour. Parfait : c'est l'occase pour aller à la découverte de nouveaux blogs géniaux.

11 h 12. Oh, et puis zut... regard éclair sur les statistiques.

C'est important de connaître l'humeur de son lectorat. Comparatif avec la feuille de statistiques de la veille. Horreur : il y a eu au moins trente-deux visiteurs en moins à 10 heures. Monde cruel, pourquoi m'as-tu abandonnée ? Court moment d'affliction.

12 heures. Re-angoisse de la page blanche.

Mais angoisse de courte durée puisque j'ai mon sujet. Écriture rapide et néanmoins précise du billet du jour. Rires sous cape à la lecture de deux ou trois traits d'humour perçus comme particulièrement fins par leur auteure. Satisfaction de l'écrivain devant la qualité de la tâche accomplie. Rapide recherche iconographique parmi les photos prises avec mon téléphone portable au restaurant. Toujours garder à l'esprit que les photos ont habituellement un grand succès.

12 h 31. « Envoyer ».

Ça, c'est fait. Le billet du jour est en ligne. Zut, je viens juste de me rappeler que l'angoisse des statistiques n'était rien comparée à l'angoisse des commentaires. Et si mon billet ne faisait réagir personne ?

12 h 33. Clics frénétiques sur la fonction « rafraîchir la page ».

Afin de voir en temps réel les commentaires affluer. Ou ne pas affluer.

12 h 40. Petit coup d'œil aux statistiques.

Juste pour pouvoir aller déjeuner l'âme en paix et parce que ça détourne efficacement de l'angoisse des commentaires.

13 h 49. Wouahhh, plus d'une heure sans blog.

Même pas mal. Non, je n'ai même pas vérifié sur mon téléphone portable si j'avais de nouveaux commentaires. Ah oui, c'est vrai, j'ai pas Internet sur mon téléphone portable, ça explique tout.

14 heures. L'heure de vérité.

Je crois que je vais vomir mon déjeuner de trouille. Heu… non, là, quand même, j'exagère. Mais tout de même, une petite pointe me tiraille le ventre : je vais savoir, là tout de suite, si mon billet a eu du succès. Si moins de trente personnes ont répondu, je suis perdue (j'ai *aussi* le sens du tragique, oui).

14 h 01. Ouf.

Tout va bien. Les commentaires sont au rendez-vous. J'adore lire les commentaires des lecteurs, je crois même pouvoir dire que c'est ce que je préfère, dans le blog. Souvent, ça se transforme en discussion géante et ce sont vraiment des moments agréables, lorsqu'on a l'impression de se trouver dans un café avec un groupe de copains. Aujourd'hui, par exemple, il se trouve que certains lecteurs connaissent aussi le restaurant dont j'ai parlé ce midi, le LibreSens. Chacun y va de son avis, de sa petite anecdote person-nelle. Les gens se répondent entre eux. C'est vraiment bien. Mais je vais tout de même attendre qu'il y ait d'autres commentaires pour répondre. La maîtresse des lieux doit se faire un peu désirer. C'est stratégique.

15 h 30. Oui, quand même, je travaille.

Une heure trente sans blog. De mon plein gré, alors que je dispose d'une connexion Internet : je mérite bien une petite récompense. Pause blog, donc. Pour commencer, une petite revue des mots clefs de la journée. Les mots clefs, ce sont les mots des moteurs de recherche par lesquels arrivent certains visiteurs. La plupart du temps, ce sont des requêtes toutes bêtes. Pour le billet d'hier sur le trench Burberry, j'ai eu plein de mots clefs du type « Burberry trench saison 2005 ». Mais parfois, il y en a des rigolotes, comme « les filles parfaites s'habillent en Burberry », et de très étranges, comme « comment fabriquer une couveuse ».

Et puis on a plein d'autres indications marrantes : les pays d'où proviennent les visiteurs. Ça me fait toujours un drôle d'effet de penser que, rien qu'hier, des gens de plus de quarante pays différents sont venus le visiter. Il y en a même que je serais bien en peine de situer sur la carte…

16 h 28. Bon, c'est pas tout ça, mais j'ai une vie… mouâ.

Pas que ça à faire d'être sur mon blog. Pas même le temps pour un clic. Ou juste un petit, par accident. Mais heureusement que j'y suis allée, il y avait plein de nouveaux commentaires auxquels il fallait répondre.

16 h 43. Je sais quand même quelles sont mes priorités.

Victor vient de m'appeler. Il est devant le musée Maillol. Dans la file interminable qui mène à l'expo Basquiat. Bon, là quand même, quand un prince charmant potentiel fait le pied de grue pour avoir le plaisir de perdre son pari, ce serait de la pure folie de ne pas éteindre son Mac illico pour se précipiter (non sans un petit débriefing devant son miroir pour vérifier si tout est OK) dans le vrai monde des vraies gens à qui on pourra peut-être envisager un jour de rouler de vraies pelles. Mais ne nous emballons pas, c'est le cas de le dire… Rien n'est joué.

En fait, je crois bien que j'aurais pu dire tout simplement à la journaliste : « Bonjour, Marion. Je m'appelle Pénélope Beauchêne et je suis accro à mon blog. »

Chapitre 13.

« Golden Repetto »

Je ne sais pas vous, mais personnellement, j'ai tout de même un peu l'impression que je porte du doré sur un malentendu.

Avec ma meilleure amie, c'est LE truc qu'on a toujours trouvé d'un ringard à peu près total. Ça fait des années qu'on se moque de toutes les femmes à chaussures/sacs/quincaillerie dorés.

Je ne sais pas pourquoi, ça m'évoque le début des années 90 et ses bottes à strass sur daim marron, ses épaulettes qui faisaient une carrure de nageuse est-allemande à nos mamans et – mais ça j'adorais –, les chemises d'homme qu'on appelle « liquettes » et qu'on utilisait pour tout.

En robe, avec un jean, pour dormir ou aller à la plage.

Tout ça pour dire que le doré, je suis moyennement pour, à la base.

Et puis on me les a mises pour ainsi dire de force aux pieds, mes Repetto dorées. Depuis, contre toute attente, je ne peux plus les quitter. Et elles me valent tellement de compliments... Ce qui est top avec le doré, c'est que ça va avec tout ! Je ne vous cache pas que le simple fait de poser le regard sur mes petits chaussons de danse suffit à les user et que mes pieds caressent déjà pratiquement le bitume, mais on dirait bien que je me suis faite au doré. Tout de même, ma meilleure amie va se moquer à mort de moi, sur ce coup-là, et franchement, je ne suis pas encore prête à faire mon coming-out de la fille qui, tout bien réfléchi, adore le doré.

Mais vous... vous aimez ? Vous assumez ou vous passez votre tour ?

Posté par la Mouette/le 29 octobre 2005/
Rubrique : Mode, etc.

Commentaires : 32

J'avais *trop* envie de parler de l'expo Basquiat, mais ce n'est tellement pas dans la ligne de ce blog que je ne vois pas ce que je pourrais en dire. Surtout que je ne saurais même pas dire si j'ai aimé. Moi, les gribouillis sur des toiles géantes et un morceau de porte vaguement peinte en bleu, je veux bien qu'on me dise qu'il y a du génie là-dedans, mais ça ne me suffit pas. Je veux bien l'entendre, mais si on ne m'explique pas précisément en quoi il y a du génie, je regrette, mais d'instinct, ça ne me parle pas tout seul. Victor, lui, était en transe. Je le voyais poser un regard quasi religieux sur les toiles, s'extasier comme un enfant devant un jeu de devinettes... et j'étais un peu jalouse. Comme s'il y avait eu un rideau devant mes yeux qui m'interdisait de voir quelque chose de sublime, alors que tout le monde autour de moi le voyait. Ce genre de truc m'énerve. Au début, pour ne pas avoir l'air trop tarte, j'ai fait celle qui s'extasiait comme une malade et puis j'ai fini par lui dire la vérité. Et la vérité, c'est que j'avais l'impression de me trouver dans les toilettes d'un bar aux murs et aux portes recouverts de dessins, de petits mots écrits au Bic et d'affiches déchirées. En plus classe, évidemment, mais enfin, l'idée était là. Il était mort de rire et a jugé qu'il avait lamentablement perdu son pari. Mais zut, on n'avait rien parié. Alors… Tiens, bizarre, un appel d'Axel. À 10 heures du matin, c'est pour le moins étrange.

— T'es où, là ?

— Salut Axel. D'après toi, nouille, je suis où ? Au boulot, tiens ! Je te rappelle que j'ai un boulot, coco. (Tiens, voilà que je me mets à dire « coco », maintenant.)

— Ouais, bon. Tu veux pas demander à maman de te libérer, là, j'aimerais bien te dire au revoir. Mon avion décolle à 17 heures.

— …

— Allôôôôô ?

— Oui, je suis là, mais c'est quoi ce départ ? Tu vas où ?

— Ben… je rentre chez moi, banane ! Je suis gorgé de l'inspiration parisienne là, j'ai pris tout ce qu'il y avait à prendre. Je suis gonflé à bloc. Et je retourne digérer tout ça à New York, ma belle !

— …

— Et… oh, oh, t'es là ? Je t'entends pas ! Qu'est-ce qui se passe ? Il y a un problème au travail ?

— Non, non, c'est rien. Je suis juste un peu surprise que tu partes comme ça, c'est tout.

— Ouais, bon. Tu viens me dire au revoir ou pas ?
— Je fais ce que je peux. Tu es à l'appart' ?
— Yep'.
— Je te rejoins aussi vite que possible.

Biiiiipppppp.

Il a raccroché. Mince alors, mon cousin s'envole déjà. C'est étrange la vitesse à laquelle j'ai oublié qu'il n'était pas totalement chez lui, ici, à Paris. Même son accent indéfinissable, je ne l'entends plus. C'est bête, ce n'est pas la fin du monde, mais j'ai comme un coup de blues, là, tout à coup.

Aure, bien entendu, n'a pas fait de difficultés pour que je rentre tout de suite « tant que ton boulot est fait », ce qui signifie que je vais devoir revenir cette après-midi. J'ai été surprise qu'elle ne m'accompagne pas pour lui dire au revoir, mais il semble que les effusions ne soient pas exactement dans sa nature.

Ce coup de cafard est vraiment idiot. Je n'enterre pas mon cousin, je vais simplement lui dire « ciao mon pote, à la prochaine ». En arrivant à l'appartement, je vais directement le voir. La chambre d'Axel s'est muée en un tas informe. Il y a de tout, dans tous les sens. Des vêtements à profusion mais aussi des disques, des appareils high-tech pour lesquels je serais incapable de déterminer l'usage qu'on peut en faire, une vieille peluche (???), des photos, des bouquins et même des choses à manger. Vraiment, de tout. Et je suis là, au milieu, et je ne sais pas quoi faire. Axel fait comme si je n'étais pas là. Il jette un peu n'importe comment certaines choses dans une valise, puis les retire. Pour les remettre, la plupart du temps. Ou les transvaser dans une autre. De temps en temps, il me signale, d'un geste du doigt, tel objet que je devrai lui faire envoyer rapidement. Dans le tas, je ne distingue rien, mais je ne m'inquiète pas trop : en toute logique, il me faudra lui envoyer ce qui restera du tas.

Je regarde mon cousin s'affairer devant moi et je suis surprise de m'apercevoir qu'avec tout ce temps passé ensemble à discuter, s'amuser, faire toutes les boutiques de Paris et franchement rire parfois, avec tout ce temps, nous n'avons jamais vraiment parlé. Je me surprends seulement maintenant à penser que, du garçon qui s'agite là, sous mes yeux, et avec qui j'ai d'emblée des rapports familiers parce qu'il est mon cousin, de ce garçon-là, je ne connais pas grand-chose. Rien, pour ainsi dire. Je n'ai même pas vraiment compris ce qu'il faisait dans la vie. Il est étudiant mais pas exactement. Il travaille dans la mode mais pas exactement. Avec son père. Mais pas exactement. Bref, pas d'info. Chaque fois que j'ai tenté d'en savoir plus, il a toujours éludé les questions personnelles par une boutade. Je sais qu'il adore Ombeline. On peut même dire qu'il la vénère. Elle a toujours été sa petite divinité secrète. Mais en public, il n'en laisse jamais rien paraître. Je sais qu'il est hyperactif à sa façon, même si le travail ne le démange pas plus que ça. Qu'il ne se rend pas toujours compte des choses de la réalité et qu'il s'en fiche. *Sa* réalité est la réalité. Point. Je sais enfin que je l'aime beaucoup sans pouvoir dire ce que j'aime chez lui. Et je constate enfin qu'il est proprement invivable. On ne sait jamais ce qu'il a vraiment dans la tête lorsqu'il vous regarde. Jamais si son rire est complaisant, simplement gai, moqueur ou carrément cruel.

Mais ce que je sais, et avec certitude, c'est que j'ai connu jadis un petit Axel qui était le meilleur des copains de jeux et que ce petit bonhomme-là ne peut pas avoir disparu totalement. Et pourtant, en le regardant sautiller de toute sa maigreur de sauterelle dans la chambre en désordre, j'ai beau chercher, je ne retrouve pas mon cousin d'avant. Je m'étonne de ne m'en apercevoir que maintenant. Juste avant son départ. Ma vie a été tellement bousculée depuis son arrivée que je n'ai pas eu le temps (ni l'envie ?) de réfléchir à tout ça. Je me suis amusée. Point. Il m'a parfois prodigieusement énervée à me traîner de boutique en boutique comme s'il devait à tout prix se fabriquer une cousine « bankable », comme il dit. *Bankable*, ça veut dire « sortable », « présentable », « qui te fout pas la honte devant tes potes ».

Mais il y a autre chose et c'est ça qui m'attriste : il me paraît troublé. Je ne saurais dire pourquoi. Rien dans son attitude n'est différent, rien ne me permet de penser ça, mais je crois bien qu'il part « pour » quelque chose. Et que cette chose n'a rien à voir avec « l'inspiration parisienne ». D'ailleurs ce qu'Axel appelle « l'inspiration parisienne » n'est autre qu'une longue suite de sorties, de fêtes, de nombreuses coupes de champagne et d'autres choses encore, dont il a eu la délicatesse de ne pas me faire part. Et puis, c'est bien la première fois que je l'entends parler de Paris comme d'une terre plus ou moins étrangère. Son parisianisme intermittent le rend plus parisien encore que tous ses amis réunis. Par chance, il est bien trop fantaisiste pour que ce comportement outré apparaisse comme caricatural. Mais là, je ne sais pas, il part trop précipitamment. Il a beau jouer au gosse de riche qui prend l'avion comme il respire et j'ai beau ne rien comprendre à ses activités, je sens bien que quelque chose de précis a déclenché son départ.

Absorbée dans mes pensées, je n'ai pas compris que les marmonnements, qu'il psalmodie comme une prière depuis quelques minutes, m'étaient adressés. C'est une longue liste de choses à faire, à dire, à ne pas faire : « Pense à tes cheveux : deux soins par semaine. Tu as quatre kilos de trop. Parles-en à maman, elle va te donner des conseils. Mais il faut vraiment que tu fasses quelque chose, là. Et puis… ah. Oui, superimportant : pour cet hiver, j'ai repéré deux manteaux pour toi. Il y en a un chez Maje qui est canon (avec un peu de chance tu pourras l'avoir aux ventes privées) et un au Comptoir des cotonniers. L'idéal, ce serait que tu t'achètes les deux. Ah oui, pour les ventes privées, tu vas les recevoir. J'ai passé deux trois coups de fil. Il faut que tu y ailles, tu auras des prix vraiment intéressants. Et maman ira sans doute avec toi, de toute façon. Elle les reçoit aussi. Il faut aussi que tu t'achètes des accessoires. Ça te manque. Il te faut des sautoirs, ça te va superbien. Et puis fais attention à tes expressions "nouille", "ballot", "crotte", c'est pas possible. Et tiens-toi plus droite, c'est plus joli. Bon, aussi, trouve-toi deux trois robes. Je t'ai fait des croquis… tiens, là. Et puis aussi une liste d'adresses de boutiques *so chic*, avec aussi des trucs découpés dans des mag', qui t'iront superbien. »

Je n'aurais pas un peu de peine à le voir partir, je crois que je lui sauterais à la gorge. Depuis qu'il est là, il se comporte avec moi comme un maître à paraître. Il n'y a aucune place pour mes goûts, mes envies. Mais je me laisse faire. Et puis souvent, je m'aperçois que ses conseils (ses directives !) se révèlent de très bons conseils. J'aurais tort de lui en tenir rigueur, mais cette façon de vouloir faire de moi le personnage qu'il a en tête est simplement exaspérant. Mais je suis touchée aussi. Au fur et à mesure qu'il me parle, il me tend des bouts de papier, des listes, des numéros de téléphone, des coupures de presse. Des collages. Je vois qu'il s'est donné du mal pour moi. Le ton a beau être à la limite du supportable, il a passé du temps pour quelque chose qu'il estime être un service à me rendre. Comment ne pas être sensible à ça ? Axel a toutes les allures du type le plus égoïste qui soit, mais pourquoi se donner autant de mal si ce n'est par gentillesse ? Tant qu'il était là, j'ai eu souvent la sensation qu'il m'arrangeait comme il pouvait juste pour que je ne lui fasse pas trop honte à lui… et à ses amis. Mais il a même prévu des conseils pour la période où il serait de retour à New York. Des croquis de pantalons qui pourraient m'aller. Des couleurs et même quelques coupons de tissu épinglés aux croquis.

Tout à coup, j'ai envie de lui demander pourquoi il part. Quelle est la vraie raison. Que je suis sa cousine et que je sais écouter, qu'il me dise s'il est malheureux. Ou heureux. Et si je peux faire quelque chose. Le prendre dans mes bras comme le ferait une frangine compatissante. J'ai envie de lui dire merci, que j'ai compris que le petit cousin des vacances était toujours là. Mais même si je voulais lui dire tout ça, ce ne serait pas possible, car j'ai une boule dans la gorge, là. D'un coup, mille questions se pressent : « Pourquoi Ombeline ne t'accompagne pas à l'aéroport et pourquoi Aure n'est pas là ? Et… et pourquoi est-ce que tu t'habilles toujours en noir ? » Et lui dire que moi aussi, je peux peut-être l'aider à être plus heureux… Mais ce serait parfaitement incongru. Je sais bien qu'il ne réagirait pas, ou mal. Et qu'on se quitterait un peu fâchés.

Je lui demande s'il veut que j'appelle un taxi. Oui, il veut bien. Ses valises sont presque faites. Exactement comme je l'imaginais, il reste un tas. Il faudra que je lui envoie ça par la poste quand j'aurai le temps. Il me dit aussi qu'il faut absolument que j'aille chez Colette et que la rue Saint-Honoré est démente. La dernière fois, on l'a faite trop vite. Je n'aurai qu'à demander à Iris et Ombeline de m'accompagner. Il me dit de ne pas m'inquiéter, que les filles vont m'appeler pour sortir. C'est elles-mêmes qui le lui ont dit tout à l'heure au téléphone.

— Ah, au fait, tiens, je voulais te donner ça. Moi, je ne la mets jamais.

C'est sa Rolex. Et c'est faux, il la porte toujours.

— Non, Axel, je ne peux pas accepter ça.

— Enfin, ne sois pas idiote, elle ne me plaît plus, je te dis. Et en plus, c'est tout à fait ton style. Et j'ai bien vu que tu l'aimais bien. De toute façon, si tu n'en veux pas, je la donne au premier mec venu. Le taxi, tiens.

— Axel, ne sois pas bête. Tu vas regretter.

— Arrête, ça fait longtemps que j'avais envie de te la donner… Oh… et puis fais-en ce que tu veux. T'as qu'à la revendre sur Ebay si elle ne te convient pas.

— OK, ça va. Pas la peine de me faire du chantage. Merci cousin, je la porterai avec plaisir. Et puis, quand tu reviendras, si tu changes d'avis, tu pourras toujours la récupérer. Ou peut-être que c'est moi qui t'en ferai cadeau...

— C'est ça... Bon, le taxi doit déjà être en bas.

— OK, je t'accompagne.

En effet, le taxi est là. Axel monte. Il paraît fatigué dans son manteau noir. Il n'a pas bonne mine. Je lui dis d'embrasser son père de ma part. Il ne relève même pas. Il me dit juste « salut, à la prochaine ». Aure n'a pas passé un coup de fil. Je me demande même, maintenant, si ce n'est pas par moi qu'elle a appris, tout à l'heure, le départ de son fils. Le taxi vient de prendre sur la droite, boulevard Saint-Germain. Et voilà.

Chapitre 14.

« Je l'ai !!! Moi aussi, je l'aiiiii »

Mais quoi donc, vous demandez-vous ? Eh bien, tout simplement le petit grigri Dinh Van ! Mais si, vous savez, les petites menottes argentées que l'on porte au poignet, attachées par un lien de la couleur de notre choix ! De toute façon, si vous ne les avez pas encore repérées, ça ne saurait tarder, c'est LE petit truc à avoir en ce moment.

À dire vrai, j'ai d'abord trouvé que c'était bizarre comme symbole, une paire de menottes, mais finalement, j'adhère totalement : c'est rigolo, discret, joli et pas trop cher ;)

Cent cinquante euros chez Dinh Van pour la version argent et la plus petite taille. Bien entendu, vous pouvez aussi vous faire plaisir avec la version or ou diamants, mais là, par contre, ce sera sans moi. Cent cinquante euros, c'est ma limite psychologique*.

* Note : ceci était un message à vocation diplomatique à l'attention de ma chère maman. Si vous n'êtes pas ma mère, prière de ne pas tenir compte ;)

N'importe quoi ! Maman n'est même pas au courant pour le blog. Franchement, je me fais un peu pitié, là. En plus, l'histoire des menottes ne s'est pas vraiment déroulée de façon aussi glorieuse. La fille qui repère les *must have* avec dix ans d'avance ne s'appelle pas encore Pénélope Beauchêne. Et pour tout dire, je suis encore loiiiiiiin du compte. Voire je suis le contraire de cette fille-là. Et je me la joue annonceuse de tendances, c'est ridicule. Surtout si on considère qu'en vérité c'est en m'illustrant une fois de plus par mon ignorance fashionistique que j'ai découvert le fameux petit bracelet. Qui est cependant tout à fait adorable, je dois dire. Et que je suis bien contente d'avoir à mon poignet.

C'était l'autre jour, au bureau. Les pimbêches parlaient du cadeau d'anniversaire qu'elles comptaient faire à l'une de leurs amies qu'elles détestent toutes assez ouvertement puisque je n'ai jamais entendu que les pires horreurs à son sujet. Encore une chose que j'ai quelques difficultés à comprendre, mais passons.

Je ne sais pas ce qui m'a prise ce jour-là de vouloir me mêler à la conversation, peut-être le fait que depuis le départ d'Axel j'ai rencontré assez peu d'êtres humains. J'avais sans doute envie d'entendre le son de ma voix... Toujours est-il que pour faire celle qui s'intéresse, je leur ai demandé ce qu'elles comptaient offrir à une si effroyable amie. « Les menotinvan » fut la seule réponse qu'elles daignèrent m'accorder, sans même lever les yeux vers moi. Cette explication laconique leur paraissant apparemment tout à fait suffisante. N'ayant évidemment pas la plus petite idée de ce que sont des menotinvan, j'ai cru malin de demander un surcroît de renseignements. Sur quoi on me répondit, comme si j'étais bonne à enfermer : « Ben, les menotinvan quoi ! » Et devant mon air probablement ahuri : « Rhoooo, mais si ! Tu sais, celles qu'on voit partout. Tout le monde les a. » Fin de la conversation.

Tout le monde a donc des menotinvan. Bon. Heureusement, je commence à connaître les rouages de cette étonnante société, je me suis donc sagement abstenue de demander : « Tout le monde ? Alors ça veut dire que moi aussi, j'en ai, des menotinvan ? » Il est évident que, pour ces filles, je ne suis pas incluse dans « tout le monde ».

Je suis donc allée voir sur Internet si « menotinvan » était un mot répertorié. Mais rien. Ce n'est que quelques jours plus tard, lorsque je les ai entendues faire le débriefing de l'anniversaire (qui avait été franchement nul, bien entendu, comment pourrait-il en être autrement ?), que j'ai eu un indice. D'après les bribes de conversation qui me parvenaient, l'amie anniversarisée avait été très déçue par le cadeau qu'elle jugeait trop bon marché à son goût. L'une d'entre elles était furax : « Tu te rends compte, ça fait des semaines qu'elle nous bassine avec ses menottes ! On les lui offre et ça ne convient pas à mâdâââââme. » Et une autre d'ajouter de l'eau à ce moulin de colère : « Oui, franchement, elle abuse. Surtout qu'elles sont adorables. Tu les a vues cette semaine en couverture du *ELLE* ? Moi, je suis juste fan. Il faut à tout prix que je m'en achète. D'ailleurs, si elle n'en veut pas, de ses petites menottes, je les lui prends volontiers ! »

Moi, pas bête, et l'air de rien, ce que j'ai retenu, c'est mon indice : *ELLE*. *ELLE*, c'est la bible de ces dames. Le gourou. Le guide du savoir-vivre. Du savoir-penser, du savoir-s'habiller. Je ne peux pas en dire autant : la dernière fois que je l'ai ouvert, c'était en 1935. Et il aura suffi d'un rapide coup d'œil sur la bible pour que la révélation ait lieu : les menotinvan ne sont qu'une petite paire de menottes en argent liées par une lanière de coton et portées en bracelet. Très jolies, mais en effet, je comprends la copine déçue, pas de quoi tomber en pâmoison non plus. Il me fallut cependant encore quelques recherches pour établir la nomenclature complète de l'objet du désir : les *menotinvan* sont en réalité les « menottes Dinh Van ». Dinh Van étant le nom d'un joaillier apparemment célébrissime dont je n'avais jamais entendu parler. De toute façon, depuis que je suis à Paris, plus une personne ou une chose est célèbre, moins j'en ai entendu parler, c'est un phénomène que je ne m'explique pas.

Me promenant dans Saint-Germain (en traînant mes guêtres comme une âme en peine serait une description plus juste), j'ai constaté que c'était vrai : elles ont toutes ça au poignet, les filles, dans la rue.

Alors moi aussi, j'en ai voulu.

Je suis donc allée, tout bêtement, me les offrir. Je me trouve un peu niaise d'être allée acheter ça pour faire comme tout le monde. Mais en même temps, elles sont vraiment jolies (siiiiii, pour de vrai, je les trouve jolies !) et ça change des bijoux classiques auxquels je suis habituée. C'est en argent, en plus, donc pas un *vrai* bijou. C'est une théorie que nous avons élaborée avec Lili : seul l'or produit d'authentiques bijoux. Le reste n'est que pacotille et désir de paraître. Désir de paraître ? Oui, c'est exactement ce que sont mes petites menottes et j'assume (presque) totalement !

Pour être honnête, je me suis fait ce petit plaisir parce que j'avais un peu le moral en chute libre, ces derniers jours. Après le départ d'Axel, ni Iris ni Ombeline ne m'ont appelée. C'était plutôt étrange comme sensation, elles qui, depuis des semaines, me téléphonaient dix fois par jour pour des broutilles. Pour demander où j'étais, comment je m'habillais pour la soirée Machin (je répondais invariablement que je ne savais pas, mais je crois, en définitive, qu'elles avaient surtout envie d'une oreille pour leur permettre d'exposer leurs propres recherches vestimentaires). Deux ou trois fois par jour, il s'agissait de savoir où était passé Axel. Quant aux appels les plus nombreux, ils consistaient en cette question cruciale : « Où est-ce qu'on se retrouve ce soir ? » Invariablement, le choix se faisait entre les Deux Magots, le Coffee parisien ou Carette. Chacun de ces trois lieux ayant une heure précise où il fait bon aller, la réponse était généralement contenue dans leur question : si on avait rendez-vous vers 17 h 30-18 heures, on allait chez Carette. Si l'heure de réunion était plutôt fixée à l'heure de l'apéro, on filait aux Deux Magots et si elle approchait les 20 heures, on profitait de l'ouverture du Coffee, avant que la foule ne vienne s'installer.

Comme je n'avais, de toute façon, pas voix au chapitre en ce qui concerne l'heure de rendez-vous, je ne pouvais logiquement pas avoir d'avis sur le lieu. Et pourtant, elles m'appelaient. C'est lorsque les appels ont cessé que j'ai aussi réalisé que je ne les appelais, pour ainsi dire, jamais. En dehors des questions pratiques : « Vous êtes où ? », « Je suis en retard, commencez sans moi », « Je ne trouve pas le bar machinchose. » Et lorsque j'ai, à mon tour, appelé pour prendre des nouvelles, demander « où on se retrouve ce soir », ce genre de chose, mes appels sont restés lettre morte.

J'ai tout simplement pensé qu'elles devaient avoir pris quelques jours de vacances au soleil (elles parlent sans cesse de leur besoin vitaaaaal de vacances au soleil) ou quelque chose de ce genre. Quand l'autre jour, en rentrant du boulot, je les ai vues toutes les deux installées à la terrasse des Deux Magots. Elles ne paraissaient pas spécialement bronzées, j'en ai logiquement déduit qu'elles étaient parties à la campagne et tout naturellement, je suis allée m'attabler avec elles, heureuse d'avoir retrouvé mes copines de sortie. Comme d'habitude, elles ont glorifié mon sac à main en citant des noms dont je n'ai jamais entendu parler. Miu-Miu, en l'occurrence. Mais j'ai senti que quelque chose était différent. Je suis naïve, mais pas au point de ne pas voir lorsque ma présence n'est pas requise. Bien sûr, elles ne m'ont pas indiqué que je n'étais pas bienvenue, mais je ne sais pas, leur attitude, tout en étant pareille, m'a fait sentir que je n'étais plus vraiment admise. Elles se sont poliment extasiées sur mon bracelet Dinh Van. Puis elles m'ont montré le leur. Celui d'Iris est en or, lui. C'est Vince, son nouveau petit ami richissime, qui le lui a offert. Ombeline s'est plainte d'avoir « l'air d'une miséreuse » avec ses « pauvres menottes en argent ». Je n'ai pas relevé et on a parlé d'Axel, du boulot, de fringues, évidemment. Je les ai surtout écoutées parler. Et j'ai répondu aux questions. J'ai réalisé alors que je n'avais fait que ça durant le séjour de mon cousin : écouter et répondre aux questions que l'on voulait bien me poser.

Je n'ai rien entendu de méchant ou de cassant sortir de leur bouche. Elles m'ont même paru moins ouvertement méprisantes pour le reste du monde qu'à l'accoutumée. Restait juste une forme d'indifférence à peine plus appuyée que leur attitude coutumière (l'indifférence étant sans conteste ce qui caractérise le mieux leur attitude coutumière). J'ai donc mangé mes traditionnelles feuilles de laitue aromatisées au vinaigre. Pour ne pas avoir l'air de fuir une situation embarrassante, j'ai même trouvé bon de m'attarder un peu autour d'un petit café et je me suis éclipsée, en me disant (sans trop de regret finalement) que je ne les reverrais ni l'une ni l'autre tant qu'Axel n'aurait pas fait son come-back sur le sol français. Ce qui ne semble pas près de se produire. Lui non plus ne donne pas de nouvelles, mais là, le contraire m'aurait vraiment beaucoup surprise.

J'erre donc dans le Paris glacial de ce mois de novembre, comme une âme en peine. Paris est redevenu le Paris de cet été lorsque je suis arrivée, le soleil en moins. Finis, donc (jusqu'à nouvel ordre), les dîners au Teaboat et les soirées branchées dans des endroits bizarres. Même le shopping a perdu sa saveur. Axel parti, je ne sais plus quoi m'acheter, comme si j'étais devenue incapable de savoir ce qui pouvait m'aller. Je vois Aure beaucoup plus souvent, ces jours-ci, puisque je dîne à nouveau à l'appartement. Je retrouve le goût des graines germées et son regard dégoûté lorsque je tente d'introduire un yaourt au lait entier dans son réfrigérateur. Maman a enfoncé le clou en me demandant de lui raconter mes dernières soirées géniales. Elle écoute mes récits comme si je vivais la vie la plus excitante qu'on puisse imaginer. Maman me voit dans un conte de fées entourée de princes charmants et de gentilles princesses aux cheveux d'or. Je n'ai pas eu le cœur de la détromper et de lui avouer que, depuis le départ de mon cousin, je suis plus ou moins tombée en disgrâce. Pour ce qui est du prince charmant, par contre, j'ai préféré m'abstenir de tout commentaire. Tant qu'il n'y a rien de sérieux à raconter, je préfère me taire.

Parce que question prince charmant, j'ai l'impression que je me débrouille nettement mieux. Victor et moi avons passé pas mal de temps ensemble ces derniers temps. On ne fait rien de démesuré, mais il me fait visiter Paris, m'emmène dans des endroits tous plus pittoresques les uns que les autres. Me fait découvrir de jolis petits restaurants. On se raconte nos vies en évitant tout de même le chapitre « Les deux ans de vie commune de Pénélope avec Julien, le cousin de Victor ». Il m'appelle régulièrement, ou m'envoie des e-mails pour des prétextes tous plus fallacieux les uns que les autres : me faire connaître un artiste qu'il adore, me proposer des places de concert à prix réduit ou me faire partager tout autre bon plan de son cru. Et aussi me demander de ne pas trop maigrir, comme si ma courbe de poids était en lien direct avec ma courbe de parisianisation et qu'il ne souhaitait pas plus me voir devenir une authentique Parisienne qu'un sac d'os. Et je dois dire que c'est assez bien vu. J'ai bien senti que Victor méprisait plus ou moins la petite bande de copains d'Axel. Ce que je ne comprends pas, c'est qu'ils se fréquentent tous. Pas intimement, bien entendu (de toute façon, j'ai l'impression qu'ici même les amis intimes ne sont pas si intimes), mais enfin, ils se rencontrent régulièrement à des soirées et discutent volontiers s'ils se croisent dans la rue ou que, d'une manière ou d'une autre, l'occasion se présente.

À lui non plus, je n'ai pas voulu faire la fille tombée de son nuage de copains et de sorties géniales. Je ne lui mens pas, mais je préfère rester vague sur les récits de mes dernières sorties. Et lorsqu'il m'a fait remarquer, hier soir, qu'il était étonné de ne pas m'avoir croisée à la soirée « de Damien » alors qu'Iris et Ombeline étaient de la partie, j'ai juste rétorqué que j'étais un peu crevée en ce moment et que je n'avais pas trop envie de sortir.

Chapitre 15.

Le blog d'une mouette

Paris est habité par une drôle de mouette. Blogueuse, ou plutôt night-blogueuse, la Mouette niche à Saint-Germain-des-Prés, la veinarde, et prend son thé aux Deux Magots.

Elle nous raconte au quotidien ses sorties parisiennes, ses coups de cœur mode et ses petits conseils beauté.
Et si elle ne se prive pas d'épingler avec malice les petits travers des oiseaux de nuit, elle reconnaît volontiers se décrire elle-même, parfois, dans les satires acidulées dont ils font l'objet.

Sur le web, la Mouette, qui affiche une audience chaque jour plus importante (elle revendique plus de 2 000 lecteurs quotidiens), est en passe de devenir un petit phénomène de société à elle toute seule. Si vous ne la connaissez pas encore, passez vite faire un tour sur son blog :
http://unemouetteaparis.canalblog.com

Magazine Cosmopolitan */ Janvier 2006*

Mon Dieu, ce n'est pas possible ! Je dois être morte. Et si, comme je le crois, j'ai trépassé, je suis au paradis : *Cosmo* a parlé de moi ! *Cosmo*. C'est incroyable : nous sommes le 8 décembre et ils sortent déjà l'édition de janvier, mais on s'en fiche ! L'article est superélogieux. C'est vraiment génial. Comment vais-je pouvoir garder ça pour moi ? C'est ça qui est difficile avec cette histoire de blog. J'avais vraiment besoin d'avoir une activité à moi, un petit jardin secret, et c'était agréable, au début, de le garder pour moi seule. Mais il a pris tellement de place dans ma vie… et il a un tel succès, je crève d'envie de partager ça (et de me vanter un peu, aussi) avec tout le monde.

À commencer par Lili qui est partie voilà une éternité. Elle me manque vraiment beaucoup, surtout depuis les événements récents. C'est vrai, si elle était là, je ne cesserais pas de pleurer sur son épaule pour l'humiliation monumentale que je subis ces jours-ci, depuis que j'ai compris que mes nouveaux copains ne faisaient que me tolérer afin de plaire à leur ami d'enfance, Axel. Mais surtout, j'ai tellement envie de lui parler de Victor… Elle en a déjà entendu parler, en fait. Il y a quelques années de ça, lorsque j'étais avec Julien. J'avais rencontré Victor à une réunion de famille et je l'avais trouvé tellement beau que j'avais rebattu les oreilles de Lili avec ça pendant des jours et des jours, arguant que j'avais trouvé l'homme idéal pour elle. Elle l'avait surnommé Victor le Magnifique. Et c'est resté. Chaque fois que l'une d'entre nous rencontre un homme digne d'intérêt, la question est toujours de savoir comment il se situe par rapport à Victor le Magnifique qui représente, lui, la marche la plus haute de notre échelle de valeurs. J'ai déjà hâte, lorsque je lui parlerai de Victor, qu'elle me demande comment il est, mon nouvel amoureux, par rapport à Victor le Magnifique. Je savoure déjà notre fou rire lorsque je lui apprendrai que, justement, il s'agit de Victor le Magnifique *himself*. Il me tarde d'y être, à la nuit entière que nous allons passer à nous raconter les mois qui se sont écoulés. Peut-être reviendra-t-elle en France avec un amoureux dans les cartons ?

Mais pour ce qui est du mythe Victor le Magnifique, je sais aussi que si elle le rencontre, elle sera certainement déçue par celui qui incarne pour nous depuis plusieurs années « la plus haute marche de la sublimité masculine ». Non que Victor ne soit pas effectivement un bel homme (il l'est !), mais de là à le qualifier de beauté ultime...

Lili est aussi la seule personne à qui j'envisage de parler du blog. Et en même temps, il devient, ces temps-ci, un tel tissu de mensonges que je ne suis pas certaine de récolter une brassée de roses. Elle est tellement réglo sur certains trucs, Lili...

Et Victor, c'est pareil, j'adorerais lui parler du blog. Pour une fois que j'ai une vraie raison d'être fière de moi, que j'ai réussi une chose par moi-même, presque sans le vouloir... Maintenant, c'est une vraie folie, ce blog. Je reçois des e-mails tous les jours pour de multiples raisons : il y a les mails de fans, ce qui est la chose la plus étrange au monde. Des gens qui me disent tous les jours qu'ils voudraient avoir ma vie. Être comme moi (c'est bien la première fois qu'on me dit avoir envie d'être comme moi). Certaines personnes me proposent également d'essayer leurs produits (des cosmétiques, un téléphone, un cours de danse dernier cri…) ou m'envoient simplement l'adresse de leur site Internet dans l'espoir que je parle d'elles sur le blog. Je reçois des invitations à des soirées apparemment ultrasélectes. Même des invitations à des conférences de presse. Dernièrement, une société de communication m'a proposé de mettre mon blog « en régie ». Ils estiment qu'ils peuvent me faire gagner plus de cinq cents euros par mois rien qu'en revenus publicitaires.

Tous ces mails ont beau me flatter (je serais une sale hypocrite de prétendre le contraire), ils me donnent le tournis. D'autant plus que je le vois bien, moi, que je suis sur une pente délicate. Je n'ai plus grand-chose à dire depuis qu'Axel est parti. Plus de nouvelle marque de fringues à vanter, ni de lieux fabuleux à présenter. L'autre jour, une fille m'a demandé ce que je pensais du « motorcycle ». Il m'a fallu deux heures de recherches acharnées sur le web pour comprendre ce dont il s'agissait. Encore un fichu nom de sac. Un des produits phares de Balenciaga. Évidemment, j'ai expliqué que je le trouvais sublime et que je le voulais à mort, moi aussi. Comme je n'ai plus de sorties délirantes à raconter, parfois il m'arrive de revenir sur des sorties passées. J'ai même fait une gaffe, l'autre jour : j'ai parlé du Teaboat, de la soirée d'anniversaire d'Iris où il y avait un monde fou. Parmi mes lecteurs, l'un deux m'a fait remarquer que le Teaboat était fermé depuis au moins deux semaines. Bien entendu, j'ai trouvé une excuse, en expliquant que je n'avais pas eu le temps de faire un compte rendu de ma soirée plus tôt et que je l'avais donc posté sur le blog avec quelques jours de retard mais que, bien sûr, je savais bien que le Teaboat était fermé maintenant et que tant mieux, c'était l'occasion de changer ses habitudes nocturnes.

Ahhhh… vraiment, je donnerais n'importe quoi pour que Lili soit là. Heureusement, ce soir, je dois voir Victor. On a prévu une activité bête : faire un tour de bateau-mouche. Nous avons décidé de faire ensemble toutes les activités touristiques que compte la capitale. Nous devons également aller au château de Versailles, visiter Paris en bus rouge, aller dîner au Hard Rock café (au départ, j'avais proposé la Tour d'argent, hé hé, qui ne tente rien n'a rien… à vrai dire, qui tente n'a pas forcément), faire la queue chez Vuitton pour le plaisir de faire la queue et se prendre en photo dans le jardin des Tuileries.

Hé… c'est bizarre, on dirait que quelqu'un est dans le couloir. C'est étrange, personne ne vient jamais ici : je suis la seule habitante du couloir… Hé ! Mais c'est quoi ce vacarme ?

On dirait que c'est pour moi : on frappe. Sans doute une erreur. Mince, j'ai horreur de ça : être toute seule chez moi. Dans ce Paris où les filles se font violer devant tout le monde dans le métro sans que personne ne dise rien.

J'ouvre pas.

On frappe encore. Allons, du calme. Je vais ouvrir. Il faut bien mourir de quelque chose.

De toute façon, je ne peux pas faire croire qu'il n'y a personne : j'écoute de la musique et la lumière filtre forcément sous la porte.

Et sait-on jamais… si c'était Victor ? Je m'apprête peut-être à louper la plus émouvante scène romantique de toute ma vie ?

Oui ? Vic…

Ohhhhhhhh ! C'est pas vrai !!!! Noooon… Je n'en reviens pas. Je n'en reviens pas. Je n'en reviens pas !!!

C'est Lili. Elle est là, avec son gros sac dégoûtant. Elle est toute maigre, on dirait qu'elle a fondu comme un esquimau au soleil. L'Inde a, paraît-il, cette vertu de faire maigrir tout Occidental digne de ce nom de dix bons kilos (prendre note de passer les vacances d'été en Inde). Elle n'en est pas là, mais on ne voit plus que ses yeux verts. Elle se tient debout avec un petit sourire mal réprimé au coin des lèvres, manifestement satisfaite de l'effet produit. Je lui saute au cou. Normalement, ce n'est pas des trucs qu'on fait, mais je m'en fiche. D'ailleurs, je ne réfléchis pas, je suis trop heureuse de la voir là. Mais c'est étrange, elle est tellement menue… c'est comme si j'avais enlacé une ficelle : au moment de refermer mes bras, pfiouuuut, que du vide ! Elle, elle ne bouge pas d'un pouce. Elle a juste l'air contente d'être là. Et elle semble épuisée.

— Je… Je voulais te faire la surprise. C'est ton père qui m'a donné tes coordonnées exactes. J'espère que je ne te dérange pas.
— Quoi ? Tu veux dire que tu as appelé mon père alors que tu étais en Inde ?

Wouah. C'est incroyable, tout à coup je me sens si émue que j'ai une voix toute tremblotante. L'impression que je vais me mettre à pleurer. Mais il ne faut surtout pas, elle a horreur de ça.

« Lili, tu ne peux pas savoir comme je suis contente que tu sois là. Tu vas croire que c'est pour romancer les choses que je te dis ça, mais tant pis : tu as frappé au moment précis où je me disais que je donnerais cher pour que tu sois ici, avec moi. Qu'on puisse se parler. J'étais en train d'énumérer toutes les choses que j'allais te raconter à ton retour. Et... oh. Pardon. Entre, installe-toi. C'est minuscule ici... j'espère que ça t'ira. Tiens, pousse ces fringues. Non, non, ce n'est rien. Quoi ? Les chaussures dorées ?... Non, non, elles sont à ma tante... tu rigoles ! Allez, raconte. Ton voyage. Les photos ? Tu as fait des photos ? Et un amoureux... moi, tu sais, c'est surtout ça qui m'intéresse : les amoureux... Tu en as rencontré un ? Oh... mince. Je suis en train de me rappeler que j'ai un truc prévu ce soir. Attends, il faut que j'annule. »

— Pénélope, calme-toi. Si tu as prévu de sortir, vas-y. Je suis crevée de toute façon. Et puis je ne t'avais pas prévenue. Va à ton rendez-vous, je vais dormir un peu et on se parlera lorsque tu seras de retour.

— Non. Tu es folle. Je vais annuler, il comprendra. Il n'y a pas de problème.

— J'insiste, Pénélope. N'annule rien.

— Tais-toi un peu. Pour quelqu'un de fatigué, tu parles trop !

J'ai du mal à croire que j'appelle Victor pour annuler un rendez-vous. Mais j'ai le sens des priorités.

L'amitié de Lili est une priorité. Victor habite Paris, si je ne le vois pas ce soir, ce sera demain. Le monde ne s'arrêtera pas de tourner. Il survivra.

— Allô ? Victor ? Oui, c'est Pénélope. Écoute, je suis désolée, il faut que j'annule notre petite soirée.
— Mais… tu parles bizarrement, il y a un problème ?
— Non, non… ne t'inquiète pas. C'est juste Lili. Mon amie Lili qui est là. Elle m'a fait la surprise de venir une semaine plus tôt que prévu. Elle voulait me faire la surprise et me voilà… surprise. Elle est là. Et alors je suis un peu fatiguée, j'ai peut-être une voix un peu fébrile. Mais il n'y a rien de grave. Non, je t'assure, je suis heureuse comme tout. Elle vient juste d'arriver. Ça m'embête beaucoup de la laisser seule alors qu'elle a organisé cette surprise pour moi depuis l'Inde. Et puis j'ai envie de parler avec elle. Ça t'ennuie si on remet ça à demain, ou après-demain ?
— Non, bien sûr. Je comprends, reste avec ton amie. Mais… est-ce que je peux passer te voir, juste deux minutes.
— Il y a quelque chose ?
— Oui. Non, enfin, rien de grave, mais je voudrais te dire deux mots. Aujourd'hui, c'est important. Dans un quart d'heure en bas de chez toi ? C'est possible ?
— Mais oui ! Attends, c'est même une superidée, tu n'as qu'à venir boire un verre chez moi, je serais ravie que tu fasses sa connaissance. Tu vas l'adorer…
— Non, non. Pas ce soir. Mais un autre jour, ce sera avec plaisir. Il faudrait juste que je te parle cinq minutes. En bas de chez toi. Dans un quart d'heure ?
— Aucun souci, je descends.

Le temps de me retourner et Lili est déjà endormie. Tout habillée. Elle n'a même pas ôté ses chaussures. Sa tenue est, de très loin, l'accoutrement le plus étrange qu'il m'ait été donné de voir ces derniers temps : un mélange de tissus orientaux, de doudoune occidentale et de chaussures de marche.

Je suis tellement contente qu'elle soit ici. Ma meilleure amie est là, avec moi. Je vais pouvoir lui faire découvrir Paris et retrouver le plaisir de faire les magasins, notre activité favorite. On va parler en refaisant le monde autour d'un verre de vin jusqu'à des heures indues. Je l'emmènerai dans ces petits bistrots que m'a fait découvrir Victor. Je suis certaine qu'elle en sera folle. On ira au bord du canal Saint-Martin et on parlera, parlera, parlera. On parlera jusqu'à en avoir mal à la gorge. J'ai déjà peur qu'elle ne parte trop vite.

En bas, Victor m'attend déjà. Il semble, lui aussi, un peu agité.

— Hello, fillette !

— Hello ! (J'ai bien envie de répondre « hello, Victor le Magnifique », mais, fort heureusement, je m'abstiens.)

— Excuse-moi, je t'arrache à ton amie…

— Non, tu ne m'arraches à rien… J'ai un peu honte de te le dire après avoir annulé notre soirée au dernier moment comme une malpropre, mais… elle s'est endormie pendant que nous parlions au téléphone. Notre escapade en bateau… ce n'est que partie remise, n'est-ce pas ?

— Oui. Heu… en fait, c'est pour ça que je voulais te voir. Je comptais te dire ça ce soir. Je… Enfin, je suis idiot. Je ne sais pas pourquoi j'accorde autant d'importance à ça…

— Mais… Qu'est-ce…

— Écoute, je voulais juste te dire que je partais pour quelques jours. Que je ne serais probablement pas joignable. Et juste… enfin, comme on a passé pas mal de temps ensemble… je ne voulais pas que tu croies à un malentendu. Je pars pour un repérage en Afrique. Un documentaire sur les plaines du Serengeti, qu'on va essayer de produire. Voilà. C'était juste ça. Te dire que je ne pourrais sans doute pas répondre à tes mails ou tes coups de fil.

— …

— Oui, je sais, tu ne m'appelles jamais. Et tu n'écris jamais en premier.

— …

— Ça sera l'occasion, alors… Et je ne te donne pas la date de retour exacte : je viendrai frapper à ta porte, te faire la surprise. Il n'y a pas de raison que ce soit un truc réservé aux meilleures amies, si ?

— …

— Bon, la belle. Il faut que je te laisse, ton amie endormie va finir par s'impatienter. Juste : écris-moi. Je ne pourrai probablement pas toujours répondre. Peut-être même pas du tout. Mais je serais content que tu m'écrives…

— Euh… oui. Oui…

Je n'ai pas le temps de trouver une réponse plus convenable et, de toute façon, je n'en ai pas. Un homme canon (la plus haute marche de la sublimité masculine) et gentil et drôle et qui a de la conversation et qui me trouve digne d'intérêt veut que je lui écrive parce que c'est toujours lui qui écrit en premier et parce que, cette fois, il ne pourra pas écrire. Et il vient de s'évanouir dans la nuit sans me laisser le temps d'y rien comprendre. Je suis une affreuse midinette, ça c'est vrai. Mais tout de même, il faut avouer que c'est assez bien orchestré comme manœuvre pour faire tourner la tête des filles, non ? En tout cas, très clairement, moi, je marche.

Je reconnais, c'est beaucoup pour une seule personne en une seule journée. En remontant chez moi, j'ai la tête qui tourne. C'est surprenant, une ivresse qui ressemble à une vraie ivresse. L'impression que tout bout à l'intérieur et que je ne pourrai plus jamais trouver le sommeil. Une seule solution : me repasser le film de la soirée mille fois. Jusqu'à connaître le scénario par cœur. Ou m'interdire de trop y croire et savourer tranquillement…

J'ai un prince charmant à attendre, mouâ. Il faut bien que je me languisse…

Lili n'a pas bougé d'un millimètre. Elle est affalée en travers de mon lit. J'entreprends de délacer ses chaussures. Au moins ses chaussures, pour le reste, tant pis, elle dormira tout habillée. Et puis je la borderai. Comme lorsque nous étions étudiantes et que l'on avait dansé et bu jusqu'à ne plus pouvoir marcher bien droit. Mais alors que je m'apprête à me coucher à mon tour, je l'entends murmurer quelques mots.

— Dis… tu veux bien que je reste ?
Elle doit rêver.
— Tant que tu veux, poulette, tu es ici chez toi.
— Que je reste avec toi à Paris…

— Mais oui, aussi longtemps que le cœur t'en dira. Tu es ici chez toi.

— Non... pour habiter, je veux dire...

— ... Lili... tu veux dire... rester ?

— Oui. Avec toi. À Paris.

Je crois qu'elle s'est rendormie. Lili. Avec moi à Paris. Cette fois, je vais attendre sagement demain pour avoir confirmation que je n'ai pas rêvé.

Et de toute façon, là, c'est vraiment trop de bonnes nouvelles pour une seule soirée.

Chapitre 16.

Le bonheur n'est pas dans le pré...

Il est dans La Prairie :) Vous êtes plusieurs à m'avoir demandé ce que je faisais pour avoir bonne mine les lendemains de fête. En réalité, je n'utilise pas de crème antifatigue, je les trouve généralement inefficaces et j'ai un peu autre chose à faire de ma vie que de me tartiner de crèmes inopérantes.

Mais j'ai tout de même une arme anti-« sale tronche des lendemains de fête » : et c'est, je vous le donne en mille, un soin anti-âge... Tout simplement parce qu'une nuit trop arrosée me donne l'air d'une vieille peau. Plus sérieusement, les soins anti-âge, en plus de leurs qualités lissantes et hydratantes, ont un effet tenseur sur la peau et c'est pile ce qu'il faut aux tronches de six pieds de long des matins brumeux !

Pour moi ce sera donc un peu de cette divine crème caviar concoctée par les labos La Prairie (j'adore le packaging).
Mais je suppose que n'importe quel truc antivieille peau fera tout à fait bien l'affaire...

Voilà, vous êtes dans le secret des peaux potables de lendemains de fête. La mauvaise nouvelle c'est que ça n'agit QUE sur le visage. Pour les brûlures d'estomac et le mal de crâne, il faudra prendre votre mal en patience (ou me faire part de votre géniale recette) !

*Posté par la Mouette/le 12 décembre 2005/
Rubrique : Beauty Vanity*

Commentaires : 110

La vérité, c'est que je connais à peine cette marque, La Prairie. J'ai simplement supposé que c'était très bien, étant donné que j'ai vu Aure l'utiliser. Elle en a tout un stock : pour les yeux, pour les lèvres, le corps. J'ai même vu des petites gélules. J'en ai parlé parce que j'ai bien aimé leurs noms : crème au caviar, poudre de diamant, grains d'or, etc. Ça fait vachement princesse, et j'adore ça. Par contre, je ne sais pas pourquoi j'ai raconté cette histoire de crème anti-âge pour faire crème antifatigue, c'est vraiment du grand n'importe quoi ! Mais après tout, on me demande des conseils, il faut bien que je réponde quelque chose.

Et moi, les trucs antifatigue, clairement, j'en ai pas. Quand j'ai la tête à l'envers... ben j'ai la tête à l'envers, point. Et je fais avec ma sale tronche en me reprochant bien mes excès de la veille, et puis c'est tout. Mais ça, je ne peux pas le dire sur le blog, ce serait casser mon image de fille *soooo* glamour qui fréquente le grand monde. Eh oui... Ça y est, j'ai basculé : je me prends pour une stâââââr.

Du reste... je crois que raconter à peu près n'importe quel aspect de ma vraie vie (enfin, de ma vie redevenue normale depuis qu'Axel a mis les voiles) casserait mon image de night-blogueuse invétérée...

Je voudrais vraiment en parler à Lili, mais je la connais, elle désapprouvera et me fera la morale, ce dont je n'ai pas du tout envie. Surtout que depuis son retour d'Inde, ça ne rigole plus du tout : je passe mon temps à entendre ses réflexions acides sur la décadence du monde et le consumérisme étourdissant des Occidentaux. Pour une commerçante (Lili a suivi les traces de ses parents et travaille avec eux pour faire tourner leur affaire), c'est plutôt rigolo, ce discours, mais je m'abstiens de dire quoi que ce soit. J'aurais beau jeu de pointer du doigt ses petites contradictions alors que je me livre moi-même à une débauche de schizophrénie galopante. Et puis je la connais, ça va lui passer. Elle m'a raconté son voyage et elle a côtoyé une pauvreté telle qu'elle n'en avait jamais vu. Il faut qu'elle digère tout ça et ça ira mieux ensuite.

Je suis tellement heureuse qu'elle soit là que rien ne me paraît important. D'autant plus heureuse que je n'ai pas rêvé, l'autre jour : Lili a décidé de venir vivre à Paris, elle aussi. Elle a déjà commencé à chercher un boulot de vendeuse, qu'elle va trouver à la rapidité de l'éclair, telle que je la connais, et elle recherche un petit appartement. N'en ayant pas cherché moi-même, je ne m'étais pas rendu compte à quel point les prix des loyers sont chers. Chaque fois que j'ouvre les petites annonces, j'ai l'impression que je vais voir surgir Marcel Bélivot avec sa grosse moustache, qui m'annoncera que, bien sûr, je suis dans une caméra cachée où les prix, évidemment, ont été outrageusement truqués et que, ah, ah, ah, on m'a bien eue. Mais non. La réalité de Paris, c'est qu'avec mon salaire, j'aurais peine à vivre dans une chambre plus grande que celle que me prête ma tante. Lili n'a pas encore osé m'en parler, mais je sens entre les lignes qu'une autre solution pourrait se profiler : prendre un appartement toutes les deux. Mais elle est ma meilleure amie, et je ne cesse de me dire qu'on ne s'entendra peut-être pas. J'ai déjà entendu les pires histoires au sujet de colocations désastreuses et je n'ai pas envie de laisser notre amitié sur le carreau. Je suis bordélique au-delà du possible, elle maniaque comme tout. Elle est insomniaque et je suis une marmotte. Elle écoute la musique à fond et je vais passer mon temps à la baisser parce que moi, la musique forte, c'est pas mon truc… Ahhhh, mais j'ai tout de même un sérieux atout : je fais la cuisine mieux que personne, alors que Lili est déjà parvenue à rater une salade de tomates. Après tout, j'ai toujours entendu maman dire : « Dans un couple, c'est ce qu'il y a sur la table qui fait toute la différence. » Ça doit aussi s'appliquer à un couple de meilleures amies fauchées, non ? Alors qui sait, ce serait peut-être une solution ?

Pour l'instant, nous sommes attablées toutes les deux chez Ladurée. Ladurée, c'est un salon de thé de filles génial juste à côté de l'appartement, où tout est dans des couleurs pastel et où l'on mange des macarons à la rose et à la réglisse, des religieuses à la pistache et des biscuits à la violette. C'est Aure qui m'y a emmenée une ou deux fois et j'ai pris l'habitude d'aller de temps en temps y prendre un thé accompagné de mini-macarons. S'il y a un endroit où je me sens bien, c'est ici. J'aime regarder les gens qui s'y pressent. Les serveurs et leur tenue ringarde. Les petites mamies du quartier, qui, empesées dans leur fourrures et ployant sous le poids de leur bijouterie, regardent d'un œil réprobateur leur petite-fille pendant qu'elle engouffre le millefeuille le plus gras de la terre en à peine trois bouchées. J'adore regarder les petits groupes d'amies qui se pressent d'entrer pour cause de pluie battante à l'extérieur. Ces filles qui, même après avoir pris un seau d'eau sur la tête, restent aussi pimpantes et fraîches qu'un cerisier en fleur. J'aime voir les hommes aussi, venus avec leur mère ou leur femme, parfois accompagnés de la famille au grand complet et généralement aussi à l'aise que moi chez le garagiste. Aujourd'hui, juste à côté de nous, il y a ce vieux couple. On dirait qu'ils font partie de la déco et, comme ils ne bougent pas beaucoup, je me suis d'abord demandé si c'étaient des vraies personnes. Avec Lili, on les a entendus parler : ils se vouvoient. C'est adorable.

Vraiment, je suis folle de cet endroit et ravie de le faire découvrir à Lili. Je suis excitée comme une puce depuis qu'elle est arrivée. Je me la joue châtelaine qui fait découvrir son domaine. C'est moins marrant que ça aurait dû l'être puisque Lili est totalement dans son trip « anticonsumériste », mais je suis ravie, pour une fois, d'être celle qui lui fait découvrir quelque chose. En l'occurrence : sa nouvelle ville. Oui, je sais : Lili a déjà habité Paris. Mais ce n'est pas pareil, on est adultes maintenant et libres de faire ce que l'on veut, d'aller où bon nous semble et de s'empiffrer de gâteaux hors de prix si le cœur nous en dit. Et là, il faut bien le dire, ce que j'imaginais comme un moment fabuleux de complicité partagée dans un salon de thé somptueux vire plutôt au flop. Je vois bien qu'elle grimace des sourires pour essayer de me faire croire qu'elle est contente d'être là, mais je la connais bien, quelque chose ne tourne pas rond. On dirait qu'elle est en colère après quelqu'un et qu'elle fait tout son possible pour éviter d'y penser. Lorsqu'elle voit la carte, elle manque de s'évanouir et, vu comme elle est maigre, je me demande si elle ne va pas vraiment tomber de sa chaise. Lorsque la serveuse arrive avec son uniforme à pois et à froufrous qui aurait dû la faire mourir de rire, elle commande sagement un thé, « n'importe lequel… heu… ben le premier de la liste alors, celui-là », alors que je viens, pour ma part, de demander un grand chocolat chaud assorti d'une de ces religieuses à la pistache fabuleuses dont ils ont le secret.

— Mais, Lili, tu ne veux vraiment rien manger ? Tu dis toi-même que tu es maigre comme un clou et qu'il faut que tu grossisses.

— Nan. Écoute, j'ai pas trop faim, là.

— Arrête ! Depuis quand tu as besoin d'avoir faim pour avaler un gâteau à six mille calories au moins pour me narguer ?

— Depuis que des gâteaux gros comme une noix coûtent le prix d'une semaine de nourriture.

Nous y voilà. J'ai bien envie de lui rétorquer que c'est même pas vrai, qu'elle va bien voir que, ma religieuse, elle est loiiiiin d'être grosse comme une noix.

Mais comme j'ai un grand sens diplomatique (et que j'ai bien conscience, tout de même, que la plaisanterie serait un peu déplacée), je préfère lui demander :

— Mais, dis-moi, où est passée la fille qui était capable de s'acheter cinq paires de chaussures dans la même journée ?

— Pénélope, elle est passée en face de moi. C'est *toi*, la fille capable de dépenser un mois de salaire en paires de pompes.

— Oui. Bon, peut-être. L'exemple est mal choisi, mais enfin, je ne les fais pas toute seule, mes virées shopping, depuis quelques années, que je sache ?

— Oui, mais apparemment, c'est nouveau de ne fréquenter que des boutiques et des salons de thé hors de prix. À ce train-là, fais-moi confiance, ça nous arrivera de moins en moins de faire les boutiques toutes les deux.

— Bon, ben voilà, Lili. Tu as raison. Je suis une vilaine dépensière qui pète plus haut qu'elle n'a les fesses et en comparaison tu es une sainte. Apparemment l'Inde t'a conduite sur le chemin de la perfection morale, excuse-moi de ne pas être à la hauteur. Si tu préfères, rien ne t'empêche d'aller vivre en banlieue, puisque tu es tellement au-dessus de tout ce luxe. Comme ça tu pourras librement aller faire tes courses à Lidl au lieu de laisser ta copine Pénélope la méchante dépensière dilapider des fortunes dans un lieu de perdition alimentaire, dans le simple espoir de te faire plaisir. Simplement parce que je suis contente de te voir et que, oui, je suis ravie de te montrer que la vie parisienne me réussit plutôt bien. Parce que tu m'as manqué et que ce voyage a l'air de t'avoir rendue malade. Tu es maigre et déprimée et je pensais te faire plaisir. Excuse-moi. J'allais te proposer que nous prenions un appartement toutes les deux. Parce que je me disais qu'à deux on n'aurait peut-être pas grand-chose, mais qu'au moins ce serait notre petite aventure, un truc qu'on allait vivre ensemble, et que, même si fatalement on passera notre temps à se disputer, on est au-dessus de ça. Mais puisque manifestement mon mode de vie ne correspond pas à tes nouvelles aspirations d'ascèse, je pense qu'on va s'en tenir à nos plans initiaux : j'habite une chambre dans le quartier le plus sympa de Paris et, toi, tu vas vivre où tu veux. Les quartiers miteux ne manquent pas à Paris.

— …

Mince. Je vois une larme perler à ses yeux.

— Non… Lili… je ne voulais pas te faire pleurer. Excuse-moi. Je retire tout ce que j'ai…

— Non, c'est moi. Tu… tu as raison, ce voyage a été difficile. Ça ne sert à rien de refuser en bloc tout le confort qui est le mien. Je sais. C'est juste que je ne m'attendais pas à ce que ce soit si difficile à voir, la pauvreté. Je ne suis pas en colère contre toi, Pénélope, ni contre ce salon de thé qui est ravissant. Dans quelques jours, c'est moi qui te supplierai de m'y emmener à nouveau. Je suis encore sous le choc de ce que j'ai vu là-bas. Mais ça va passer. Il me faut quelques jours de réadaptation.

Et soudain, au milieu des quelques larmes qui brouillent son regard, je la vois sourire…

— Mais c'est vrai ? Tu avais pensé qu'on pourrait habiter toutes les deux ? Je n'osais pas t'en parler… je sais bien que pour toi, ce serait renoncer à pas mal de confort. Je te promets que tu pourras dépenser tous les sous que tu veux sans que je dise un seul mot. Et je ne lirai pas tes magazines avant toi. Et aussi que je te laisserai de l'eau chaude pour le bain et…

— Ah ? Parce que tu crois qu'avec mon microsalaire et toi qui n'as tout simplement *pas* de salaire nous allons avoir une baignoire ?

— Alors, ça veut dire que… tu es d'accord ?

— Tu rigoles, c'est plutôt à toi que je devrais demander si tu es partante ! C'est toi qui vas supporter tous les jours mon désordre. C'est toi qui vas voir disparaître régulièrement les plus sympas de tes fringues pour les retrouver sur moi et toi, encore, qui…

— Mais toi, tu vas supporter ma téléphilie aiguë ? Même la Starac' ?

— Si on regarde ça devant un plateau de sushi, ça peut s'envisager. Et puis j'aurai mes mag'…

— Alors ça veut dire oui ? On va le faire ? Tu es sûre, Pénélope, que tu ne vas pas y perdre au change ?

— Certaine.

— Bon. Alors, tout compte fait, je prendrai bien un assortiment de macarons, ils ont l'air délicieux !

Chapitre 17.

La question des leggings...

*Si vous ne voyez pas ce que sont les « leggings »,
c'est que vous n'êtes pas tendance, les chéris. Désolée,
mais c'est comme ça. Les leggings, c'est LE truc que la
terre entière va trouver immonde MAIS que la terre
entière va finir par porter. Je ne sais pas pourquoi ils
ont décidé d'appeler ça « leggings » d'ailleurs, parce
que, franchement, ça n'est rien d'autre qu'un caleçon.*

*Ahhhh. Dit comme ça, ça calme, hein ! Mais c'est la
pure vérité : les leggings sont la réplique des caleçons
que nous portions toutes dans les années 90. Si, si. TOUTES,
inutile d'aller vous cacher derrière votre écran. Et donc,
ce truc affreux est revenu sur le devant de la scène.*

*Mais attention, hein, pas de blague, on ne porte pas
ça tout seul ! Ne faites pas un truc pareil, sinon tout le
monde va croire que vous avez oublié votre jupe et que
vous sortez cul nu dans la rue. Ça craint, quand même.*

*Moi, ce que je vous propose, c'est de ne pas vous
lancer dans des montages vestimentaires compliqués.*

Remplacez simplement votre collant traditionnel par des leggings. Avec une mini en jean, je trouve ça craquant.

Je vous vois venir avec votre « et sous ma robe à godets pailletée du nouvel an ? ça ira ? » Non. Ça n'ira pas. Mais là, autant être franche, le problème ne sera pas les leggings, mais la robe à godets pailletée. De toute façon, la tendance du nouvel an, c'est : pas de nouvel an. Alors, où que vous soyez, si ce n'est pas chez vous ou en tout petit comité chez des amis, vous avez tout faux ! Et toute tenue tant soit peu festive est purement et simplement proscrite :)

Posté par la Mouette/le 31 décembre 2005/
Rubrique : Fashion Time

Commentaires : 74

Les leggings... pouah. Comment ai-je pu faire la promotion d'un truc aussi laid ! Jamais, croix de bois, croix de fer, je ne porterai quelque chose d'aussi moche. Mais je suis désormais identifiée comme la blogueuse mode, sorties et autres folies parisiennes, il faut bien que je parle (en bien) de ce qui est dans le temps. On me questionne et on attend de moi des réponses, il faut que je les donne. J'ai encore eu d'autres contacts avec des journalistes. Il a même fallu que je réponde à certaines questions par téléphone. Mais j'ai refusé toute rencontre, jusqu'à présent. Étonnamment, le mystère que je laisse planer sur mon identité semble ajouter une sorte d'attrait supplémentaire à mon blog et renforcer l'intérêt que me portent les journalistes. Et cette fois, je dois bien avouer que je n'ai pas le moins du monde envie de lâcher ce petit coin virtuel. Je me rends bien compte que le personnage de la Mouette est désormais diamétralement opposé à moi et j'ai quelques scrupules à mentir comme ça à tous ces gens (ils sont de plus en plus nombreux, c'est vertigineux), mais après tout, rien ne les oblige à me lire. Heureusement, j'ai trouvé LE moyen de ne pas être trop à côté de la plaque : chaque lundi, j'achète *ELLE*. Au boulot, j'ai remarqué que les filles ne juraient que par ce magazine. Moi, je croyais que c'était pour les « dâââmes d'un certain âge », et je ne l'avais ouvert qu'une fois ou deux par hasard, dans la salle d'attente du médecin. Basta. Mais en effet, ça regorge de petites infos sur les tendances du moment, les lieux un peu branchés et les expos à voir... (J'estime, pour ma part que leur résumé est tout à fait suffisant pour me donner la sensation d'avoir découvert la chose par moi-même. Fort heureusement, je ne prétends pas, sur le blog, être une fille tant soit peu cultivée.) *ELLE* regorge donc de tout ce dont j'ai besoin. Comme je ne suis pas complètement folle, je croise mes infos avec d'autres mag' comme *Vogue* ou *Numéro*. Et j'avoue que plus je les lis, plus j'aime les lire.

Et puis il y a un truc génial avec les magazines, lorsqu'on habite Paris : le magazine, c'est un peu votre guide pratique. Un nouveau restau présenté dans *Biba* ? Mais il est juste à côté de chez vous ! Une belle paire de chaussures (à six cents euros) vue dans *Glamour* ? Mais oui ! Vous passez tous les jours devant la boutique. Au contraire, quand on habite en province, ces mêmes *mags'* vous rebattent sans cesse les oreilles avec des tonnes de marques certes géniales mais surtout totalement inconnues au bataillon. Il n'y a même pas encore de H&M, *le* lieu incontournable de la fringue pas chère, à Rennes.

Le *ELLE* est donc ma nouvelle bible. En l'ajoutant aux communiqués de presse que m'envoient désormais les marques pour que je parle d'elles sur le blog, aux invitations pour les ventes privées obtenues grâce à Axel et dont je me suis copieusement vantée sur le blog, en m'inspirant de certains produits que je reçois directement chez moi et des innombrables invitations à des soirées géniales (auxquelles je ne vais jamais de peur d'être démasquée), j'arrive à maintenir un semblant de crédibilité. Du moins, c'est ce qu'il semble puisque les lecteurs sont au rendez-vous. Il y en a bien quelques-uns qui condamnent fermement mon mode de vie futile et totalement inconsistant, mais ceux-là, je les ignore superbement et je trouve même que cela ajoute à mon charme virtuel (comment ça, j'en fais trop ?).

En tout cas, il y a un truc qui rend les choses beaucoup plus compliquées : c'est la présence de Lili. Pour les colis que je reçois régulièrement, je lui ai raconté qu'il s'agissait de certains produits destinés à ma tante mais qui ne l'intéressaient pas. J'ai bien senti qu'elle était moyennement convaincue, mais c'est désormais admis. Et puis je n'en reçois pas tous les deux jours non plus, n'exagérons rien ! Mais avec le déménagement, ça risque de se compliquer...

Parce que, ça y est, nous habitons ensemble toutes les deux. Je craignais qu'Aure ne désapprouve, mais au contraire, elle a paru plutôt... eh bien oui, fière.

Aure a toujours accordé beaucoup d'importance à l'indépendance et je crois que pour elle c'est bon signe de me voir vivre dans un appartement à moi et renoncer, pour le plaisir d'être vraiment chez moi, à une partie de mon confort. Elle a même proposé que j'emporte le carton de sacs à main et de chaussures qu'elle m'avait laissé ! Et puis surtout, Lili et elle ont tout de suite sympathisé. Il y a eu d'emblée entre elles une familiarité que je n'ai jamais osée avec ma tante. Aure a bien insisté sur le fait que je devais passer régulièrement avec Lili et m'a bien dit qu'en cas de problème elle serait disponible, qu'il ne fallait pas hésiter.

Contre toute attente, il nous a été très simple de trouver un appartement. Comme ni l'une ni l'autre n'avions de préavis à donner, nous étions disponibles tout de suite. Nos parents ont accueilli notre idée avec plaisir et n'ont pas hésité à fournir les papiers nécessaires à la tranquillité des propriétaires. Et il semble que la période que nous avons choisie pour notre emménagement soit plutôt propice.

Nous habitons désormais dans le quinzième arrondissement. Rue de Vaugirard, pas très loin de la gare Montparnasse et, ce qui est plutôt amusant, on se croirait dans une ville de province avec tous ces petits commerçants en bas de chez nous. C'est vrai, à Saint-Germain aussi, il y avait des commerçants en bas de chez nous, mais ce n'était pas exactement « des petits commerçants »…

Notre appartement est petit mais bien agencé. Nous avons chacune une microchambre (ce qui reste exceptionnel), une belle pièce avec une jolie petite cuisine reliée par un passe-plat, tout cela assorti d'une jolie salle de bains. Et je me trompais : nous avons une baignoire ! Ça a même été le premier geste de Lili dans l'appartement : prendre un bain. Et depuis, elle passe sa vie dedans. Mais ça a l'air de lui faire du bien : elle a repris son entrain habituel. Comme si réintégrer un petit chez-elle avait apaisé ses pensées. Rien ne pouvait me faire plus plaisir.

Pour l'instant, nous vivons dans nos cartons, mais Dieu merci ! notre maigre budget était parfaitement suffisant pour nous constituer un petit nid simple et joli : Ikea et deux trois choses que nous avons récupérées chez nos parents durant les quelques jours que nous avons passés en Bretagne pour Noël composent notre intérieur. Le père de Lili est même venu à Paris quelques jours en voiture pour nous aider dans le déménagement. Lorsqu'il a vu la taille de l'appartement, j'ai bien cru qu'il allait se mettre à pleurer à l'idée que sa fille puisse y vivre, mais devant notre enthousiasme, il n'a pas pipé mot.

Reste à monter les meubles. Et pour ça, le père de Lili s'est esquivé joyeusement avant la corvée, nous laissant seules avec cette question : saurons-nous jamais capables de faire tenir tout ça debout ???

Nous en sommes là, depuis quelques jours. Nous les regardons avec une sorte de méfiance, comme si, même bien pliés dans leur carton, ils étaient une menace pour la tranquillité de notre bonne entente. Car c'est bien connu : une séance de montage de meubles s'achève toujours dans la colère et les cris. Quand ce n'est pas par un divorce avec perte et fracas. Et puis, mais c'est plus personnel, tant que ces meubles ne sont pas montés, personne ne peut me reprocher de faire traîner mes affaires n'importe où : il n'y a pas le plus petit placard pour les ranger.

J'ai même une connexion Internet : apparemment, une connexion Wifi est disponible pour tout l'immeuble, c'est intégré dans les charges, de même qu'un abonnement au câble. Moi qui craignais de devoir pleurer pendant des semaines pour la récupérer.

Pendant que Lili prend son six millième bain de la semaine, j'écris un mail à Victor. Il m'avait bien prévenue qu'il ne répondrait pas et, en effet, il n'a répondu à aucun de mes messages. Du coup, c'est un peu difficile pour moi d'envoyer des courriers qui restent sans réponse. Et je n'écris pas très souvent, en définitive. Et puis, je veux bien reconnaître qu'il me manque un peu (Lili affirme que je n'arrête pas de la bassiner avec « mon Victor », mais c'est parce qu'elle est aigrie de ne pas avoir, elle aussi, de Victor avec lequel elle puisse me bassiner). Il s'est passé tant de choses ces derniers jours que j'avoue avoir eu assez peu de temps pour consacrer mes pensées à quelqu'un qui se trouve à l'autre bout du monde. Bon, c'est vrai, je pense chaque seconde à lui. Mais avec élégance et discrétion, c'est tout.

— Eh, Pénélope, ils ne vont pas se monter tout seuls nos meubles…
— Non, ma petite poulette, en effet, ils t'attendent !
— Tssss… c'est toi la forte en travaux manuels, pas moi…

— Bip ! Mauvaise excuse ! Et puis tu vas voir, après tu seras supercontente d'avoir monté tes propres meubles... En plus il y a plein de déco et de petites choses super à déballer... Allez, grouille ! On va avoir l'impression que c'est Noël et qu'on déballe nos cadeaux. Je nous ouvre une bouteille de rouge pour fêter ça !

— Pas possible... le tire-bouchon est dans les cartons.

— Raison de plus pour que tu sortes de là rapido et que tu viennes m'aider !

Vraiment, on a de la chance. Tout se passe à merveille pour le moment. C'est comme si nous avions toujours habité ensemble. C'est vrai aussi que l'on connaît très bien les habitudes l'une de l'autre. Lorsque nous habitions à Rennes, il y avait toujours chez moi les ingrédients nécessaires au petit déjeuner de Lili : du Nutella et du café. Moi qui ne jure que par le beurre salé et le Earl Grey... Et inversement, chez Lili, il y avait deux trois affaires à moi, en permanence, dans le troisième tiroir de sa commode. Juste au cas où. Je croyais que sa musique me rendrait folle, et en fait non, elle ne me dérange même pas. Et puis c'est tellement plus agréable de cuisiner pour nous deux. Dans la chambre à Saint-Germain, j'avais beau avoir l'équipement suffisant, je ne cuisinais jamais vraiment, alors que c'est un plaisir de prendre le temps de nous faire une blanquette. Bon, c'est sûr, le soir on regarde la Starac' ou une autre émission lénifiante que j'ai du mal à supporter, mais tant pis, on languedeputifie en se moquant des candidats, des animateurs et du public, à tour de rôle, et ça reste un très bon moment.

Ce soir, c'est le nouvel an. Nous allons entamer ensemble l'année 2006. Tous nos amis de Bretagne ont insisté pour que nous restions là-bas fêter dignement l'événement. Mais nous avons décliné. Cette année, nous fêterons à la fois nos retrouvailles et le tout début d'une nouvelle vie palpitante. Nous dînerons probablement sur une table en carton (je doute que tous les meubles soient montés avant ce soir). Nous avons acheté de quoi se concocter un vrai repas de fête : du foie gras à s'en rendre malade et du champagne jusqu'à plus soif. On a aussi trouvé des fraises. Bien entendu, elles étaient superchères et, lorsqu'on les a vues, on a pensé toutes les deux la même chose : « C'est vraiment trop snob d'acheter des fraises en plein hiver. Elles sont hors de prix et même pas bonnes. Ça sert seulement à montrer qu'on est riche. » Et ça nous a tellement fait rire de voir que l'on nous avait appris à toutes les deux le même discours sur les fraises d'hiver qu'on s'est dit qu'elles avaient bien raison, nos mères, que c'était pour les snobs et que ça tombait très bien parce que justement on était exactement ça : des snobs de Parisiennes ! Une livre de fraises dénuées de goût attendent donc qu'on leur fasse un sort, en même temps que nous viderons, à minuit, deux flûtes d'un excellent champagne offert tout spécialement pour cette occasion par le père de Lili.

Mais… Mince ! Ça me fait penser que…

— Lili… On peut pas réveillonner, ce soir.
— Quoi ?
— Ouais… on a oublié un truc superimportant.
— Zut alors. On a oublié quoi ?
— Les flûtes à champagne…

— Pas grave, baby, on a tout le reste ! Et c'est le reste qui compte, non ?

— Nan, tu plaisantes ? Je suis extrêmement superficielle, moi, qu'est-ce que tu crois. Je veux des flûtes à champagne ! Je cours en chercher. Pendant ce temps, fais-moi le plaisir de sortir de ta bassine, tu vas finir par fondre dans ce truc ! Je file, je suis sûre qu'ils ont ça au Monop'… Il faut que tout soit parfait !

Oui. Que tout soit parfait.

Et prier pour que 2006 commence aussi bien que ce mois de décembre se termine…

Chapitre 18.

Pierre Hermé vs Ladurée...

Vous ne pouvez ignorer la tendance macarons.

Mais non ! je ne parle pas de cette coiffure atroce à la Leia Skywalker de La Guerre des étoiles *(pour une fois que je parle d'autre chose que de mode et autres trucs de filles, franchement, vous pourriez faire l'effort de suivre...) ! Je parle de ces délicieux petits gâteaux fourrés à toutes sortes de petites crèmes, mousses ou confitures : rose, chocolat, réglisse, abricot... Tout ce que la planète compte de saveurs sucrées y passe.*

C'est ma nouvelle drogue. Et autant annoncer la couleur tout de suite : la nouvelle drogue de toute fille tant soit peu au courant de ce qui se passe dans notre capitale.
Paris compte plusieurs lieux d'approvisionnement et deux écoles de goûts : ceux qui ne jurent que par les biscuits de la très traditionnelle maison Ladurée dont c'est la spécialité depuis des siècles, et les autres, qui n'envisagent le macaron que dans les nombreuses versions revisitées par Pierre Hermé, ce célébrissime

pâtissier qui est à la gourmandise ce que Karl Lagerfeld est à la haute couture.

Personnellement, je ne peux arrêter mon choix sur l'une ou l'autre de ces deux maisons. Vraiment, mon cœur balance. Pour trancher cette épineuse question, j'ai atterri chez Cador, la fameuse pâtisserie où a été tourné le dernier épisode de Sex and the City *: ils détiennent, quant à eux, la palme d'or du macaron au chocolat.*

Allez, hop ! Filez dévaliser votre meilleur pâtissier :)

Posté par la Mouette/le 22 janvier 2006/
Rubrique : Pâââââris

Commentaires : 94

— Pénélope, tu vas arrêter de te goinfrer avec ces maudits macarons ? Ça fait trois jours qu'à chaque fois que je rentre du boulot, tu te gaves de ces trucs. On dirait une camée : ta seule activité consiste à sortir t'acheter ta dose. Ensuite, tu files l'avaler devant n'importe quelle niaiserie télévisuelle…
— C'est ça. Je suis une junkie du macaron.
— Mais enfin Pénélope, tu prends les choses trop à cœur… Il a peut-être eu un empêchement…
— Quel empêchement ? Ça fait plus d'un mois que je n'ai aucune nouvelle.
— Mais il ne t'a pas dit quand il rentrait…
— Lili. Il est rentré. Quand j'appelle, c'est de nouveau son message téléphonique normal.

— Mais je ne sais pas, moi, il n'est peut-être pas à Paris ?

Lili tente comme elle peut de minimiser la situation. Et la situation, c'est que mon amoureux, enfin, mon « presque amoureux » n'a pas donné signe de vie depuis plus d'un mois. Et ça pour moi, ça signifie qu'il a largement dépassé la date limite autorisée.

Hop ! Un autre macaron.

Lili semble juger que j'en fais un peu trop, mais j'estime, pour ma part, que je gère plutôt bien la situation pour une fille qui se trouve au trente-sixième dessous. Notre nouvel appartement a beau être le théâtre de mon drame intérieur personnel, je n'en laisse rien paraître. Disons qu'en tout cas j'en laisse très peu paraître, par rapport à la réalité de mon drame intérieur. Je m'efforce de me montrer joyeuse et avenante avec Lili qui vient de commencer un nouveau travail et qui a donc autre chose à faire que m'écouter rabâcher sans cesse la même histoire. À peine si je lui en touche deux mots de-ci, de-là.

Je continue à tenir mon blog de mytho avec une rigueur quasi monacale et, parfois, je me prends même à croire à mes mensonges. J'en suis à me demander si je ne suis pas un peu devenue cette fille élégante et raffinée pour laquelle je tente de me faire passer avec un zèle pathologique...

Je suis extrêmement consciencieuse au boulot également : Aure m'a dit qu'elle était particulièrement satisfaite de mon travail. J'ai même reçu une augmentation.

En un mot : pour quelqu'un qui souffre, je me défends admirablement.

— Lili, tu crois franchement que ça change grandchose au problème ? Je sais que tu as envie de me rassurer, mais tu sais bien qu'il aurait dû appeler. Ou venir me voir…

— Bon. Admettons. Tu as déménagé, peut-être n'a-t-il pas eu ta nouvelle adresse ?

— J'ai laissé douze e-mails. Au bas mot.

— Bien. Mais tu ne lui as peut-être pas donné le bon code d'entrée pour le nouvel appart' ?

— Euh… ben en fait, par sécurité… j'ai un peu trafiqué la porte pour qu'il n'ait pas besoin du code.

— Quoi ? Tu veux dire que c'est *toi* qui as cassé le joint de sécurité de la porte d'entrée ?

— Ho, ho, t'emballe pas, hein… C'est sûr, dit comme ça, ça fait un peu racaille qui saccage le bien public, mais tu voulais que je fasse quoi ?

— Ben, je sais pas, moi… Au hasard, le laisser sonner à l'interphone ? Ça me paraît pas si horrible comme façon de procéder ?

— Mais… Lili… il m'avait dit qu'il voulait me faire la *surprise* ! Qu'il allait venir, un soir, sans que je m'y attende et qu'il frapperait à la porte parce qu'il n'y a pas de raison que ce…

— Que ce genre de truc soit réservé aux meilleures amies. Je sais. Et pour ce qui est du « sans t'y attendre », pardon, mais… Ça fait juste trois semaines que tu poireautes devant la porte, limite en tenue de

198

soirée… et le reste de la journée… Regarde-toi, tu n'es même pas habillée.

— Tu plaisantes ! Je suis carrément habillée ! C'est juste que j'ai enfilé un truc vite fait comme ça. Oh… tout ça parce que toi, tu es tirée à quatre épingles, alors c'est sûr, à côté, je fais tache…

— Je t'arrête tout de suite : la même paire de chaussettes tire-bouchonnées et le même tee-shirt depuis trois jours… pour moi, c'est très clairement ce qui s'appelle ne pas être habillée.

— Stop ! Mademoiselle Perfection, je te rappelle qu'il y a encore quinze jours, tu te la jouais pantalon de baba et turban dans les cheveux pour être « plus près de la vérité du monde ». Alors laisse-moi rire. Il y a dix jours tu aurais chaleureusement loué mon grand sens de l'économie…

— Tsssss… inutile de me chercher des embrouilles. Ce n'est pas moi qui ai un problème.

— Heu… Lili… ta phrase sous-entend que quelqu'un, dans cette pièce, a un problème. Or ce n'est ni toi, ni moi, on est d'accord. Peut-on savoir de qui il s'agit exactement ?

— Sans trop réfléchir, je dirais qu'il s'agit de la personne qui se fait porter pâle depuis trois jours à son boulot pour cause de chagrin d'amourette. Et aussi de celle qui ne prend même pas la peine d'ouvrir les volets pour laisser entrer le jour. À moins que ce ne soit de celle qui a décidé de couvrir la table du salon des restes peu engageants de ses trois derniers repas de la journée, sans compter cette boîte de macarons graisseux copieusement entamés… Ou bien encore de celle qui…

— Ça va, j'ai saisi. Et c'est quoi le message ?

Lili s'est assise à côté de moi. Elle reprend, plus doucement…

— Le message, Mademoiselle Je-broie-du-noir, c'est que tu prends vraiment les choses trop au tragique. À te voir, on croirait que tu traverses un vrai drame… Et, parce que tu es mon amie, je suis obligée de te dire que tu es même un peu ridicule.

— C'est toi qui ne comprends pas.

— Pénélope. Il y a quinze jours, j'ai cru que tu allais tomber en syncope parce que son message téléphonique était « encore » celui de son voyage en Afrique et que tu étais persuadée qu'il était aux prises avec un dangereux chef de tribu prêt à le dévorer tout cru.

— Oh… c'est toi qui exagères. J'ai pas *vraiment* dit ça.

— Tu veux que je te répète tes paroles exactes ?

— OK, OK… pas la peine de pinailler.

C'est vrai, dans un premier temps, j'ai pensé que je me faisais du souci pour rien. Aux premiers jours de janvier, inquiète de ne pas avoir de ses nouvelles, j'ai appelé. Et je suis tombée sur un message expliquant qu'il était en repérage en Afrique. Ouf, rien de grave, pas la peine de paniquer. Et puis, quelques jours plus tard, j'ai commencé à me re-inquiéter. Bon. Deux jours plus tard. Et c'est vrai… j'ai peut-être émis l'idée qu'il avait eu un contretemps important. Comme avoir été capturé par un chef africain. Et pourquoi pas d'abord ? Je suis sûre que ça arrive hyper souvent en plus.

Je ne vois vraiment pas ce qu'il y a de drôle là-dedans ! Lili, si. Elle voit très bien.

Alors j'ai patienté encore un peu. Au bout de quelques jours encore, j'ai rappelé. Et cette fois, le message indiquait bien qu'il était de retour à Paris. Je n'ai pas laissé de message. Ben oui, il avait dit qu'il allait me faire la surprise, alors je ne voulais pas gâcher ça. J'ai fait celle qui n'avait pas cherché à le joindre.

Mais bon, j'ai beau être d'une rare patience, il y a trois jours, ne le voyant toujours pas venir, j'ai quand même décidé de lui laisser un petit message innocent du type « hello, c'est Pénélope, j'ai appris que tu étais rentré de ton voyage, je voulais juste savoir comment ça s'était passé, que tu me racontes tout ça... ». Et depuis, silence radio.

Lili me parle encore, mais j'ai décroché...

— ... et depuis que tu as entendu le message téléphonique indiquant qu'il était de retour à Paris, on dirait que la Terre a cessé de tourner.

— Mais j'ai laissé plein de messages et il ne me répond même pas.

— Tu as laissé *un* message.

— Oui, ben, on voit bien que tu as oublié ce que c'était que se faire plaquer.

— Écoute, je sais que tu as de la peine et que ce Victor te plaisait vraiment. Mais quand bien même il ne te rappellerait pas... je regrette de te dire ça, mais il ne s'était rien passé entre vous. Il ne t'a pas « plaquée », comme tu dis. Il ne t'a fait aucune déclaration, que je sache ? Aucun serment d'amour ?

— ...

— S'il te plaît, ne fais pas cette tête. Je m'en veux d'être celle qui te dit des choses que tu ne veux pas entendre.

— …

— Pénélope, tu ne peux pas accorder autant d'attention et d'énergie à une personne qui a probablement oublié jusqu'à ton prénom. Il ne s'est strictement rien passé entre vous deux, alors tu vas me faire le plaisir de reconsidérer l'estime que tu portes à ce garçon. Tu as pris une capsule de bière pour une pièce d'or, c'est tout. Et ce n'est pas grave. Tout le monde se trompe, ce n'est pas la fin du monde pour autant.

— …

— Allez, dis quelque chose.

— Mais que veux-tu que je te dise ? Oui, tu as raison, sainte Élisabeth de la Grande Sagesse ?

— Tu crois que j'ai tort ? Si tu veux, appelle-le et laisse-lui un dernier message. Tu n'as qu'à lui faire un genre d'ultimatum. Dire que tu es étonnée de ne pas avoir de ses nouvelles et que tu es même un peu inquiète. S'il est aussi gentleman que ce que tu as pu me raconter, même pour une explication désagréable, il te rappellera. Sinon, c'est un goujat et fais en sorte de le zapper définitivement.

Lili me tend le téléphone.

— Allez, compose…

— Mais…

— Fais-le. Ensuite, tu seras fixée.

Je compose le numéro. La situation a quelque chose de comique, j'ai l'impression d'être redevenue ado, avec ma copine pour me tenir la main et me souffler ce que je dois dire à mon amoureux.

Ça sonne. Une fois. Deux fois. Ah, ça décroche…

Fausse alerte, c'est la messagerie.

…

Alors là, on touche le fond. En fait de messagerie ce n'était qu'un message préenregistré : « Madame, monsieur, à la demande de votre correspondant, nous avons bloqué l'accès de votre ligne téléphonique au numéro que vous venez de composer. Nous vous remercions de votre compréhension. À bientôt. » Il m'a blacklistée. J'explique la situation à Lili avec ce qui me reste de voix. Et je sens qu'elle-même n'en revient pas. Pour être sûre, elle recompose le numéro. C'est confirmé, je suis sur liste noire. Lili prend une grande inspiration et me dit, avec un grand sourire, comme pour se donner du courage :

— Bon, ma belle, il faut voir les choses en face, tu t'es fait avoir. Et puis, entre nous, un mec qui n'a rien trouvé de mieux que de promener sa promise en bateau-mouche pour l'emballer, avoue que ça n'en jette pas des masses, hein ! Allez, n'y pense plus, ce type est débile.

Mais je n'arrive pas à rire à cette plaisanterie. Elle a raison, je le sais bien. Maman dirait que j'ai encore pris des vessies pour des lanternes. Je sais tout ça. Mais ça n'enlève rien au fait que je suis triste. Je m'excuse, auprès de Lili, le plus gentiment possible pour qu'elle comprenne que ce n'est pas elle qui me fait fuir, mais j'ai besoin d'être un peu seule pour encaisser le coup.

Dans ma chambre, je tourne en rond. Heureusement, j'ai pris soin d'emporter les macarons.

Allez, un petit tour sur le blog, au moins là, je suis la reine du bal.

Ah... ben, même pas. J'oubliais que mon blog est depuis quelques jours le nouveau terrain de jeu d'un petit parasite inquiétant. Quelqu'un s'amuse à laisser des commentaires anonymes plutôt désagréables : le commentateur, anonyme *of course*, ne cesse de me traiter de mythomane. Il y a quelque temps, une émission de télévision a parlé de « la Mouette » et ça a fait exploser l'audience. C'est à peu près à ce moment-là qu'est apparu le commentateur. À chaque nouveau billet posté sur le blog, il me rétorque que je ne suis qu'une usurpatrice. Et que je ne trompe personne. Sur ce coup-là, j'ai bien envie de lui rétorquer que si, justement, je trompe vachement de monde et que je suis superforte à ce jeu-là. Mais évidemment, je me tais. Tiens, aujourd'hui, il n'a laissé qu'un mot : mytho. Alors que même pas, en plus. Pour une fois, j'ai raconté un truc vrai, je n'arrête pas de manger des macarons et je suis supercalée sur le sujet ! En même temps, ce ne sera pas la première fois que je lis un commentaire désobligeant... Mais cette personne... c'est étrange, elle me fiche un peu la trouille quand même. On dirait qu'elle tente de m'intimider, comme si c'était une personne qui me connaît en vrai. Tout ce que je souhaite, c'est que ce ne soit pas une fille du boulot.

Bon, ça suffit pour aujourd'hui les emmerdes, hein. Et puis elle a raison, Lili, c'est moi qui suis débile...

avoir cru qu'un mec qui cherchait à emballer une fille avec une balade en bateau-mouche pouvait être un gentleman, franchement... il y a de quoi rire. En plus, je suis nulle de la laisser toute seule : avec son nouveau boulot aux Galeries Lafayette, elle doit avoir plein de choses à me raconter. Allez, Pénélope, suffit les jérémiades. Pour ce soir, ce sera rôti de porc et ratatouille devant une émission bébête telle que Lili les adore !

Chapitre 19.

Le sac sans lequel la vie est tout à fait inenvisageable

Eh oui, les chéris. Vous n'avez pas remarqué ? On l'a toutes, souvent même en plusieurs exemplaires ! Hier, à l'Avenue, j'ai compté pas moins de sept filles avec une version de ce sac en passe de devenir mythique. On l'a même vu dans un des derniers épisodes de Desperate Housewives. *Et c'est à une petite marque Frenchie qu'on le doit !!!*

En gros, c'est le sac test : si vous avez deviné de quoi je parle, c'est que vous appartenez sans aucun doute à la catégorie des filles à la page. Sinon, eh bien il est temps de rattraper le train en marche ! Sachez que LE *sac du moment est un sac polochon, en cuir, le plus souvent, mais on a aussi vu des versions en laine tricotée, en daim et même en vinyl matelassé. Il est signé Gérard Darel (interdiction de dire que vous ne connaissez pas Gérard Darel, sous peine d'être fouetté sur la place publique). Si vous vivez à Paris, asseyez-vous deux minutes à la terrasse des Deux Magots et vous comprendrez trèèèèèès vite duquel je veux parler, toutes les filles ont ça à la saignée du*

coude ! Dans toutes les tailles et dans toutes les cou-
leurs. Je suis fan.

Le mien est tout simple, en cuir brun uuultra souple.
Le must du basique chic. Et je ne sais pas ce qui me
retient de commencer une collec'. Ah, j'oubliais : il
s'appelle Charlotte.

Posté par la Mouette / le 7 février 2006 /
Rubrique : Mode, etc.

Commentaires : 156

Euh... Si, je sais ce qui me retient : les sous ! À près
de trois cents euros le sac, déjà, si Axel ne m'avait pas
menacée de mort, je n'aurais même pas acheté le
mien... Et puis je ne le trouvais même pas beau quand
il m'a forcée à le prendre. Il y avait un truc qui me
troublait horriblement : ce sac, on ne peut pas vraiment
le fermer. Et moi, si mon sac n'est pas fermé par un zip,
je ne suis pas tranquille (c'est le monsieur du train avec
ses inquiétantes recommandations qui me hante). Axel
était mort de rire. Il m'a expliqué que pas une fille branchée à Paris ne fermait son sac (ce qui est vrai, je l'ai
remarqué, depuis) et a redoublé d'efforts pour que je
l'achète. Ce que j'ai fini par faire. N'empêche, Lili m'a
fait exactement la même réflexion ! Mais je reconnais
que je le trouve beau, mon sac, finalement. Surtout
depuis que je l'ai un peu porté : son cuir s'est patiné,
mais ça lui donne du charme, justement. Je passe mon
temps avec ça au bras.

Pourtant, j'en ai de nettement plus chabada, des sacs, parmi ceux que m'a prêtés ma tante. J'ai, par exemple, le fameux Paddington de Chloé, qui faisait frémir Iris et Ombeline. Un petit sac Gucci et deux sacs sublimes signés Céline (mes préférés). J'ai aussi un Chanel que je n'aime pas du tout, ce qui tombe bien puisque Lili, elle, le trouve génial et l'utilise pratiquement tous les jours.

Je le lui laisse d'autant plus volontiers qu'il lui va très bien. En même temps, c'est facile, *tout* va très bien à Lili. Elle, bien entendu, prétend fermement le contraire, mais c'est faux. Même si elle se laisse complètement aller, genre vieux short à carreaux, plus vieux marcel, plus casquette à logo EDF... eh bien, elle arrive à rester jolie quand même.

Je n'ai pas cette chance, mais j'ai un avantage : l'anonymat que je préserve sur le blog fait que tout le monde m'imagine maintenant princesse, fille de la jet-set ou de je ne sais quelle autre célébrité. Cette fois, c'est sûr, je suis totalement dépassée par les proportions que ça a pris. Pourtant, je n'ai vraiment rien fait pour attiser la curiosité. Pas grand-chose, en tout cas... non, sérieusement !

Il y a juste eu un ou deux petits événements que je n'ai pas, il est vrai, cherché à endiguer comme j'aurais dû le faire. L'autre jour, par exemple, j'ai parlé de je ne sais plus quoi, découvert en me promenant sur les Champs-Élysées. Dans la vitrine de la boutique Vuitton. Dans les commentaires, une personne a écrit : « Ahhhh, tu y étais aussi à l'avant-première de... » D'abord, je n'ai pas répondu. Mais ça a fait enfler les commentaires :

en l'espace d'une heure les spéculations allaient bon train pour savoir si, oui ou non, j'étais à cette fameuse avant-première et quel pouvait bien être mon rôle. Pour finir, tout le monde a cru, non seulement que je me trouvais bien à cette avant-première, mais surtout que je faisais probablement partie des VIP de la soirée. Et je n'ai pas démenti, simplement je n'ai pas répondu. En même temps, si je regarde les choses en face, je ne suis plus à un petit arrangement près avec la réalité.

Et puis zut à la fin, c'est amusant, ce rôle de fille ultra-branchée ! Sans compter que, mine de rien, je commence à m'y connaître un peu en branchitude : les fringues à porter, les lieux où il faut être, les musiques qu'il faut aduler, les bouquins à lire... Certes, je fais parfois quelques erreurs : il y a peu de temps, par exemple, j'ai voulu parler de Colette, le célèbre *concept store fashion* de la rue Saint-Honoré connu dans le monde entier... et je l'ai appelé Georgette ! La semaine dernière, aussi, j'ai fait fort : en voulant dire deux mots sur Carine Roitfeld, la rédactrice en chef de *Vogue France*, je l'ai appelée Katrin Roitelet. Mais le plus invraisemblable, c'est que personne n'a rien trouvé de vraiment sévère à redire : ceux qui ne connaissaient ni l'une ni l'autre n'ont rien vu et les autres ont pris ça pour de... l'impertinence, quelques notes d'humour... voire carrément des *private joke* pour initiés de la hype. J'en déduis que, passé un certain seuil de popularité, on peut vraiment raconter ce qu'on veut, y compris le pire.

Il n'y a qu'un commentateur qui m'inquiète sérieusement, ce fameux anonyme qui m'accuse de mythomanie. J'efface ses messages chaque jour, et chaque jour ils réapparaissent. Toujours plus ou moins dans la même veine. Chaque fois que je le lis et que j'efface frénétiquement ses commentaires désobligeants, je ne peux m'empêcher de penser à ma mère qui me dirait qu'Internet est truffé de malades mentaux et qu'en m'exposant sur le web, je risque d'attirer à moi les pires horreurs. C'est ma petite dose de frisson quotidienne.

Désormais, lorsque j'ouvre mes e-mails, j'ai toujours peur qu'il ait aussi décidé d'en faire le siège. Fort heureusement, il s'en est abstenu jusqu'à présent. Et la consultation de mes mails est, chaque jour, un ravissement. Je reçois un nombre de propositions de partenariat effarant. Pratiquement chaque jour, on m'envoie des cadeaux, que je fais envoyer chez ma tante pour ne pas avoir trop de comptes à rendre. Aure m'a tout de même signalé l'autre jour qu'il fallait que je me calme sur les achats en ligne. Ma mine contrite a certainement suffi à lui faire sentir que je l'avais écoutée, car depuis, elle ne m'en a plus reparlé. Rien que pour aujourd'hui, je suis... voyons voir... invitée, sur un ton très cérémonieux, à découvrir en avant-première les collections de plusieurs lignes de vêtements renommées. Une boutique en ligne d'accessoires de luxe a proposé de me payer cinq cents euros pour afficher de la publicité sur mon blog et laisse entendre que je pourrais gagner davantage en rédigeant pour elle un billet élogieux sur sa marque. On attend une réponse rapide. Mais je vais refuser : j'ai mon intégrité, mouâ. Je ne vais pas me laisser acheter par des marques ! non mais... J'ai aussi quelques mails d'admirateurs. Ça, je n'arrive pas à m'y faire. C'est vraiment étrange de lire des gens qui « envient ma vie », « rêvent de faire du shopping avec moi », « imaginent que je pourrais être leur amie »... Ça non, je ne crois pas que ça me plaise tellement, en définitive... Bien entendu, je reçois aussi de nombreux mails bidon, comme celui de ce prétendu Pierre V. Pessac.

Objet : les chroniques d'une blogueuse à la TV ?

Bonjour,
Je lis votre blog depuis quelque temps avec beaucoup d'assiduité et j'aime le ton décalé que vous employez pour écrire vos petites aventures quotidiennes. Je travaille actuellement pour une chaîne du câble sur une petite émission qui aurait pour thème l'actu de la vie parisienne un peu branchée. Le concept n'est pas encore définitif, mais nous cherchons d'ores et déjà des chroniqueurs capables d'intervenir sur notre plateau. J'aime beaucoup l'esprit de votre blog et il me semble que vous pourriez correspondre à ce que nous cherchons. Peut-être, de votre côté, seriez-vous tentée par l'expérience du petit écran ? Si cela vous intéresse, j'aimerais beaucoup vous rencontrer afin que nous puissions parler de ce projet de vive voix.

N'hésitez pas à me contacter par téléphone : 06 XX XX XX XX ou au bureau de la chaîne 01 XX XX XX XX (mon assistante transmettra votre message si je suis absent). Dans l'éventualité où vous accepteriez de me rencontrer, seriez-vous disponible ce mercredi à l'heure du déjeuner ?

Je vous remercie pour votre attention,
Pierre V. Pessac.

Ah, ah, ah !!! La télé, cette bonne blague !!! Il y en a vraiment qui sont prêts à inventer n'importe quoi pour qu'on s'intéresse à eux, franchement... s'inventer un personnage pour attirer l'attention, c'est un peu puéril tout ça, non ? La télé... pffff... qui croit à ces bêtises ? Ça me fait penser à quand j'étais petite et qu'on faisait des faux numéros avec Axel. Il se faisait passer pour Philippe Risoli de « La roue de la fortune » ou je ne sais plus quel jeu et il disait aux gens qu'ils avaient gagné le gros lot. Il était superfort et il arrivait souvent à convaincre les gens que ce n'était pas une blague et qu'ils avaient vraiment gagné. Après, on les entendait qui criaient à leur famille : « Chérriiiiiiiiiiie, on part en voyage autour du monde !!! » Et bien entendu, c'est à ce moment-là qu'on raccrochait, totalement hilares. Donc il ne m'aura pas, ce producteur à la noix, je les connais trop bien, les ficelles de l'arnaque !

En même temps, qu'est-ce que je risque à aller vérifier si le numéro fixe qu'il a laissé est bien conforme au numéro de la chaîne pour laquelle il prétend travailler ? Dans la boîte d'Aure (*ma* boîte aussi, du reste, puisque c'est un fait : j'y travaille) tous les numéros commencent de la même façon, seuls les quatre derniers chiffres permettent d'identifier un poste. Il me suffit donc de vérifier sur Internet si le standard, par exemple, commence par la même série de chiffres et je serai fixée.

Oh...

Mince alors... Ce n'est pas une blague apparemment. Ce type est un vrai mec qui bosse pour la vraie télévision et qui veut me voir… en vrai (c'est ça la mauvaise nouvelle). Gloups.

Bon, inutile de rêver, ce n'est pas possible. Je ne peux pas, moi, petite Pénélope Beauchêne, me présenter à un mec de la télé, forcément superhype et tenter de lui faire croire que, lui et moi, on est dans la même équipe. Ce n'est tout simplement pas po-ssi-ble. C'est bien dommage, parce que la perspective de devenir une star de la télé est plutôt alléchante… mais là, non. Je ne peux pas. Oh…. Et puis si ça se trouve, ce type est seulement un journaliste qui cherche une entourloupe pour arriver à m'approcher afin de savoir qui est *vraiment* la Mouette. Un genre de paparazzi, quoi.

Eh… Mais ça veut dire que je deviens une star si on me paparazze, non ? Ou bien ça veut seulement dire que j'ai perdu le sens commun et que je m'y crois à mort ? Ouais. Plus ça, peut-être.

J'en arrive donc à ces deux possibilités : soit c'est un vrai producteur qui veut vraiment de moi pour son émission, et je vais peut-être devenir la nouvelle coqueluche du PAF (qui sait ?) ; soit c'est un journaliste qui se fait passer pour un producteur afin de me voir en vrai, et quelque part c'est que je suis déjà un peu la Madonna du web. Dans les deux cas, l'expérience mérite peut-être d'être vécue. Et finalement, à part l'humiliation publique, je risque quoi ? L'humiliation publique, quand même… ça me tente moyennement.

Bon. Si je veux avoir ne serait-ce qu'une toute petite chance, il faut préparer un plan d'attaque. Et commencer par appeler Axel pour lui demander un coup de main. Ses croquis m'aident bien pour faire la fière sur le blog, mais pour la vraie vie, ça ne me suffit pas : il faut qu'il m'aide, lui. J'ai besoin d'indications précises : quelle marque, quel vêtement, quelle couleur. Je n'ai qu'à lui expliquer que j'ai rendez-vous avec un type trèèèèès branché dans le cadre du boulot et que j'ai vraiment besoin de son aide. Je sais qu'il me donnera de bons conseils.

Pour le reste, éplucher les derniers *ELLE* avec un redoublement d'assiduité. Acheter tout ce que la presse compte de magazines hype. Et tout apprendre par cœur. Se remettre au régime feuille de salade pour que mes fringues tombent mieux. Dépenser une fortune chez le coiffeur et certainement faire deux, trois courses. Ce rendez-vous va me coûter bonbon, mais après tout, il y a peut-être une toute petite chance pour moi de faire quelque chose d'un peu extraordinaire : ce serait trop bête de la laisser filer. Hop ! au boulot.

Et puis, tout cela tombe à pic, en fait. La perspective de ce rendez-vous me détourne astucieusement de ce que Lili appelle mon chagrin d'amour fantasmé mais que j'ai, moi, quelques difficultés à laisser de côté. C'est vraiment très nul de m'être gourée à ce point sur la personnalité de ce type que nous appellerons désormais, non plus Victor le Magnifique, mais Victor le... Victor le quoi au fait ? Le lâcheur ? Le menteur ? Le sale type ? Hummm... à voir. En tout cas, une chose est sûre, on ne me reprendra pas de sitôt à trouver ça classe, les visites en bateau-mouche.

Chapitre 20.

Le 12 février 2006

De : lamouette@yahoo.fr
À : pvpessac@gmail.com
Re : les chroniques d'une blogueuse à la TV ?

Bonjour,
Je viens de lire avec attention votre message. En clair, vous me proposez de devenir une star ? Difficile de refuser une telle proposition :)

Plus sérieusement, je suis tout à fait partante pour que l'on se rencontre afin que vous puissiez m'exposer votre projet plus en détail. Mercredi à l'heure du déjeuner, comme vous le suggérez, me convient parfaitement.

J'espère que vous ne m'en voudrez pas de ne pas vous donner mes coordonnées téléphoniques : on m'a volé mon portable il y a quelques jours. Il faudra vous contenter d'une paire d'escarpins rouges très reconnaissables pour me distinguer. De votre côté, donnez-moi un signe distinctif et je pense que tout ira pour le mieux.

À bientôt,
Marie.

« Ça va de mal en pis, ma pauvre chérie. Tu mens comme tu respires et ça te dérange de moins en moins. » C'est un peu ce que me serine sans cesse ma petite voix intérieure. D'abord, je n'ai pas du tout perdu mon portable, pas plus qu'on ne me l'a volé, et je ne m'appelle pas Marie. Mais on n'est jamais trop prudente. Après tout, c'est vrai qu'on rencontre des tonnes de cinglés sur le web. Bon. Nous avons finalement rendez-vous… heu… maintenant, en fait. Je suis en avance et je l'attends au Drugstore Publicis. C'est le dernier endroit hype à ce que j'ai lu. Je suis passée devant une fois ou deux mais sans jamais entrer. Parfait. Ça fera un billet pour le blog.

Je ne peux plus reculer maintenant. C'est le moment de faire le point, histoire de ne pas (trop) se ridiculiser devant monsieur Piêêêêrre V. Pessac :

1. Axel a été un ange, comme je m'y attendais. Il s'est décarcassé pour me rendre sortable. J'ai évidemment repoussé toutes ses propositions en bloc : j'étais totalement contre la tenue qu'il voulait me faire porter (une salopette short ultracourte avec une paire de bottes beaucoup trop montantes pour la fille respectable que je suis). J'ai donc finalement composé avec mon intuition : la tenue de base de la petite Parisienne mignonne et un peu tendance qui marche à tous les coups : jupe en jean/leggings (qu'est-ce que je ne

ferais pas pour avoir l'air hype)/cachemire tout simple/ tee-shirt rayé/joli sac/petits talons rouges ravissants que j'ai dénichés toute seule comme une grande, sans l'aide de personne, pour une fois, ce qui en fait mes pompes porte-bonheur. Bon, elles ne sont pas exactement rouges. Je dirais framboise et, avec la lumière bleutée du bar, plutôt lie-de-vin en fait. En tout cas, les fringues, ça, c'est fait.

2. Coup de bol, je suis allée chez le coiffeur hier. C'est très réussi. À la fin du brushing, le coiffeur, très satisfait de lui-même, a amoureusement contemplé son travail en murmurant « divine ». Bien sûr, j'ai cru que c'était de moi qu'il était question. J'ai alors rougi comme une jeune mariée afin de le remercier pour ce délicat compliment. Mais ce goujat m'a vite détrompée : « Divine », c'est juste le nom de ma coupe. M'énervent un peu ces Parisiens à donner des noms à tout. Même ma couleur a un nom, elle s'appelle Manhattan. La coupe de cheveux est OK. Ça, c'est fait.

3. J'explose dans toutes mes fringues. Il me reste encore quelques minutes pour perdre quatre kilos. Ça craint un max parce que je ne vois pas trop de solution, là maintenant... mais j'hiberne, moi, en hiver ! C'est comme ça depuis la nuit des temps. Je vais donc jeter un voile pudique sur cette question et estimer que je suis, quoi qu'il arrive, sublime. Il est très peu tendance d'être au régime, en plus. Ça tombe bien. Donc, ça aussi, c'est fait.

4. J'ai mal au ventre et je suis totalement incapable d'avaler quoi que ce soit (déjà, si j'arrive à parler, ce sera un miracle). Mais c'est tout à fait bien, finalement :

je vais pouvoir me la jouer « non merci, comme toute Parisienne qui se respecte, je me nourris exclusivement de café serré (plus une sucrette les jours de beau temps) : les nourritures terrestres, très peu pour moi ». Au lieu d'engloutir sans sourciller le contenu du petit ravier de chips qu'on propose traditionnellement en apéritif dans ce type d'endroit. Ce qui fait de moi une Pénélope tout à fait au point niveau raffinement mondain. Youpi. Ça, c'est fait.

Alors, très nettement, autant moi je suis super au point pour *tout*, autant le producteur, pas trop : il a déjà dix minutes de retard. Je le savais, c'était une blague, cette histoire : je ferais mieux de m'en aller. Et puis je me sens un peu stupide à guetter comme ça un type avec un cuir (c'est ce qui est supposé le distinguer). Mon portable indique même quinze minutes de retard.

Mince, je ne suis pas supposée avoir de portable. En même temps, je ne suis pas supposée m'appeler Marie et cette dernière question ne m'inquiète pas plus que ça. Et après tout, je peux très bien être allée m'en acheter un hier, de nouveau portable. Ou l'avoir retrouvé… J'ai très bien pu avoir cru qu'on me l'avait volé et m'être seulement trompée. Il y a plein de raisons plausibles pour que j'aie un portable. Et je n'ai pas à me justifier, en plus : c'est lui qui est en retard.

Ayé, il a passé la barre des vingt minutes de retard. Je suis officiellement offusquée. J'ai déjà relu le *ELLE* de cette semaine trois fois (sans compter les six cent vingt-deux lectures qui ont précédé celles-ci) et ça commence à devenir lassant. Et puis si ça se trouve, honte absolue, il m'a reconnue et a décidé que c'était inutile de perdre son temps en civilités si c'était pour m'apprendre, au final, qu'avec ma tête ça n'allait pas être possible, le coup d'être chroniqueuse à la télé. Je suis sûre que c'est ça : il m'a vue et il s'est enfui.

Ah... tiens, voilà un mec qui rentre... Grand, plutôt belle allure, le portable coincé sur l'oreille...

Oh, mon Dieu... pas ça. Vraiment, tout mais *pas ça* ! Le type qui vient de passer la porte, là... ce n'est pas mon rendez-vous. C'est bien pire.

Victor vient d'entrer au Drugstore. Il regarde sa montre avec passion, comme s'il attendait d'elle qu'elle lui délivre un message déterminant sur la vérité du monde. Il regarde autour de lui. Ne me voit pas, par chance. Et va s'asseoir. Presque en face de moi. D'un coup, il me semble que deux trois subtilités m'ont probablement échappé, dans certains articles du *ELLE*, et il m'apparaît plus que nécessaire de me pencher immédiatement sur ces questions. Et puis, le nez dans mon mag', il est plus facile pour moi de l'observer à la dérobée.

Ah, là, là... c'est clair, je le déteste après ce qu'il a fait (ou plutôt, n'a pas fait), mais il n'empêche... tout me plaît chez ce mec. J'aime l'air de garçon cool *mais* occupé à des affaires sérieuses qu'il se donne. Ce look encore un peu ado et la gentillesse incroyable qui se dégage de son visage. Sans blague, plus je le regarde, et moins j'arrive à imaginer que c'est ce mec-là qui a bloqué ma ligne téléphonique pour me signaler à quel point mes appels étaient inopportuns. J'ai vraiment peine à croire qu'il s'agisse de la même personne. Ce Victor, que je vois devant moi et qui, pourtant, semble plutôt de fort mauvaise humeur, est le contraire du type qui n'assume pas ses actes. J'aurais juré que même ça, me laisser tomber, il l'aurait normalement fait avec classe.

Rhoooo… Mince. Ça commence à bien faire. Une demi-heure de retard. Je suis plus dedans, moi, maintenant. Et puis il m'a mis dans de sales draps, ce Pierre V. machinchose. Je suis toute seule comme une idiote avec un vieux *ELLE* et la personne au monde que j'avais le moins envie de croiser.

C'est clair, j'arrive même pas à le détester.

En même temps, si une fille canon se pointe là et s'installe en face de lui, je vais plutôt mal le vivre. Mais comme je suis une vraie fille, je vais m'employer à la haïr, elle plutôt que lui. C'est bien connu, les filles sont toutes des garces.

Mais je pourrais aussi me lever et, tranquillement, sans donner à cette rencontre plus d'importance qu'elle n'en a, me diriger vers lui afin de connaître le fin mot de cette histoire. Toutes mes chances de devenir une star de la télé se sont évanouies à l'heure qu'il est, comme ça au moins, je ne me serais pas déplacée pour rien. Finalement, pourquoi pas ? Je pourrais me diriger vers lui, courtoisement, et lui demander s'il m'est possible de lui parler quelques instants (je ne vois pas comment il pourrait se défiler dans un lieu public…). Je lui demanderais ensuite posément, sans drame, s'il va bien et quels sont les résultats de son repérage en Afrique. Je m'en tiendrais dans un premier temps aux questions d'usage : quel temps as-tu eu ? Quels sont tes meilleurs souvenirs de voyage ? À quel moment es-tu rentré et comment va se dérouler la suite des opérations, etc. Et ce n'est qu'à la fin de cette élégante discussion amicale que je glisserais ce petit accident de boîte vocale auquel j'ai été confrontée, il y a quelques semaines, probablement dû à l'incompétence notoire des opérateurs téléphoniques. Il me répondrait qu'en effet tout cela est aussi surprenant que contrariant et qu'il n'a évidemment jamais été question de m'empêcher de l'appeler (pourquoi diable ?), qu'au contraire mon silence l'avait sérieusement inquiété. Je pousserais un charmant soupir de soulagement et nous reprendrions là où nous avions laissé notre relation, c'est-à-dire sous la porte cochère de la rue Jacob. Bien entendu, je me garderais bien de demander : mais pourquoi ne m'a-t-il pas appelé, lui ? Et pourquoi n'a-t-il jamais répondu à mes mails ? Et pourquoi n'est-il pas venu me rendre visite par surprise ? Et pourquoi ? oui, hein ? Pourquoi ? Je me garderais bien de poser toutes ces questions, car après tout, peut-être était-il seulement malade ? Il y a plein d'explications tout à fait rationnelles à cela.

Et d'ailleurs, plus j'y pense, plus tout ça me paraît rationnel. Il a très bien pu être malade. Et avoir un problème de messagerie. Ces choses-là ne sont pas du tout fiables. Pas plus que les opérateurs téléphoniques qui, comme chacun sait, se mélangent souvent les pinceaux. Il n'aura donc jamais eu mes nouvelles coordonnées et aura cru, tout simplement, que j'étais… je ne sais pas, moi, rentrée en Bretagne… ou partie je ne sais où ? Mais oui !!!

Comment ai-je pu ne pas voir les choses sous cet angle plus tôt ?

Sept pas. C'est la distance qu'il aura fallu parcourir pour atteindre sa table. Exactement la distance nécessaire pour me permettre de comprendre que je viens de m'emballer et de prendre mes désirs pour des réalités. Au cas où je n'en serais pas encore cent pour cent convaincue, le regard glacial de Victor suffit à me ramener sur la terre ferme.

— Salut Vict...
— Excuse-moi, Pénélope, mais je n'ai pas de temps à te consacrer, j'attends quelqu'un qui ne va pas tarder à arriver.
— Oui. Bien... comme tu veux... juste... pourquoi ? Enfin... Victor... je ne comprends pas ce qui s'est passé...
— Écoute, j'ai du mal avec les menteuses.

Là c'est sûr, si j'essaie de respirer, mon cœur explose.

— Les menteuses ?
— Oui, les menteuses. Et si ce n'était que ça, encore, j'aurais pu m'en arranger. Et je peux savoir ce que tu fais là ? Tu m'espionnes ?
— Je... Quoi ? Mais t'es dingue ou quoi ? Qu'est-ce qui se passe ?
— Pénélope, je regrette, je vais te demander de me laisser. Comme tu l'as compris, je ne souhaite pas que tu cherches à entrer à nouveau en contact avec moi. Je n'ai rien contre toi. C'est juste que nous deux, désormais, on ne se connaît plus. Tu comprends ?

— Mais enfin ! Explique-moi ! Je ne comprends rien à ce que tu dis là...

— J'insiste. J'aimerais que tu me laisses. Je crois pour ma part que tu gagnerais à aller voir un bon psy. Pardon, j'ai un coup de fil à passer, maintenant.

C'est à partir de là, je pense, qu'on peut dire qu'une journée est gâchée.

Le lapin du type de la télé à côté du râteau énorme que je viens de prendre, c'était juste un gentil amuse-bouche pour me mettre dans l'ambiance. Je n'ai absolument pas compris un mot de ce que vient de me débiter Victor, si ce n'est qu'il est furax, qu'il me déteste à mort et qu'apparemment il est convaincu que je suis une folle juste bonne à enfermer. On croirait entendre Sophie, la mariée de l'angoisse (comme on l'a surnommée avec Lili). Je ne sais pas sur quoi je lui aurais menti... mais apparemment sur quelque chose d'important. Ça ne peut pas être le blog, comment aurait-il pu le découvrir ? Et quand bien même ce serait ça, la réaction est un peu disproportionnée, non ? Me blacklister comme si j'étais une dangereuse harceleuse ?

Quoi qu'il en soit, je peux définitivement faire une croix sur mon prince charmant tellement charmant. Et aussi sur mes ambitions télévisuelles, apparemment.

Oui, c'est officiel : ceci est une journée vraiment pourrie. Et en plus il pleut.

Chapitre 21.

Le 14 février 2006

De : tuesunemytho@hotmail.com
À : lamouette@yahoo.fr
Objet : Mytho-mytho-mytho-mytho...

Tiens... pas mal ta nouvelle coupe de cheveux.
Ça ne te gêne pas de raconter n'importe quoi sur ton blog ?

Mytho, va !

Oh, là, là, il manquait plus que lui. Cette journée est officiellement classée comme la pire de ces dix dernières années. En une après-midi, je me suis fait jeter définitivement, comme une malpropre et pour des raisons obscures, par mon (presque) amoureux ; mes rêves de gloire télévisuelle viennent de s'envoler en fumée et voilà que, manifestement, je suis démasquée, et par quelqu'un qui a envie de profiter de la situation.

Cette fois c'est certain, le commentateur anonyme et menaçant me connaît. Et il me voit régulièrement en plus, sinon comment saurait-il pour ma coupe de cheveux ? Lui... ou plus logiquement elle. Je suis sûre qu'il s'agit d'une fille du travail. Elles se méfient toutes de moi à cause de mon statut un peu particulier de « nièce de... » et je ne serais pas surprise qu'elles aient cherché à trouver une faille qui leur permette ouvertement de me mettre des bâtons dans les roues. Oh, non... Si ça se trouve, c'est Julia. La seule fille sympa de la boîte. Mais aussi la seule qui ait mon mot de passe... Il suffit qu'elle ait fouillé dans l'ordinateur... Et puis, je crois même que « La Mouette » est dans mes favoris. Elle sera tombée dessus et... Non, je ne peux pas croire qu'elle ait fait ça. Julia est une fille réglo. En même temps, Victor était un mec réglo, pour moi. Et j'ai choisi de croire que cette saleté de producteur de télé l'était aussi. Ce qui est prouvé, surtout, c'est que j'ai assez peu d'intuition sur ces trucs-là... En tout cas, s'il s'agit de quelqu'un du boulot, c'est clair : je suis dans de sales draps.

Oh, mon Dieu, quand j'y réfléchis, il peut s'agir de n'importe qui. Iris et Ombeline, pourquoi pas ? Elles auraient tout à fait pu tomber dessus par hasard... Et en lisant le blog, il n'est pas difficile de faire le rapprochement. Ou même Axel, qui sait... Non, lui ne s'amuserait pas à me faire peur comme ça. Il se moquerait de moi jusqu'à la fin des temps sans aucun doute, mais rien de plus. Je crois même que ça l'amuserait plutôt... Limite, il serait capable d'être fier de moi pour un truc pareil.

Mais si, après tout… ça pourrait très bien être Victor. Tout à l'heure, il m'a accusée de lui avoir menti et je sais, moi, que le seul mensonge dont il puisse m'accuser est celui-là. Tout de même… Est-ce que ça vaut vraiment la peine de se mettre dans des états pareils ? D'accord, je n'ai pas vraiment assuré avec mes mensonges, mais je n'ai tué personne ! S'il m'en veut à ce point pour ça, franchement, c'est moi qui serai déçue. « Tu devrais aller voir un psy. » Pfffff. N'importe quoi.

Et puis zut après tout ! Quand je regarde tous ces articles de presse, toutes ces choses élogieuses que je lis sur mon compte ces derniers temps, je ne peux pas m'empêcher d'être un peu contente de moi. J'ai plus de vingt articles et citations. Et dans des journaux que j'admire, le plus souvent. Je sais, je ne devrais pas, mais c'est un fait. Je suis fière de constater que je suis capable d'amuser les gens et de les divertir. Je ne peux pas m'empêcher de sourire lorsque je lis que, rien qu'hier, plus de trois mille personnes ont lu mes petites aventures imaginaires. J'ai bien conscience que ce n'est pas ma vraie vie, mais après tout, qu'importe ? Le blog, lui, est bien réel. Je ne comprends même pas pourquoi je le cache comme une maladie honteuse à mon entourage. Au pire… que peut-il bien m'arriver ? Des réprimandes ? Des leçons de morale ? Quoi de plus grave ? Je suis certaine que maman s'amuserait de cette plaisanterie. Papa beaucoup moins, sans doute, mais il me pardonnerait vite. Et Lili… C'est vis-à-vis d'elle que je me sens le plus coupable. Nous vivons sous le même toit et je lui cache cette chose idiote depuis des semaines. Des mois, même. C'est à elle que j'ai le plus envie de tout raconter et d'elle que je crains le plus une sentence sans appel…

Cette fois, je ne sais pas pourquoi, je me sens au pied du mur. Comme si toutes les choses positives qui se sont produites cette année n'étaient qu'une illusion débile. Victor me paraissait gentil, j'avais l'impression d'être célèbre, j'y ai même cru, lorsque ce type de la télé a voulu me rencontrer… Mais franchement… Comment ai-je pu m'abuser moi-même à ce point ? La vérité, c'est que je vis dans un petit appartement avec ma meilleure amie que j'adore et que c'est ça, le vrai point positif de cette année. Le reste, mon boulot avec ma tante, demeure la chose la plus ennuyeuse qui m'ait été donnée de faire. Mon travail de graphiste part à vau-l'eau, les clients de Rennes ne m'appellent plus et je n'ai pas su m'imposer ici à Paris. Je me suis encore gourée d'amoureux et je n'ai pas su me faire de nouveaux amis. Le bilan de ma vraie vie est merdique.

— Pénélope ? toc, toc, toc… je peux entrer ?
— Oh ? Heu… oui, entre…
— Tu vas bien ?
— Mmmmm. Mouais…
— Ce qui veut dire non, donc. C'est ton rendez-vous de tout à l'heure qui s'est mal passé ?
— Non, non. Ça va.

Mince. Elle tombe au mauvais moment. C'est en général juste à ce moment-là, quand on me demande si je vais bien, alors que non, là, on peut le dire, ça va moyen, c'est exactement là que je me mets à pleurer. Alors j'ouvre les yeux en grand et je regarde tout en haut, comme si je cherchais à voir mes sourcils, il paraît que ça bloque les glandes lacrymales. En tout cas, ça fait supermal aux yeux.

Mais… Oui, ça a l'air de fonctionner. Rien ne s'écoule de mes yeux. Y a pas à dire, j'assure à mort.

— Eh… Pénélope ? Qu'est-ce qui t'arrive ? Pourquoi tu regardes comme ça au plafond ? Pénélope ???

Je ne peux pas parler. C'est simple : si je parle, je pleure. Je ne parle pas et je regarde en l'air. Point.

— Quoi ? j'ai fait quelque chose ?

Je fais non de la tête, sans la regarder (puisque je regarde mes sourcils).

Elle me secoue. Ahhhh mais si on me secoue, moi… je ne réponds plus de rien…

— S'il te plaît, Pénélope… dis quelque chose… Tu me fais penser à Hannibal Lecter, le psychopathe du *Seigneur des Agneaux*, là.

Tant pis. Après tout, cette journée ne peut pas vraiment être plus ratée alors…

— Tu as raison, ça ne va pas fort. Le type de mon rendez-vous m'a posé un lapin. Mais j'ai vu Victor, par contre. Il m'en veut à mort et me déteste et je ne sais pas pourquoi. Ou si, peut-être que je sais. Mais s'il m'en veut à ce point pour la chose à laquelle je pense, c'est moi qui le déteste… C'était horrible à quel point il était en colère… Il m'a même dit que je devrais aller chez un psy tellement j'étais dingue… Et puis il y a autre chose. Un truc que je ne t'ai pas dit. Limite, un mensonge. Un gros mensonge, en fait. Et toi aussi, maintenant, tu vas me détester et tu vas vouloir que j'aille chez le psy. Et tu auras raison en plus…

C'est à son tour d'écarquiller les yeux. Sa tête effarée me donnerait presque envie de rire si je n'avais pas autant envie de pleurer.

— Tu sais, quand je suis arrivée, j'ai fait un blog. Au début je racontais mes petites aventures de Bretonne qui monte à Paris. Je disais gentiment du mal des Parisiens, des trucs comme ça… Quand j'arrivais à cinquante lecteurs dans la journée, je sautais de joie. Et puis Axel, tu sais, mon cousin… Axel est arrivé. Et il m'a emmenée faire des tas de boutiques géniales, il m'a fait découvrir des lieux fabuleux avec ses copains. Pendant des semaines, j'ai passé tout mon temps libre avec lui à faire la tournée des endroits où il fallait se montrer. Et moi, je racontais ça sur le blog. En me moquant un peu, parfois, de tous ces trucs de snobs, mais je racontais quand même mes achats de fringues branchées, mes tournées dans les bureaux de presse avec Axel… tous ces trucs. La fréquentation du blog a grimpé en flèche. C'est vite devenu assez incroyable. Tout le monde croyait que j'étais une espèce de fille ultra-branchée… Alors…

Lili est suspendue à mes lèvres. Je n'arrive pas à savoir à quoi elle pense. Son visage n'exprime rien de spécial, à peine de la surprise. De temps à autre, j'ai l'impression de voir se dessiner un minuscule sourire au coin de ses lèvres.

— … et puis ça a été nul… Axel est parti, il est rentré chez lui à New York et tous ses copains m'ont laissée sur le carreau. Finies les sorties dans des endroits superbes, finis les apéros en terrasse à regarder passer les gens. Finie, la vie sympa de « la Mouette à Paris »… Au début, j'ai essayé de trouver des sujets pour le blog, mais ça plaisait moins aux gens. En plus ils me posaient plein de questions, me demandaient des conseils sur les fringues, ou des astuces de beauté. Et c'est là que j'ai commencé à inventer… Tu comprends, je m'ennuyais, toute seule. Je n'avais plus de copains, ici, à Paris, et toi, tu étais loin. Et… je sais, je n'ai pas d'excuse, mais… Il y a eu la presse aussi, qui a commencé à s'intéresser à moi… enfin, à la Mouette. Il y a même *Cosmo* et *Glamour* et aussi *Biba* qui ont fait des articles sur moi… Tous mes mag' préférés !!! Tu te rends compte ? Alors je n'ai pas eu le courage d'arrêter. Et tout s'est encore accéléré. Plein de marques voulaient m'envoyer leurs produits, et je me suis mise à recevoir des dizaines d'invitations pour des soirées branchées… Oui, c'est ça les colis que je reçois. Ce sont des marques qui m'envoient leurs produits comme si j'étais une journaliste : ils veulent que j'en parle dans le blog. Mais rassure-toi… j'ai une éthique, moi, je ne parle pas de n'importe quoi sous prétexte qu'on me fait des cadeaux… Bon. Tout est devenu énorme. Comme j'ai tout fait pour qu'on ne puisse jamais m'identifier, je crois qu'il y a une sorte de mystère autour de moi qui intrigue. À un moment, tout le monde croyait que j'étais célèbre en vrai… tu te rends compte ? C'est ahurissant, non ?… Alors il a fallu que je me renseigne sur les trucs branchés de Paris. C'est pour ça que j'ai acheté le *ELLE* et puis plein d'autres mag'. Il fallait bien que j'ai des trucs à dire… Et en fait, tu sais, je les adore, c'est rigolo toutes ces tendances qui vont et viennent, et de voir comment les gens se les approprient. Et puis, j'avais les croquis et tous les conseils qu'Axel m'avait donnés avant de partir. Avec des tonnes de marques que je ne connaissais pas. Il faudra que je t'emmène, tu vas voir, il y a des trucs magnifiques dans ces boutiques…

Je l'ai dit. Ça y est, j'ai tout avoué, tout. Intérieurement, je respire un grand coup. Lili n'a pas claqué les talons. Elle ne m'a pas giflée. Pas encore, du moins. Elle n'affiche pas la vilaine ride du lion qu'elle a quand elle est en colère. Elle… Elle n'a pas bougé d'un cil, en fait, depuis que j'ai commencé à parler. Impossible de savoir ce qui sortira de ses lèvres lorsque je lui donnerai l'occasion de parler. J'ai tellement peur de ce que je vais entendre que j'ose à peine reprendre mon souffle.

— Et tu sais, maintenant, il y a pratiquement trois mille visiteurs par jour sur le blog. Parfois plus. Et des tonnes et des tonnes de gens qui viennent faire des commentaires, c'est complètement démentiel. Et je crois que ça me plaît… Je sais, c'est un énorme mensonge, mais j'adore voir que j'amuse ceux qui me lisent. Et puis je reçois plein de mails… tu te rends compte ? J'ai même des messages de fans ! Des gens qui demandent à me rencontrer et tout… Et puis l'autre jour, il y a eu ce type qui prétendait être de la télé. Il disait qu'il voulait me rencontrer pour faire une émission de télévision sur le câble, dans laquelle il y aurait des chroniques sur la vie parisienne. Et c'était ça mon rendez-vous d'aujourd'hui. C'est lui qui m'a posé un lapin. Heureusement, je ne lui ai pas donné mes coordonnées et j'ai même inventé un faux nom : il croit que je m'appelle Marie. Si ça se trouve, c'était un cinglé, en plus, et... Et... rien de plus... Voilà. Tu sais tout.

Un très gros ange passe dans la pièce.

— Tu ne dis rien ?
— Non... enfin, si... heu... en fait, non. Je ne sais pas trop quoi dire.
— Heu... tu veux le voir ? Le blog, je veux dire ?
— Attends, laisse-moi deux minutes. Le temps de bien comprendre. Tu veux dire que tu as mené une espèce de double vie ces derniers temps. Il y a d'une part Pénélope ma meilleure amie saine d'esprit, et de l'autre une « la Mouette » qui a une vie, partiellement rêvée, de star, courtisée par les plus grandes marques, sollicitée par la presse, et célèbre dans le web entier ?
— Ben... dit comme ça, ça fait un peu bizarre, mais oui. Tu me détestes maintenant ?
— Non, pourquoi veux-tu que je te déteste ? C'est juste que j'ai un peu l'impression de ne pas te connaître aussi bien que je le croyais, c'est tout...
— Mais...
— Et puis qu'a priori je ne trouve pas ça d'une classe folle, de raconter n'importe quoi sur Internet, tout ça parce que ça fait de l'audience...
— Si, tu m'en veux.
— Mais non... je digère.
— Oui mais quand tu auras digéré, tu m'en voudras...
— Non, quand j'aurai digéré, tu me le montreras, ton blog. Et j'aurai le droit de me moquer autant que je le voudrai.
— Mais tu vas voir, hein, il y a des tucs vrais... Ça y est, tu as digéré ?

— Pas encore, non…

— Tu veux voir les articles de presse ?

— Ah oui ! ça je veux bien. Pendant que tu vas les chercher, j'ouvre une bouteille de bordeaux.

— ???

— Nan, rêve pas. J'en suis pas encore à te féliciter. Mais au cas où tu aurais oublié, c'est la Saint-Valentin, ce soir, et d'après ce que j'ai compris, les affaires de cœur ne vont pas bon train dans la maison. Je dirais que le meilleur moyen de ne pas broyer du noir, c'est de fêter ce qui marche bien dans notre vie. Avec des amoureux, nous ne pourrions pas partager cet appartement toutes les deux et rien que pour ça, moi, je suis presque contente que cet imbécile de Victor t'ait lourdée, ma vieille. Allez, montre-moi tes articles de fille célèbre. On boit un verre et ensuite je crois qu'on pourra dire que j'ai assez digéré comme ça et tu me présenteras le coupable blog de la mouette bretonne…

Chapitre 22.

Le 18 février 2006

De : pvpessac@gmail.com
À : lamouette@yahoo.fr
Re : Re : les chroniques d'une blogueuse à la TV ?

Marie,

Je constate qu'il y a eu un problème. Soit vous n'êtes finalement pas venue au rendez-vous (j'avais moi-même un retard d'une bonne vingtaine de minutes : peut-être êtes-vous partie avant que j'arrive ?). Soit nous nous sommes mal compris sur le lieu/la date du rendez-vous. Soit vous avez eu un empêchement de dernière minute, et je souhaite qu'il ne s'agisse pas d'un problème important.

Bref, tenez-moi au courant et je vous prie encore de bien vouloir excuser mon retard, dans le cas où c'est ce qui vous aurait fait fuir... Je serais très heureux que nous nous entendions sur un nouveau rendez-vous dans les jours qui viennent.

J'attends de vos nouvelles,
P.V.P.

Alors ça... J'ai franchement du mal à le croire, je suis restée bien plus que vingt minutes à attendre. Je crois avoir patienté quarante-cinq minutes. Je l'aurais forcément reconnu. Mais enfin, nous nous sommes peut-être mal compris. J'aurais tort de laisser passer cette seconde chance.

Autant faire la fille non pas exaspérée mais totalement débordée par les multiples sollicitations dont elle fait l'objet, qui a dû s'éclipser, bien malgré elle, à l'issue des vingt minutes réglementaires. Après tout, c'est une excellente façon de poser d'ores et déjà les bases d'une relation professionnelle saine, fondée sur le respect de l'autre. Ça me plaît beaucoup. C'est d'ailleurs très dommage qu'il n'y ait pas de César de la meilleure chroniqueuse, car j'ai déjà en tête mon discours : « Je remercie en particulier mon producteur... Pierre... avec qui nous avons toujours entretenu une relation de confiance basée sur le respect et la compréhension mutuels. Pierre, sans qui je ne serais pas là aujourd'hui. Celui qui m'a tout appris, qui m'a donné confiance en moi et ouvert les portes de ce milieu difficile et parfois cruel qu'est la télévision... » Mais non, je ne m'emballe pas. Je suis prévoyante. C'est très différent.

Oui, finalement, c'est plutôt une bonne chose, ce petit contretemps.

De : lamouette@yahoo.fr
À : pvpessac@gmail.com

Re : Re : Re : les chroniques d'une blogueuse à la TV ?

Pierre,

En effet, ne vous voyant pas venir, j'ai supposé tout simplement qu'il s'agissait d'une blague. Et sans votre message de ce matin, c'est sur cette conclusion que je serais restée.

Mais la perspective de devenir une star n'a d'égal que ma vénalité (ça paye bien une star de télé, n'est-ce pas ?). Je me vois donc (un peu) forcée d'accepter ce second rendez-vous.

Quelle date vous conviendrait le mieux ?

Bonne journée,
Marie

PS : mon portable est toujours aux mains de dangereux malfrats, je ne peux donc vous le communiquer. Mais un avis de recherche est lancé. Je vous tiens au courant dès que j'en sais plus.

C'est peut-être un peu familier, tout ça ? Oui, sans aucun doute, c'est un peu familier. Mais lorsqu'on est une personnalité (comme moi, donc), je crois qu'on peut s'autoriser un peu de désinvolture. Ce n'est pas comme si j'avais un rendez-vous sérieux pour un boulot sérieux. Il doit bien avoir un peu d'humour, ce Pierre. Et puis de toute façon, rien ne dit que cette histoire de télé va aboutir à quelque chose. Franchement, je me vois mal devant une caméra. Autant je sais faire le clown par écran interposé sans trop de difficulté, autant en vrai devant un type qui me filmerait... je préfère ne pas trop y penser.

C'est un peu idiot tout de même, je viens tout juste de me rendre compte que je ne m'étais jamais posé cette question : ai-je seulement envie d'être chroniqueuse à la télévision ? D'un autre côté, je sais bien que *tout le monde* rêve de ce genre de truc. Et aussi d'être reconnu dans la rue, de voir que les gens vous envient, et toutes ces choses certainement géniales de la célébrité. Et puis je crève de fierté qu'on pense à moi pour ce genre de boulot, c'est surtout ça... C'est un petit peu la honte de l'avouer, non ? Ben oui, mais c'est comme ça. Héééé, mais il répond du tac au tac...

De : pvpessac@gmail.com
À : lamouette@yahoo.fr
Re : Re : Re : Re : les chroniques d'une blogueuse à la TV ?

Marie,

Ahahaha !!! « dangereux malfrats » !!! Vous me faites beaucoup rire ! Vous avez bien raison de ne pas me donner vos coordonnées (je parie que vous suivez les conseils de votre mère, la mienne qui est bretonne, comme vous, vous dirait sans aucun doute quelque chose comme « mon petit, on n'est jamais trop prudente »).

J'aime beaucoup votre humour et je suis certain que vous correspondrez parfaitement à ce que nous recherchons.

Pouvons-nous nous retrouver la semaine prochaine pour déjeuner ? Disons mardi prochain ? Si cela vous convient, on peut se donner rendez-vous au Coffee parisien vers 13 heures ? Je ferai tout mon possible pour être à l'heure, cette fois.

Dites-moi...
Pierre

Ah ! Mais il a l'air sympa ce mec ! Ça, ça me plaît. Aux Césars de la télévision, je ne manquerai pas d'ajouter quelques mots sur cette complicité incroyable qui nous unit, et les nombreux fous rires qui auront jalonné notre vie professionnelle fructueuse.

De : lamouette@yahoofr
À : pvpessac@gmail.com
Re : Re : Re : Re : Re : les chroniques d'une blogueuse à la TV ?

Je suis démasquée :)
Et charmée d'avoir l'approbation de votre mère.
... mais si vous saviez sur quoi d'autre, encore, je vous raconte des histoires... Eh oui, on n'est jamais trop prudente :)
Je peux m'arranger pour mardi au Coffee. Pas de problème.

Marie...

*PS : Mais qui sait si je ne m'appelle pas Françoise ?
ou Josette ?*

J'abuse, là, quand même... Parce que c'est très clair, s'il savait « sur quoi d'autre encore je lui raconte des histoires », il ne fait aucun doute que tout l'humour dont je suis capable ne suffirait pas à le dérider... Mais d'un autre côté, on peut dire que j'amorce un début de « au fait mon pote, il faut que je te dise... », parce que c'est évident, dans le cas miraculeux où il voudrait que je fasse sa chronique, il faudra bien le mettre dans la confidence...

*De : pvpessac@gmail.com
À : lamouette@yahoo.fr
Re : Re : Re : Re : Re : Re : les chroniques d'une blogueuse à la TV ?*

Josette (ou Yvette ?),

Vous ne m'aurez pas ! Je suis un détecteur de mensonges vivant (il m'arrive de me planter mais c'est très rare) :) J'ai d'autant plus hâte de vous rencontrer pour découvrir enfin qui se cache derrière la Mouette la plus célèbre de Paris.

*À mardi prochain,
Pierre*

*PS : rassurez-moi, vous êtes bien une mouette ?
Parce que je préfère vous mettre au parfum, j'ai un peu de mal avec les cormorans...*

Ahaha... là, je crois que c'est clair : il me drague. (Moi, non. J'ai juste beaucoup d'humour. Et puis je suis extrêmement raffinée comme fille : je ne drague pas un homme.) N'empêche, il a l'air pas mal, ce Pierre. Ah... Méchant Victor, tu n'as qu'à bien te tenir ! T'as peut-être un concurrent, mon pote !

De : lamouette@yahoo.fr
À : pvpessac@gmail.com
Re : Re : Re : Re : Re : Re : Re : les chroniques d'une bloggeuse à la TV ?

Pierre,

J'ai hâte de voir le détecteur de mensonges à l'œuvre !

Mais dites... juste pour être sûre... avec vos histoires de cormorans et de mouettes, vous me faites peur... Vous n'êtes pas producteur de documentaires animaliers, des fois ?
Parce que dans ce cas, je suis au regret de devoir vous annoncer que « la Mouette » n'est qu'un surnom... je ne suis pas une vraie mouette, hein... je suis une fille, en vrai...

Et au cas où vous seriez surpris par cette détonante nouvelle, je me dois de vous signaler que vous auriez dû vous en douter un peu... ma capacité à communiquer avec des mots aurait dû vous alerter... Enfin, je dis ça, je veux pas non plus vous vexer, hein...

À mardi ;-)
Marie

Bon, d'accord. Peut-être que je fais (un peu) la belle, moi aussi… J'aurais tort de me priver, après tout, on vient de me briser le cœur… et sait-on jamais, peut-être que c'est un homme beau, célibataire et intelligent, ce mec ? Comment s'était-il décrit pour que je le reconnaisse, déjà ? Je n'ai pas des tonnes d'indications, mais si je me souviens bien, il est supposé être grand, brun, et il m'avait dit qu'il porterait un cuir usé, des lunettes de vue et…

Non. Je refuse. Il n'en est pas question.

Il y a bien une possibilité pour que… non. Impossible : il s'appelle Pierre, mon producteur qui va me rendre célèbre. Mais le type qui arrive en retard… le cuir… les lunettes de vue… Oh…

Ce n'est pas possible. Non, non et non.

Ça ne peut pas être Victor… Et puis il ne produit pas des émissions, lui… Il fait des documentaires. Et puis il s'appelle Victor de Luvigny. Pas Pierre que je sache… et encore moins Pessac…

Ah. Une réponse…

De : pvpessac@gmail.com
À : lamouette@yahoo.fr
Re : Re : Re : Re : Re : Re : Re : Re : les chroniques d'une blogueuse à la TV ?

244

Ah ah ah... Producteur de documentaires anima-liers... ah ah ah... si vous saviez :)

On parlera mardi, je rentre en réunion.
Pierre

Il produit donc aussi des documentaires animaliers. C'est pire que ce que je croyais. Évidemment que c'est lui. Pourquoi utilise-t-il un faux nom ? C'est la seule question, mais c'est lui.

Mince, je viens de me souvenir...

C'est même pas un faux nom... J'avais complète-ment zappé ça, il faut dire que ça remonte à quelques années maintenant. « Pierre-Victor Pessac de Luvigny », comment ai-je pu ne pas y penser...

Je me souviens très bien avoir entendu ce nom-là à l'époque où je vivais avec mon ex, Julien, et que Victor n'était alors rien de plus à mes yeux que le cousin du futur père de mes futurs enfants. Je ne l'avais pas encore rencontré à cette époque, mais je me souviens à quel point j'avais trouvé ce nom roma-nesque... Pierre-Victor Pessac de Luvigny... C'était un vrai nom de prince.

Puis, par la suite, je n'ai plus entendu que « Victor ». Pour tout le monde, il est Victor de Luvigny, tout simplement, sans doute par souci de simplifica-tion.

Et c'est avec lui que j'avais rendez-vous hier. Maintenant, tout est clair, c'est évident. J'aurais dû m'en apercevoir : il correspondait parfaitement à la description. Mais j'ai été bien trop surprise pour faire le rapprochement. Et lui aussi, je crois : comment aurait-il pu s'imaginer que ce serait moi, la fameuse Mouette. Mince quand même, il y a plus de six millions de Parisiens et il a fallu que ce soit lui.

Quand je pense que je viens d'échanger une suite de mails tout à fait prometteurs avec quelqu'un qui me déteste ouvertement, même si c'est pour une raison que j'ignore. Et moi qui me voyais déjà oublier Victor le Sale Type dans la charmante conversation de Marc le Producteur de Télé au cuir usé... C'est déprimant. Et puis surtout, je préfère ne pas penser à ce qui se passera lorsque Victor s'apercevra de sa méprise...

Bon. Inutile de se laisser abattre. Tout n'est pas noir dans cette affaire : au moins, j'ai la réponse à une de mes questions. Je ne sais pas pourquoi il m'a traitée de menteuse, mais manifestement, ce n'est pas à cause du blog. C'est donc qu'il a mal compris quelque chose me concernant, ou que quelqu'un lui a raconté des mensonges à mon sujet. Ce rendez-vous peut être l'occasion idéale de mettre cartes sur table, non ?

Non. De toute évidence, il n'y a pas la moindre chance pour qu'il me laisse davantage plaider ma cause que la dernière fois. Hier, il s'est montré vraiment catégorique et je crois que si je me pointe, la fleur au fusil, en lui disant : « Tadaaaaaam ! Jamais tu l'aurais cru, hein, que c'était moi la Mouette ! C'est

une drôle de surprise, non ? », je doute que cela pro-
duise un effet positif.

Donc, ça y est. Cette fois, c'est encore plus la tuile
que tout ce que j'avais imaginé.

À moins que… Non. Là, ce serait abusé.

Chapitre 23.

H&M, le vrai snobisme

Il y a quelque temps, chaque fois que je demandais à l'une de mes acolytes où, mais où donc avait-elle trouvé ce petit haut génial, elle me répondait invariablement : chez H&M. Ça m'énervait beaucoup parce que H&M, pour moi, c'est la marque la plus cheap du monde. Un genre de supermarché de la fringue, des centaines de portants bourrés à craquer de vêtements froissés. Des couleurs hypermoches. Et voilà.

Mais désormais, c'est à moi qu'on demande où, mais où donc j'ai bien pu dénicher ce petit paletot rigolo. Et figurez-vous que je suis megafière de dire « mais si, je te jure, chez H&M » ! Parce que, ne vous y trompez pas, c'est ça, les filles, le dernier truc à côté duquel il ne faut surtout pas passer : s'il y a une chose plus classe que de porter des fringues griffées, c'est de porter des fringues pas chères mais dont on jurerait qu'elles ont été achetées dans je ne sais quelle boutique fashion ET hors de prix.

Et je peux vous dire qu'H&M est, de trèèèèès loin, le premier fournisseur de sapes « chics* et pas chères » de la capitale.

En fait, il faut juste un peu de patience pour apprendre à s'y retrouver.

D'abord repérez les lieux et passez régulièrement voir les nouveautés, ça change à une vitesse vertigineuse. Ensuite, il n'y a pas moyen de faire autrement : il faut s'armer de patience et ne pas hésiter à essayer. H&M, c'est comme le vélo. Forcément, à un moment, vous allez y arriver. Question d'entraînement.

Et si, définitivement, vous ne parvenez pas toute seule à dégoter LA sape qui fera mouche, c'est facile : repérez dans la boutique la fille dont le look vous semble le plus réussi et pistez-la : zieutez ce qu'elle déniche et copiez. Faites-le sans arrière-pensée : on le fait toutes !

Et avec un peu de chance, dans pas longtemps, c'est vous qu'on pistera :)

* Eh oui ! après plusieurs années de disgrâce fashionistique, « chic » est de retour dans le vocabulaire mode.

Posté par la Mouette / le 20 février 2006 /
Rubrique : Mode, etc.

Commentaires : 133

En fait, c'est Lili qui m'a félicitée, l'autre jour, pour une jolie robe que j'avais achetée. C'est rigolo, quand elle est rentrée avec moi dans le magasin, elle m'a dit exactement ce que j'ai pensé la première fois que j'y suis allée : « Mais comment font les autres pour trouver de jolies choses dans ce fourbi ? »

Alors on a fait le tour ensemble, on a essayé et acheté des tonnes de trucs. Exactement comme on faisait à Rennes avant, mais en mieux.

C'est vraiment génial. Le fait de pouvoir lui parler du blog m'a ôté un poids incroyable, c'est comme sortir d'un long rhume d'hiver. Je suis surprise par Lili. Dès l'instant où je lui ai parlé de « la Mouette », c'est comme si ça n'avait jamais été un secret entre nous.

Je peux pleinement me plaindre de la situation horrible dans laquelle je me trouve avec Victor qui n'est autre que le producteur de télé avec qui j'ai rendez-vous la semaine prochaine. Et nous tentons ensemble de trouver une solution à mes malheurs (j'ai ma petite idée, en fait, mais je doute qu'elle rencontre l'approbation de Lili, je me contente donc de hocher la tête avec conviction à chacune de ses propositions en attendant le moment le plus propice pour exposer la mienne, de proposition).

Nous avons aussi parlé abondamment du commentateur anonyme, ce qui nous a donné une bonne raison de médire sur toutes mes collègues de travail. À commencer par les Miss Bégueule qui sont notre sujet de moquerie perpétuel.

Lili s'est adaptée à la vie parisienne à une allure déconcertante. Son travail de vendeuse aux Galeries

Lafayette (dont je ne voudrais pour rien au monde) l'enchante. Et, contrairement à moi qui parviens à peine à obtenir un « bonjour » lorsque j'arrive au bureau, elle a rapidement fait amie-amie avec ses collègues de travail. Sa crise « le luxe très peu pour moi » a duré le temps que durent les roses et si, contrairement à moi, elle est de celles qui examinent d'abord leurs comptes avant de s'offrir un plaisir un peu dispendieux, elle ne refuse plus tout net la tournée des boutiques de la rue du Four. Elle ne me regarde plus de travers lorsque je rentre avec une jolie paire de ballerines (la cinquième, et alors ?) très au-dessus de mes moyens et se contente de voir ce que ça donnerait sur elle, les jours où moi, j'aurais envie de lui piquer ses géniales bottes en cuir gold. Elle n'arrête pas de se moquer de moi, aussi. Depuis que je n'ai plus à me cacher, je peux faire ma fille hype et dire « chocolat » plutôt que marron, parler de « cuir gold » plutôt que de « cuir naturel » et m'extasier sur ce petit top en plumetis, plutôt que pour ce haut en mousseline à pois. Mais je la laisse dire, c'est plutôt de bonne guerre.

À la regarder, on croirait que c'est elle qui est ici depuis des mois et que je ne suis venue la rejoindre que ces dernières semaines, tellement sa vie à elle semble mieux implantée que la mienne. Autre exemple : contrairement à moi, elle reçoit beaucoup de courrier. Et pas que des trucs nuls, du genre la banque ou EDF. Mais étrangement, ce ne sont pas des courriers personnels, non plus. L'autre jour, lorsque je lui ai fait remarquer discrétos que « wouahhhh, mais qu'est-ce que tu reçois comme courrier », histoire qu'elle me raconte ce que pouvaient bien contenir ces lettres, elle s'est contentée de rester évasive en baragouinant quelque chose... une vague histoire de recherche d'emploi, je crois. Après tout, chacun ses petits secrets, je serais malavisée de lui reprocher quoi que ce soit sur ce sujet. Mais tout de même. Depuis que je ne ploie plus sous le poids écrasant de mon lourd secret (non, je ne fais pas dans le tragique), je constate que je ne suis pas seule, dans cette maison, à ourdir de petites manigances.

Et puis quand j'y pense (et j'essaie de ne pas trop y penser), elle me paraît très au courant des blogs, Lili, elle qui se soucie autant d'informatique que moi de mon relevé bancaire... Elle m'a parlé des deux ou trois blogs qu'elle consultait régulièrement et de quelques autres. Comme si elle aussi était soulagée de pouvoir me parler de ça. Et quand j'y songe, si elle connaissait ces blogs, elle connaissait forcément le mien, aussi. Sans vouloir faire ma prétentieuse, je suis en lien sur chacun de ceux dont elle m'a parlé. Oui, c'est certain, maintenant que je vois les choses à tête reposée, elle connaissait forcément la Mouette.

Elle n'avait probablement pas fait le rapprochement entre la Mouette et moi, mais il est évident qu'elle le connaissait.

Mais pourquoi n'a-t-elle rien dit dans ce cas, lorsque je lui ai avoué l'existence du blog ? Il lui suffisait de dire un truc du genre « ehhhh trop drôle, mais je le connais, ton blog » et l'affaire aurait été pliée en moins de deux, non ?

Ou alors, elle n'a rien dit parce qu'elle le trouve consternant. Nul, prétentieux, bête et mal écrit. Bien entendu, elle ne dira rien et elle aura raison (je serais beaucoup trop vexée), mais ça ne peut être que ça. Moi aussi, je préférerais faire semblant. Oui, bien sûr que c'est ça.

Si j'avais été à sa place lorsque je lui ai révélé l'existence du blog, je crois que j'aurais commencé par lire l'intégralité de ses notes. Et elle, elle ne l'a pas fait. Elle s'est contentée d'accepter tout simplement le fait que je sois une sorte de célébrité locale du web, et basta. Oui, c'est évident, elle ne veut pas me faire de peine et, pour me ménager, elle ne dit rien, mais elle trouve ça affligeant. Ou alors… Mais oui ! Si ça se trouve, elle aussi, elle a un blog ! Et comme elle ne veut pas passer pour la deuxième à faire son coming-out de blogueuse, elle préfère ne rien dire… Ah oui, mais alors si Lili a un blog, je veux à tout prix le connaître. Le mieux est d'aller la cuisiner.

— Lili ?

Mais comment fait-elle pour passer sa vie devant cette télé ?

— Mhhh.

— Je sais que j'interromps un moment crucial de ton existence en m'interposant entre la télévision et ton auguste personne, mais tu es dispo pour discuter deux minutes ?

— Mais oui, que se passe-t-il ?

— En fait… je voulais te dire… Je sais pour ton blog. Bon, je n'ai pas encore trouvé lequel c'était. Ce serait plus simple que tu me donnes l'adresse, non ? Et puis, c'est plutôt amusant qu'on ait fait toutes les deux la même chose, en même temps et sans se concerter, non ?

Lili a levé le nez vers moi, visiblement perplexe.

— …

— Allez, dis-moi comment il s'appelle…

— …

— Au moins de quoi il parle.

— …

— De l'Inde ? De bouquins ? Du quotidien ? De la vie à Paris ?

— …

— Allez, dis-moi ! Je t'ai bien dit pour le mien, moi… (Oh, mon Dieu, si c'était parce que le mien est connu et le sien non ??? Zut, j'ai peut-être fait une gaffe…) OK. Écoute, j'arrête de te poser des questions à propos de ça, après tout, tu n'es pas obligée de tout me dire.

— …

— J'ai découvert que tu en avais sans doute un aussi parce que tu m'as parlé de plusieurs blogs que tu connaissais, et comme ces blogs parlent de la Mouette, tu étais forcément allée dessus avant que je t'en parle. Et puis j'ai bien vu que tu ne faisais rien pour en savoir plus sur le blog et que tu n'avais même pas essayé de le lire… Ça m'a paru suspect : moi, je l'aurais fait à ta place, si j'avais découvert que tu tenais un journal en ligne, j'aurais tout lu du début à la fin. Et tu ne l'as pas fait. C'est donc que tu le connaissais déjà.

— Continuez… J'attends vos conclusions, Maître Beauchêne…

— Alors j'ai pensé que tu le trouvais nul, mon blog. Et que tu préférais limiter le sujet autant que possible pour ne pas avoir à me vexer. Mais en fait, je crois que tu aurais dit quelque chose pour me faire sentir que ce n'était pas trop ta tasse de thé. Te connaissant, tu aurais balayé cette affaire avec un « on n'est pas obligées d'avoir le même goût pour tout » et tu serais passée à

255

autre chose, mais tu m'aurais dit ce que tu pensais. Donc à mon avis, la seule explication, c'est que tu as aussi un blog dont tu ne veux pas me parler !

— Ça y est ? Tu as fini ton enquête, Jessica Fletcher ?

— Heu… oui.

— OK, il y a une petite chose que j'ai oublié de te dire. Et tu vas probablement m'en vouloir, mais tant pis. Après tout, je peux te le dire, ça ne changera rien. Figure-toi que oui, ton blog, je le connaissais. Tout bêtement parce que je suis tombée dessus une fois où j'ai eu besoin de faire une recherche sur Internet. J'ai fait une mauvaise manipulation sur ton ordinateur et je suis arrivée sur ton blog. J'ai tout lu de bout en bout. Sur le coup, j'étais très en colère contre toi. Ne serait-ce que parce que j'avais l'impression que tu faisais des trucs dans mon dos : il m'a fallu quelque temps, figure-toi, pour comprendre que tu racontais des mensonges et que tes sorties géniales, tes virées shopping pas croyables et tes conseils beauté de pro n'étaient pas réels. D'abord, je n'ai pas du tout compris pourquoi tu racontais toutes ces histoires inventées, puis, en discutant avec toi sur les premiers mois passés à Paris, sur ton cousin Axel, et sur Iris et Ombeline, les pestes – oui, Pénélope : les pestes –, j'ai compris que tu t'étais laissée dépasser par les événements. Honnêtement, j'ai souvent eu envie d'aller te voir pour te dire que tu délirais complètement et qu'en plus, parfois, tu racontais n'importe quoi.

Heum. Ça, c'est ce qui s'appelle se prendre un râteau ou je ne m'y connais pas. Bien que je n'aie guère envie d'entendre ce qu'elle a à me dire là-dessus, je risque un : « Comment ça, n'importe quoi ? »

— Tu ne te souviens pas de cette fois où une fille te demandait si avec un jean slim mieux valait porter des derbys ou des richelieus, tu as répondu un truc du genre : « Ahhhh non, surtout pas des Richelieu, je déteste cette marque ! »

— Euhhhh… oui, où est le problème ?

Lili réprime à peine un sourire que je juge, pour ma part, un peu trop franc.

— Ben, le problème, ma vieille, c'est que *richelieu* et *derby*, ce sont pas des noms de marque de chaussures, mais des noms de genre de chaussures : il y a des derbys, des ballerines, des escarpins, des charentaises et des richelieus…

Je m'amuse moi-même. Je préférerais, néanmoins, que la méprise vienne de quelqu'un d'autre afin que je puisse me moquer.

— Ahah… mon Dieu, j'ai fait ça ?

— Yep.

— Au moins, tu avoueras que c'est rigolo comme gaffe, non ?

— Oui, bien sûr que c'est amusant, mais je me demandais où ça allait te mener cette histoire. Et pour tout te dire, je ne trouve ça pas super de raconter n'importe quoi à autant de gens.

— Oui m…

— Non, attends. Je ne te jette pas la pierre, en y réfléchissant, j'aurais certainement fait pareil à ta place. Il n'empêche que tu es dans une situation un peu compliquée, avoue.

— Bon. Donc tu connaissais le blog. Super.

— Tu m'en veux.

— Un peu. Je sais, c'est pas très fair-play de ma part, mais imaginer que tu m'as pistée comme ça pendant des semaines…

— Pénélope… Garde plutôt tes reproches pour ce que je vais te dire, maintenant…

— …

— Tu sais, le vilain commentateur masqué qui te fichait la trouille…

— Oui ?

— … c'est moi.

— Quoi ???

Tout à coup, une grosse bouffée de colère m'envahit sans que je l'aie sentie venir. Je n'en reviens pas ! Ce commentateur m'a angoissée à mort et longtemps en plus !

Je ne peux pas retenir un mouvement de colère. Je parle avec plus de force que je ne le voudrais, mais là, vraiment, elle a abusé :

— Mais j'avais une peur bleue ! Pourquoi tu m'as fait un truc pareil ? Tu m'en voulais à ce point ? Franchement Lili… Tu trouvais ça rigolo de me faire flipper comme ça ?

À son tour de s'assombrir. Elle affiche maintenant une mine contrite mais enchaîne :

— Je peux t'expliquer ?

— …

— Écoute, c'est la seule solution que j'ai trouvée pour essayer de te faire arrêter ce blog. Je vais même te dire, si je t'ai fichu la trouille, c'est que je me suis bien débrouillée, car c'était exactement le but. C'est simple, je ne pouvais pas venir te voir et te dire comme une mère qui surprend sa fille à fumer des clopes : « Pénélope, j'ai découvert ton secret !!! Ah, ah, ah, alors comme ça, tu écris un blog où tu racontes des mensonges… » Après tout, le minimum, c'était de respecter le fait que tu ne veuilles pas m'en parler. Tu as parfaitement le droit de ne pas me parler de tous les aspects de ta vie. Mais, pardonne-moi si je te dis ça, j'avais tout de même la sensation que tu étais totalement empêtrée dans cette histoire. J'ai pensé que si tu étais contrainte, par quelque chose d'extérieur, à fermer ton blog, tu serais soulagée. D'où l'idée du commentateur anonyme. J'ai simplement voulu t'aider. Voilà. Cette fois tu as toutes les raisons de m'en vouloir... Tu vas trouver que je me suis mêlée de ce qui ne me regardait pas et tu auras raison. Mais tu sais tout... juré.

Je réfléchis deux secondes. C'est certain, je lui en veux un peu. Mais à sa place, je crois que j'aurais trèèèès mal pris que mon amie me fasse autant de cachotteries. Et puis je sais que tout partait d'une bonne intention. Je me radoucis. Après tout, c'est une chance d'avoir une amie aussi attentionnée... Finalement, je souris. Je me tourne vers elle :

— C'est certain, poulette, normalement, je t'en voudrais à mort, sur ce coup-là. Mais je crois sincèrement que sur le chapitre des mensonges, je me suis bien battue moi aussi, ces derniers temps. Je vais donc m'abstenir de te faire la tête.

Mais tout ça me fait penser qu'un petit gage, pour marquer le coup, ne sera peut-être pas de refus et j'ai déjà ma petite idée sur la forme qu'il pourrait prendre. J'ajoute :

— Par contre, je risque juste d'avoir un petit service à te demander, pour te faire pardonner...

Chapitre 24.

Le 26 février 2006

De : lamouette@yahoo.fr
À : pvpessac@gmail.com
Objet : Retrouvé !!!!

Pierre,
Je l'ai retrouvé, mon téléphone. Je l'avais tout bête-
ment égaré. En cas de souci pour notre rendez-vous de
mardi, vous pouvez donc m'appeler à ce numéro : 06
XX XX XX XX.

À mardi,
Marie la Mouette

— ... En fait, Lili, euh... Comment dire... pour le
rendez-vous de mardi, j'ai déjà trouvé une solution...

Je vois le regard vert émeraude de Lili se tordre un
peu. De surprise et, je crois, d'inquiétude. Je sais, c'est
nul d'avoir fait ça et de profiter de son aveu pour lui
demander ce service. Mais après tout, je sais que je le
ferais pour elle (ah oui ? Je sais ça, moi ?).

Je prends une bonne inspiration.

— Eh bien, en fait... Bon... Tu es d'accord, cette histoire de chronique de télé est hyperimportante et, Victor ou pas Victor, il ne faut vraiment pas passer à côté de cette opportunité incroyable.

Les yeux de Lili s'écarquillent encore un peu plus.

— J'ai envie de dire : « Oui, Pénélope chérie, je suis très fière et heureuse pour toi et tu as raison de chercher par tous les moyens à ne pas laisser filer cette chance », et en même temps, je ne sais pas pourquoi... je sens que c'est aller au-devant des ennuis, de dire un truc pareil...

— Mais non. Attends que je t'explique. Tu admettras aussi que, si je vais à ce rendez-vous, je cours au casse-pipe. Victor est totalement remonté contre moi et ce serait ajouter un mensonge supplémentaire à ceux dont il me croit coupable. D'un autre côté, si je laisse filer ce rendez-vous, je laisse aussi passer ma chance. Tu es toujours d'accord avec moi...

Son front se plisse, c'est mauvais signe.

— Je suis surtout d'accord avec le fait que tu es tout de même un peu mal barrée.

— Exactement.

— C'est pourquoi j'ai pensé...

Quand même, j'abuse vraiment cette fois...

— À quoi as-tu pensé, Pénélope ?

— ... Que tu pourrais aller au rendez-vous à ma place !

J'ai dit ça en fermant les yeux. C'est tellement énorme que j'ai été à peu près aussi horrifiée qu'elle en m'entendant parler.

— Pénélope. Évidemment, c'est une blague.

— …

— Non, bien entendu. Avec toi, ce genre de chose n'est jamais une blague.

À mon tour de faire l'indignée : comme si j'avais l'habitude des coups foireux…

— Attends, qu'est-ce que tu veux dire par là ?

— Hop, hop, hop ! Ne change pas de sujet. Tu as donc sérieusement envisagé de m'envoyer à ta place à ce rendez-vous ?

— Ben… comment dire… Oui.

— Mais enfin ! Sois un peu réaliste ! Ça ne tiendra jamais la route ton histoire !

— Et pourquoi ça ?

— Mais parce qu'on est différentes, pardi !

— Peut-être, mais il ne me connaît pas.

— Il connaît ton blog.

— Tsss, mauvaise excuse : tu sais bien que la Mouette est très différente de moi. Alors pourquoi pas de toi ?

— Parce que je sais tout juste ce que sont des leggings, moi. Je n'ai pas eu six mois pour comprendre à peu près ce que ça voulait dire « un Paddington » ou « des Prada »…

— Oh, alors pour ça, c'est facile, lis mon blog, et tu en sauras autant que moi !

— Mais…

— Mais quoi ? C'est vrai ! Tu en sauras autant que moi.

Devant son silence, je me vois obligée de concéder :

— C'est-à-dire peu, je te l'accorde, mais assez en tout cas pour jouer mon rôle…

Mais apparemment, ça ne suffit pas à la rassurer.

— Pénélope, sans vouloir te vexer, ton rôle, c'est le rôle de la fille qui tente de se faire passer pour ce qu'elle n'est pas… Ton rôle, c'est le rôle d'une mytho psychopathe et un peu borderline ! Explique-moi deux minutes ce qu'il y a de réjouissant à endosser ce rôle.

— Eh bien justement ! C'est idéal !!!

— Je suis assez consternée par ta façon de voir les choses, là… Et puis, je n'ai pas de fringues branchées, moi…

— Ahaha ! Mauvaise excuse ! Ça fait belle lurette que tu n'as pas besoin de me demander pour piocher dans ma garde-robe…

Elle esquisse un sourire.

— Tu veux dire ton « dressing ».

Elle plaisante. C'est un bon point pour moi.

— Hihi… oui, de mon dressing ! Moque-toi… N'empêche… tu vois, tu commences à prendre le pli !

— Oui, enfin, je n'ai rien de branché, moi.

— Mais si… en tout cas, pas moins que moi, c'est certain. Et puis je vais tout te montrer : les *ELLE* que j'ai découpés, les *Vogue*, les *Numéro* et tous ces trucs. Je vais te montrer les croquis d'Axel. C'est sûr, ils me conviennent parce qu'il m'a proposé des choses en fonction de ma morphologie et de mon style… tu te rends compte, il trouve que j'ai « un style » !!! Bref… Mais j'y pense, on peut très bien l'appeler et je suis certaine qu'il te conseillera bien ! Avec la webcam, il pourra voir comment tu es…

— Non… Pénélo…

— Mais si, je te jure ! C'est une superidée ! Tu vas cartonner !

— Non… attends, il n'y a pas que ça. Même en admettant que ce rendez-vous ne soit pas la catastrophe que j'imagine. Qu'est-ce qui se passera ensuite ? Au second rendez-vous, tu arriveras à ma place ?

— ...

— Et tu crois que ça lui fera meilleure impression ?

— Mais... on n'est pas obligées de faire comme ça...

— Ah bon ?

— Par exemple, tu pourrais finir par lui avouer que tu n'es pas toute seule, en fait, à avoir créé la Mouette ! Que c'est un délire avec une copine, et hop ! j'apparaîtrais à ce moment-là ! Tadaaaam ! Et là, il ne pourrait rien dire...

— Ça ne tient pas la route ton histoire...

— OK, on trouvera autre chose... je ne sais pas, moi, tu pourras lui expliquer qu'en fait la Mouette, la vraie, moi, donc... est déjà une personne connue (peut-être une personne de la télévision) et que je souhaite garder mon anonymat. Tu diras que je t'ai demandé d'être ma doublure « publique ». Comme dans ABBA, quoi, tu vois le genre ? Tu feras tes chroniques à la télé. Moi, je serai celle qui écrit dans l'ombre, et toi, tu seras dans la lumière... Ce serait génial !

— Génial, en effet, j'ai vraiment hâte d'y être. Écoute, vraiment... Je crois qu'il faut réfléchir à quelque chose de tangible. Je ne le sens pas, moi, ce rendez-vous...

— Franchement, Lili, de quoi as-tu peur ?

Cette fois, je la sens vraiment excédée. Et lorsqu'elle me répond, sa voix a grimpé dans les aigus :

— De *quoi* aurais-je peur ? Mais de rien, voyons... J'ai peut-être juste un peu la trouille qu'il me grille à la seconde où il me verra ? Ou bien qu'il me pose des tas de questions sur ma vie ? Franchement, non, je ne vois pas… mais pourquoi diable me sentirais-je un peu stressée ?

— Mais… quelles questions, par exemple ?

— Mais je ne sais pas moi, quels sont les lieux que je fréquente ? Qui sont mes amis ? Comment ai-je accès à des ventes privées ? Quel est mon vrai métier ?…

— Mais c'est très simple, tu n'as qu'à raconter la vérité.

— Pénélope… Je crois que tu peux d'ores et déjà bannir ce mot de ton vocabulaire, ma vieille… La vérité… non, je crois que tu as définitivement oublié ce que c'était. Écoute, laisse tomber cette histoire, c'est de la pure folie.

— OK, OK… laissons tomber la vérité. Ce que je veux dire, c'est que tu n'as qu'à raconter ma vie quand Axel était à Paris. Tu peux parler du Teaboat par exemple. J'ai plein de photos à te montrer. Pour ton boulot, tu peux raconter ce que tu veux… Et pourquoi pas ton vrai boulot : que tu travailles aux Galeries Lafayette…

Il va falloir que je révise mes cours de rhétorique, moi. À voir sa mine enjouée, ça n'a pas l'air de la convaincre des masses…

— Ah oui, alors, super glamour comme job !

— Mais oui ! Tu n'auras qu'à dire que ça te permet d'obtenir des sapes griffées et pas chères. Ton argent de poche, quoi. Tu sais, il y a plein de filles à Paris qui font ça, ça n'aurait rien de très surprenant…

— Tu as réponse à tout, en fait. Quoi que je dise, tu auras le dernier mot, c'est ça ?

— Oui.

— Mais pour les fringues…

— Axel, je te dis, il te donnera plein de super conseils...

— Mais comment ? il habite à l'autre bout du monde ? Et puis c'est un peu ridicule, non... on ne se conn... eh... tu fais quoi ?

J'ai déjà commencé à pianoter sur le clavier.

— Rien. Je l'appelle. Il va te faire un diagnostic rapide. Tu vas voir, c'est hypermarrant.

— Non, attends...

— Trop tard, il répond... Chut. Oui... Axel ? Je te dérange ?... Super, en fait, j'ai un petit service à te demander... non, pas pour moi. Oui, oui, mon rendez-vous a été super, j'ai cartonné. Grâce à toi... Tout était nickel. Justement, tu sais, mon amie Lili... Non, non, tu ne l'as jamais vue... elle a rendez-vous dans quelques jours pour faire des essais à la télévision. Il faut qu'elle assure. Je voulais juste te demander si... Oh, tu es un amour !... Oui, elle est là, juste à côté de moi... Oui, ça marche, je branche la webcam... comme ça tu vas pouvoir nous dire en direct... Je t'adore... merci...

Oh, je crois que Lili est assez fâchée, mais elle ne dira rien devant Axel... Nous sommes désormais trois dans la pièce. Axel, décidément adorable, prêt à nous inonder de conseils, bons plans et recommandations en tout genre ; moi, totalement bluffée par mon ahurissant culot, et Lili enfin, anéantie par mon enthousiasme... et je crois bien un peu aussi par mon cousin qui, sitôt la caméra allumée, s'est mis à prendre son attitude « type inspiré, vaguement malade mental, mais pur génie, à n'en pas douter ».

Il ne lui faut pas plus de quelques minutes et deux ou trois renseignements complémentaires (couleur des yeux, cheveux, parce qu'on ne voit pas bien, avec la caméra...) pour établir un plan d'attaque. Le verdict est sans appel : Lili est taillée pour porter des jeans. « Question de popotin », explique-t-il doctement. Pour lui, ce sera un jean large. Je m'insurge en lui disant qu'il est fou, que le truc branché du moment c'est le slim... Tel un Karl Lagerfeld dans le plein exercice de son art, les voix du vulgaire ne semblent plus l'atteindre : il ne prend même pas la peine de me répondre et enchaîne : « N'hésite surtout pas à porter des blouses un peu amples. Il faudrait que je t'envoie des exemples. Mais chez Isabel Marant, tu trouveras ton bonheur. Sinon, tu seras parfaite avec une chemise d'homme. Je vais t'envoyer des adresses sur Paris pour ça aussi. Évidemment, ouverte, hein, la chemise, pas de bêtise. Et avec un sautoir. On ne voit que ça en ce moment, il suffit d'entrer dans n'importe quelle boutique pour en trouver. Avec ton jean large, il te faudrait des talons. Des compensées. Il y en a une paire géniale cette année chez Chloé... et puis un manteau... ah... c'est le plus délicat... Je dirais un trench. Mais fermé. Et avec un grand sac en cuir. Ou une pochette. Oui, ça pourrait être bien, une pochette... Et dans les cheveux... non... ne fais rien. Les cheveux lâchés, impertinents... par contre, je forcerais un peu sur... »

Lili écoute, médusée. Chaque fois qu'Axel lui demande de se lever, de tourner, de s'approcher ou se reculer, elle s'exécute sans mot dire. Je n'arrive pas à savoir si le discours d'Axel lui plaît ou bien si, au contraire, elle le trouve ridicule. Après tout, je veux bien admettre que les manières de mon cousin soient

268

un peu particulières… Au bout d'un certain temps, Axel nous fait savoir qu'il doit nous laisser, qu'un rendez-vous très important l'attend mais que nous ne devons pas hésiter à lui demander des précisions si quelque chose ne va pas. Quand il a raccroché, je commence à récapituler ce que l'on vient d'entendre avec Lili. Lili qui n'a toujours pas ouvert la bouche.

— Alors, il est génial, hein…

— …

— J'adore ce qu'il t'a conseillé. Bon. Il faut qu'on se dépêche de faire les courses pour mardi. Y a un paquet de choses à acheter, c'est chouette ! Tu vas être magnifique.

Je me tourne vers elle. Oups, elle a son regard des mauvais jours.

— Hmmm. Je peux en placer une ? Tu as vu la liste de trucs à acheter ? Tu crois que j'ai les moyens de m'offrir ça ? C'est vrai, je n'y connais pas grand-chose, mais assez pour savoir qu'une paire de Chloé, ça ne se trouve pas à moins de cinq cents euros. Et ne dis pas non, c'est sur ton blog que je l'ai lu.

— Attends une seconde… Bien entendu, on ne va pas aller chez Chloé, même si les chaussures dont il parle sont une pure bombe, ni chez Balenciaga, même s'il recommande chaudement le « Motorcycle » version XL… Mais on va s'inspirer !

— Et tu comptes m'emmener où ?

— Je sais pas moi, on va voir ! Allez, franchement… c'était rigolo ces petits conseils, non ?

— Moui. Je ne te cache pas que ton cousin me donne moyennement envie de lui ressembler… il est pas un peu dingue ?

— Nan, c'est juste qu'il se donne des airs dès qu'il parle de mode... Mais avoue, il t'a plutôt bien conseillée, non ? Je t'imagine très bien dans la tenue qu'il t'a proposée...

— OK, OK. Je ne te promets rien, mais je suis d'accord pour aller faire quelques essais.

— Lili ? Ça veut dire que tu vas y aller à ce rendez-vous ?

— Donne-moi une seule raison de dire oui.

— Tu es mon amie.

— Tu crois que c'est une raison suffisante, ça ?

— Tu vas peut-être devenir célèbre, finalement... si ça se trouve, tu vas faire de la télé...

— Je me marre, là...

— Tu vas aller t'acheter plein de belles fringues... au moins, ce sera ça de gagné...

— ...

Pas de réponse. Tans pis, je ne vois qu'une solution, faire ma tête de petite fille sage à laquelle rien ne résiste (même papa capitule sous l'effet de ce qu'il appelle « mon museau de souris »), et je susurre :

— C'est vraiment pas une raison suffisante, que je sois ton amie ?

— Banane, va... Je ne t'aurais pas laissée mariner aussi longtemps pour te dire non.

Elle hésite, puis prenant sa voix la plus sérieuse, elle m'avertit :

— Mais franchement, je pense que ça va nous mener dans le mur, cette histoire. La seule chose qui plaide pour toi, c'est qu'au fond on ne risque rien de grave.

— Alors c'est vrai ? Tu vas y aller ? Pffffffiou. Me voilà rassurée. J'ai cru que j'avais eu tort, un moment, de lui donner ton numéro de téléphone...

— Bon. On va faire comme si tu ne venais pas de me dire que tout était prémédité. On va les faire, ces courses ? Tu n'as pas le choix de toute façon, si tu me laisses réfléchir deux minutes de plus, je crois que je te tue...

Chapitre 25.

The beautiful girl I am

Ben ouais. S'il y a un truc qui vous fera passer direct à la case « plouc » sans passer par la case « petite erreur de parcours pardonnable », c'est bien de dire en public que vous vous trouvez moche. Ou bête. Ou quoi que ce soit de pas vendeur pour votre image.

Moi, je vous le dis tout net : je suis sublime. Quoi que je fasse, c'est toujours parfait. Ahhhh, je ne dis pas que je le crois pour de vrai, mais enfin, c'est ce qu'il convient de faire croire pour ne pas s'autoexclure direct de toute société branchée.

Exemple : ma copine Martine Lavipère me signale que j'ai pris trois bons kilos ? Mais c'est que je suis une bonne vivante, moûa, pas de ces filles chiantes qui vous bassinent avec leurs problèmes de poids.

Jean Legentil m'annonce que j'ai l'air d'avoir minci ? Ah bon, tu trouves ? Ah nan, pourtant, je mange comme un ogre en ce moment (le tout est de ne pas louper le regard horrifié de Martine, à côté de vous).

Fannypocrite me fait remarquer que ma robe est un peu transparente ? Mais oui, Fanny, c'est fait exprès. Tu comprends, quand on a de jolies jambes, dommage de les cacher.

Lucattentionné me fait comprendre que j'ai un bout de salade, là, coincé entre les dents... Tssss... je n'ai JAMAIS de bout de salade coincé entre les dents. Pour qui me prenez-vous ? Tout au plus est-ce peut-être une coquetterie à la gencive...

Posté par la Mouette/le 4 mars 2006/ Rubrique : Branchez-vous

Commentaires : 156

Voilà, nous y sommes. Le Coffee parisien est déjà noir de monde. Plusieurs personnes attendent, debout, qu'une table daigne se libérer pour elles. Dans une dizaine de minutes, Lili sera face à face avec Victor. Elle fera semblant d'être moi. Enfin, d'être mon autre moi. Évidemment, elle est très belle dans son jean large, acheté dans une boutique bon marché que la fashion morale réprouve. J'ai toujours trouvé sa crinière rousse absolument somptueuse, mais Axel avait raison de lui recommander d'en rehausser légèrement la couleur : elle est fabuleuse. Pour tout dire, je suis bluffée. Son calme, aussi, m'impressionne. On croirait une comédienne qui se concentre avant de monter sur les planches. On récapitule ce qu'il faut savoir. Les noms de deux trois restaus, de deux trois quartiers, de deux trois marques… Elle revérifie son make-up. Plus parfaite, tu meurs. Je ne sais pas pourquoi j'ai un tel trac ; au fond, elle a raison, on va sans doute droit dans le mur avec cette histoire.

— Pénélope, je ne voudrais pas te jeter dehors, mais il faudrait que tu me laisses, là. Il peut arriver d'un instant à l'autre…

— Oui, oui, tu as raison. On est d'accord, je t'appelle dans une demi-heure. Si ça se passe mal, ça te fera un alibi pour filer à l'anglaise.

— Ouiiiiii. J'ai compris. Ça fait cent fois que tu me le répètes.

— OK, OK…

— Bon. Pénélope…

Je recule ma chaise pour me lever.

— Oh, ça va ! J'y vais.

Je me lève. Elle a raison. Victor ne va pas tarder et je ne peux décemment pas faire capoter le truc maintenant. Mais tout de même… il faut que je la prévienne…

Je me retourne. Elle lève les yeux vers moi, visiblement impatientée.

— Pénélope, qu'est-ce qu'il y a ? Tu as oublié quelque chose ?

— Oui… juste un tout petit détail que j'ai oublié de te dire.

— Pénélope, tu me fais peur… je connais ta vision des « petits détails ».

— Non, non, rien de grave. C'est juste que… ben… heu…

— « Ben heu » quoi ? Fais vite, l'heure tourne !

— Juste que… on a eu un échange de mails, disons… un peu équivoques.

— ...

— Lili ?

— Hein ? Il t'a draguée par mail et il ne t'est pas venu à l'esprit de me prévenir *avant* ?

— Hohoho... 'tention, j'ai pas dit qu'il m'avait draguée, tu extrapoles vachement ! Juste qu'on avait échangé un ou deux messages un peu... familiers, voilà tout...

— Ben, c'est génial, ça ! Si ça se trouve, je vais me faire brancher par le type dont tu me parles deux cents fois par jour avec les yeux d'une gamine devant des pommes d'amour ! Super ! Ouais ! Déjà que je le sentais pas bien ce rendez-vous, me voilà détendue.

— Mais nooooon, j'te jure, y a rien eu de trop perso. Promis. Je voulais juste te prévenir, au cas où il aurait pris ça pour des encouragements à engager la discussion sur un autre terrain. T'as rien à craindre.

— Ah oui alors, ça, c'est certain, après tout ce que tu m'as raconté, sur Victor... comment il t'avait lourdée de la façon la plus glauque qui soit et comment il t'avait traitée de bonne à enfermer devant tout le monde... c'est sûr, qu'est-ce qui pourrait bien me faire penser que j'ai quelque chose à craindre ?

— Bon, bon... l'heure tourne, hein, tu as dit... je dois te laisser.

Ohhhhh... j'ai honte de moi, parfois. Le petit clin d'œil que je viens de lui lancer, là, genre « ouaiiiiis, courage ! tu vas y arriver », c'était un peu minable. Lili avait l'air aussi paniquée qu'une biche encerclée par de vilains prédateurs. Mais bon, je crois aussi qu'elle en fait un peu trop, là. Quand même, c'est pas l'échafaud, ce rencard...

Bon, bon. Je vais l'attendre au Pré. C'est un bar idéalement situé, bien qu'on ne puisse pas voir directement le Coffee. C'est encore ce qu'il y a de mieux. Pile ce dont j'ai besoin. Et justement, à peine ai-je eu le temps de commander un café serré à mort (comme si j'avais besoin de ça pour être sur les nerfs) que je vois Victor se diriger vers l'entrée. Il passe un coup de fil et je vois qu'il sourit. Si ça se trouve, il est en conversation avec Lili. Ça y est, je commence déjà à être jalouse. Limite si je n'envisage pas de me lever et de courir les rejoindre pour démêler une fois pour toutes les fils de la discorde (« les fils de la discorde », pfffff ! je déraille vraiment, moi).

Voilà. Il est entré. J'imagine parfaitement la scène : il la cherche certainement du regard et, lorsqu'il l'aperçoit, se félicite intérieurement de l'avoir contactée. Elle est ravissante. Exactement telle qu'il l'imaginait, avec ce petit je ne sais quoi de désinvolte, quelque chose dans l'expression qui te dit : « Essaie de m'arnaquer, juste pour voir… » Il s'approche d'elle, tout sourires, exprime à quel point il est heureux de cette rencontre. Lili, elle, sourit à peine. Moins qu'elle le voudrait en tout cas, mais c'est plus fort qu'elle, je suis sûre qu'elle ne pourra pas se montrer trop aimable après tout ce qu'elle a entendu sur son compte. Rien ne révolte Lili davantage que la méchanceté cachée sous des tonnes de sympathie, de sourires et de douceur. Au premier contact, déjà, elle est prête à mordre. Mais à mordre avec le sourire.

J'en suis à mon deuxième café. Mais que peuvent-ils bien se dire ? A-t-il commencé à lui exposer son génial projet ? Est-elle déjà en train de signer le contrat de sa vie ? Et comment se comporte-t-elle ? Et si elle avait accumulé bourde sur bourde ? Et si elle tombait amoureuse de lui ? Paf, le coup de foudre ! Et lui aussi ? Oh, mon Dieu… Il faut que je fasse quelque chose… Vite. Payer ces deux cafés et les rejoindre.

Deux minutes plus tard, je suis devant l'entrée du Coffee. Un rideau de velours rouge masque l'entrée. Je le sais, je ne suis qu'à quelques pas de leur table. Et il faut bien le dire, je crève de jalousie. Je ne veux pas que Lili soit assise là, à ma place, à rire joyeusement avec Victor. *Mon* Victor. Il faut que j'arrête ça, tout de suite. Mais heureusement, ma minuscule petite voix intérieure m'indique gentiment mais fermement que j'en ai assez fait et que Lili est bien gentille d'avoir accepté de m'aider. Ma petite voix me prend la main et me propose d'aller marcher un peu dans Saint-Germain. Et pourquoi pas, faire un cadeau à Lili. Pour la remercier, justement, de tous ces efforts.

Oh, là, là… quand je pense qu'elle va devenir une star de la télé, si ça se trouve. Il faudra que je sois là pour qu'elle garde la tête sur les épaules, parce que c'est sûr, comme toutes les stars, elle va prendre un melon pas possible. Et moi, je serai celle de l'ombre. Bon. Ça me gêne pas spécialement d'être la fille de l'ombre qui la tuyaute et lui écrit ses textes, tout ça… Franchement, je ne suis pas certaine que j'assurerais devant une caméra. Mais le coup de ne pas être connue, de ne pas signer des autographes et de ne pas avoir de discours à faire à la remise des Oscars de la télé (qui n'existent même pas, je sais)… ça, j'avoue, ça va me manquer sérieux. Surtout que je m'étais faite à l'idée… Je regarde ma montre pour la quatre mille six cent cinquante-septième fois. C'est l'heure : je dois appeler Lili pour savoir si tout est OK.

Ça sonne.

Deux fois de trop à mon goût. Mais elle finit par décrocher.

— Lili ? C'est moi. Je te dérange, là ?

Lili affiche une voix professionnelle. Elle est pleinement entrée dans son rôle.

— Hello… non, tu ne me déranges pas. Mais je suis en réunion, là. On peut se rappeler plus tard ?

— Euh… Mais… Tout va bien ?

— Oui, oui. Pas de souci, je te rappelle vers… 14 h 30. Saluuuut.

Et paf. Elle a raccroché. Et puis d'abord, comment ça vers 14 h 30 ? Qu'est-ce qu'ils peuvent bien avoir de si intéressant à se dire pour que ça dure aussi longtemps ? Je suis pas trop d'accord, moi. C'est pourtant simple : il lui explique le concept de son émission, elle répond que c'est génial, il lui dit qu'il voudrait lui faire passer des essais, très bien merci. Et hop ! L'affaire est pliée. Pas besoin de deux heures pour ça.

Oh, là, là, il faut vraiment que je me calme. Un magazine. Rien n'est plus distrayant qu'un magazine. Vite, il m'en faut un. Et un autre café.

Je me réinstalle donc au Pré. À une table étudiée pour voir correctement ce qui se passe à l'extérieur. Ne pas louper la sortie de Victor, par exemple. Le serveur qui vient prendre ma commande a repéré mon manège, je pense. Intérieurement, il est mort de rire. Et il arrive plutôt mal à le cacher. Je le sens qui meurt d'envie de connaître le fin mot de l'histoire. Il s'imagine certainement un truc glauque genre je suis la pauvre fille plaquée qui en est réduite à espionner son ex, lequel est en train de déjeuner avec ma meilleure amie. Bien entendu, ils discutent ensemble de leurs projets d'avenir... Hééééé, mais c'est horrible ! C'est exactement ça, mon histoire ! Oh, mon Dieu. Lili, dépêche-toi !

Si ce magazine-là, que j'adore, ne parvient pas à me distraire, c'est que rien au monde n'est capable de me distraire en ce moment. Moi, par contre, je distrais beaucoup le serveur qui commence à me taper sur le système avec son air entendu du type qui a tout pigé à ma situation désespérée.

Du calme, Pénélope. Elle ne va pas tarder. Il est 14 heures, là. Ça commence à bien faire. Rien ne justifie que l'entretien dure si longtemps. Je vais l'appeler.

Non. Je ne vais pas appeler. Et la raison en est très simple : je sais me tenir. Et je ne suis nullement de ces impatientes qui perdent si facilement le sens commun. Je me sens même un peu raplapla pour tout dire. Je vais plutôt me commander un petit café. Ça me fera le plus grand bien. De ce fait, lorsque Lili arrivera, je serai en pleine possession de mes moyens et en mesure d'écouter son récit avec toute l'attention qu'il méritera. Un café. Parfait.

Oh... Je le crois pas. Victor vient de sortir du restau. Il s'en va. Son scooter est garé juste en face du bar où je me trouve. Il semble satisfait. Bon, pas non plus le mec qui saute de joie comme un hystérique, hein, il a

beaucoup trop de classe pour ça. Je ne peux m'empêcher de penser que c'est moi, la fille qui aurait dû
passer tout ce temps avec lui. Mais maintenant, c'est
Lili que j'aperçois. Elle prend son temps, la peste.
Impossible de savoir dans quelle humeur elle se
trouve. Comme toujours, elle affiche cette neutralité
qui m'impressionne tellement. Bon. Pas de bêtises,
c'est l'heure de vérité, là.

Lili vient d'entrer. Je n'ai pas bougé. Elle a tiré la
chaise en face de moi et pris son temps pour s'installer. Pas le moindre mouvement qui puisse me
donner un indice. Je la regarde. À peine si j'ose ciller,
comme si ça risquait de la faire disparaître. Et j'ai
cessé de respirer. J'ai conscience que j'affiche un air
de condamnée qui attend sa sentence et que c'est très
exagéré compte tenu de la gravité toute relative de la
situation, mais je ne peux rien y faire. On dirait que
Lili prend son temps. J'ose croire que c'est bon signe.
Elle ne me ferait pas languir pour une mauvaise nouvelle. Je m'accroche comme une damnée à cette
pensée.

— Oui ? Tu as une question ? me demande Lili,
enfin.
Elle a esquissé un sourire et ça suffit à me détendre.
Oui, évidemment, ça s'est bien passé.

— Bon. Je te la fais courte ou tu veux les détails ?
— Lili, je m'en fiche, raconte…
— Version courte, soit ton Victor est d'un naïf affli-
geant, soit je suis une excellente comédienne, parce
qu'il a tout gobé. Ou en tout cas, il l'a bien fait croire.
Et j'ai rendez-vous dans quelques jours pour une série

d'essais et, si ça se passe bien, pour rencontrer l'équipe.

— Tu... tu veux dire que tu es engagée ? Que tu vas *vraiment* être chroniqueuse à la télévision ?

— Non, non, rien n'est définitif. Et puis il faut encore parler du projet. Ça m'a l'air bien leur émission, mais il faudra que tu me donnes ton avis. Et surtout, maintenant, c'est quoi la seconde partie du programme ? C'est quoi mon rôle, à présent ? Et celui de la Mouette... et surtout, le tien ?

— Attends, on s'en fiche de ça, pour le moment. Le premier truc chouette, c'est que tu as réussi ! Maintenant, moi, ce que je veux savoir, c'est comment tu le trouves ?

— Comment je le trouve quoi ?

— Mais... Victor !

— Ah... ça...

Lili réfléchit, plutôt dubitative, apparemment.

— Déjà, moi qui m'attendais à un dieu vivant, pardon la déception.

— Quoi la déception ? Il est canon, non ?

— Tu veux une réponse argumentée ou mon silence te suffit ?

— Bon, OK. On s'en fout du physique. Et le reste ?

— C'est là que ça coince.

— Comment ça, ça coince ?

— Oui. Mais pour moi, c'est la vraie bonne nouvelle de cet entretien : franchement, Pénélope, j'ai du mal à reconnaître le méchant garçon abandonneur de filles transies d'amour que tu m'as décrit.

— Quoi ? Tu crois que je t'ai raconté n'importe quoi ?

— Ho ! tu te calmes, oui, Mademoiselle Bouledogue ! Ça ne te réussit pas si bien que ça les cafés, on dirait. Je voulais juste dire que ton Victor, que tu trouves têêêêêllement beau, me semble d'une gentillesse hors norme. Oui, oui, en plus d'être intelligent et cultivé et aventurier et sensible et, et, et…

— Il t'a plu, tu veux dire ?

— Oui. Je reconnais qu'il m'a plutôt semblé pas mal. Et donc, je me demandais si tu avais cherché qui aurait pu délibérément tenter de l'éloigner de toi…

— Si… si j'y ai pensé ? Oui, un peu. Mais franchement, qui aurait pu faire une chose pareille ?

— C'est ce qu'il va nous falloir découvrir, ma chère Watson. Il me contactera d'ici quelques jours pour les essais. Nous avons donc un peu de temps pour mener notre petite enquête.

Chapitre 26.

Le 24 mars 2006

De : pvpessac@gmail.com
À : lamouette@yahoo.fr
Objet : Good news

Bonjour la mouette,

J'espère que vous allez bien et que votre première expérience devant la caméra vous a plu.

Juste un mail rapide pour vous remercier pour votre prestation d'hier, mes collaborateurs ont été conquis. Il y a deux trois choses dont nous devrons reparler mais vous êtes très télégénique. Je vous appelle dans la journée pour en discuter mais j'ai de bonnes nouvelles pour nous.

Bonne journée,
Pierre

Lili va donc devenir chroniqueuse, c'est dit. Je savais que les essais, hier, s'étaient bien passés, mais nous n'avons pas eu le temps de vraiment discuter, car elle est rentrée très tard. Et puis il y a autre chose.

Nous sommes toutes les deux assez mal à l'aise avec cette histoire, je crois.

De mon côté, je fais mon possible pour éviter de penser que j'aurais dû être à sa place. Pourtant, techniquement, c'est exactement ça : Lili se fait passer pour moi. Bien entendu, je ne peux pas lui en vouloir : c'est moi qui l'ai suppliée de le faire... Et si je m'étais présentée au rendez-vous de Victor, les essais n'auraient, de toute façon, jamais eu lieu. Quand bien même... rien ne dit que j'aurais été à la hauteur devant des caméras. Mais la vérité vraie, c'est que je n'arrive pas à m'ôter totalement de la tête cette idée : Lili a pris la place qui m'était due. Et puis la perspective de savoir qu'elle passera désormais plein de temps avec Victor est assez désagréable.

Lili non plus ne sait pas trop quel comportement adopter. Hier, elle a prétexté l'heure tardive pour filer dans sa chambre, mais c'était pour couper court à mes questions. Je sens bien que ce succès lui apparaît comme un cadeau empoisonné. Elle n'a pas voulu en rajouter, elle s'est contentée d'un « oui, oui, ça a été », mais elle avait le rose aux joues et les yeux qui brillaient, signes évidents de sa réussite éclatante.

Par chance, elle ne travaille pas cet après-midi. Elle ne va donc pas tarder à arriver et nous allons pouvoir en parler. Après tout, il ne faut pas que je prenne les choses aussi à cœur. C'est comme si je lui avais fait cadeau de ma plus belle paire de chaussures. Est-ce que ce serait vraiment insurmontable pour moi de la voir les porter ? Non, non, non. Elle doit profiter de son succès. C'est le sien désormais, il ne m'appartient plus.

Ah... j'entends ses pas... À moi de prendre le ton le plus enjoué possible. Il faut qu'elle comprenne qu'il n'y a pas de problème et que je la soutiens à fond. À peine est-elle entrée que je m'écrie, depuis le canapé et d'une voix un tout petit peu trop enjouée pour être vraiment naturelle :

— Coucou la star !

— Hello toi... déjà rentrée ?

— Yep. J'avais pas des tonnes de boulot au bureau aujourd'hui... Dis, t'as pas faim ? Tu veux manger quoi ? Tu n'as qu'à me dire ce qui te ferait plaisir et, pendant que je nous prépare un bon miam, tu me raconteras les essais... J'ai vu le mail que Victor t'a envoyé ce matin... Ça a l'air bien parti, cette histoire. Il faudra que tu lui donnes ton adresse à toi, désormais.

Mince. J'ai dit ça sur un ton limite larmoyant. Tout le contraire de ce que je voulais. Zut. Moi qui voulais simplement lui faire sentir que c'était désormais une affaire entre lui et elle... Lili, évidemment, a senti mon désarroi :

— Oui. Bon, on verra. Écoute, j'ai bien réfléchi, je crois que je ne vais pas accepter. J'ai bien réfléchi, c'est idiot. Victor me prête des qualités que je n'ai pas.

— Mais tu es folle ou quoi ? Hier, tu avais l'air ravie ! Et le message de Victor laissait clairement entendre que ta prestation avait été des plus concluantes, alors quoi ?

— Alors rien, je ne peux pas prendre ta place, c'est tout.

Cette fille a vraiment une tête de bois. Je m'écrie :

— Mais enfin, Lili… Arrête ! C'est comme si je t'avais donné le billet de train, rien de plus. Le reste c'est à toi que tu le dois. Je suis sûre que je n'aurais jamais été à l'aise devant une caméra. Tu me connais, je bégaye dès que je suis un peu stressée et je ne termine plus mes phrases. Et je ne suis pas photogénique pour deux sous. Même toi, tu le reconnais. Je suis sûre que tu as été époustouflante. Souviens-toi, à la fac, tu les embobinais tous…

— Je te dis que c'est toi qu'ils voulaient, pas une fille comme moi…

— Hein ? « Pas une fille comme moi » ? Et peut-on savoir ce que c'est une « fille comme toi » ?

— C'est une fille qui n'a pas d'humour et qui manque de légèreté dans ses propos.

— C'est ce qu'ils t'ont dit ?

Elle prend une pause, comme si elle hésitait, et me répond, d'une voix adoucie :

— En fait, Victor m'a appelée tout à l'heure. Oui, ils m'ont trouvée très télégénique et, comme tu dis, ils ont aimé ma facilité à m'exprimer. Apparemment, j'ai une bonne voix et un physique qui passe bien à l'écran. Ils m'ont demandé de préparer rapidement un petit texte sur mon dernier « crush ». Déjà, tu penses, j'ai pas su ce que c'était un crush. Il a fallu que je fasse la cruchonne pour avoir un petit supplément d'explications…

— Mais… moi non plus, je sais pas ce que c'est, ça, un crush…

— C'est « un coup de cœur », il paraît. Ils voulaient que je leur raconte mon dernier coup de cœur. Alors j'ai pensé aux chaussures compensées dont ton cousin m'avait parlé. Tu sais les Chloé… les noires…

— Celles avec le petit nœud-nœud sur les côtés ?

— Oui, c'est ça...

Lili s'est encore assombrie. Elle reprend :

— Tu vois, c'est ça. Des « petits nœuds-nœuds ». Moi, je n'aurais jamais dit ça comme ça. J'ai dû leur parler du lien à la cheville, quelque chose de ce genre. Pfff... « lien à la cheville », c'était trop nul.

— Attends... Explique-toi mieux, je ne te comprends pas. C'est quoi cette histoire ?

— Rien... c'est juste un exemple. Ils ont regretté de ne pas « retrouver l'esprit drôle et impertinent de ton blog ».

— Eh... mais ce n'est rien ça, tu trouveras ton propre style. Et puis en attendant que tu te fasses la main, je t'aiderai...

— Mais ce n'est pas mon propre style qu'ils veulent... c'est le tien. De toute façon, les dés sont jetés. Je dois retrouver Victor dans... oh, là, là, je suis en retard. On doit se retrouver à son bureau dans une demi-heure pour discuter de ça. Et, comme je te l'ai dit, je vais décliner son offre. C'est *ta* place, Pénélope. Il faut que tu ailles t'expliquer avec lui. Nous allons tout lui dire.

— Non. Je refuse. Tu ne vas rien décliner du tout. Je t'aiderai à écrire tes textes dans un premier temps et puis, très vite, tu verras que tu n'auras plus besoin de moi, tu le feras très bien toi-même.

— Non, non et non. Il n'est pas question que je prenne une chance qui te revient de plein droit.

— De toute façon, Lili, si tu refuses, aucune de nous n'aura profité, finalement, de cette opportunité.

Là, j'ai marqué un point. Quoi qu'elle fasse, elle le sait : pour moi, c'est mort. Et puis après tout, c'est ma punition : j'ai raconté trop de bobards à trop de gens. Tout de même, ce sera un bien petit sacrifice de voir ma meilleure amie occuper un siège que je n'ai jamais mérité et une fonction dans laquelle je n'aurais pas excellé, j'en suis sûre.

— Lili, il faut que tu comprennes. Je ne vais pas t'en vouloir. Je suis contente de ce qui t'arrive. C'est vrai, je risque d'avoir quelques petits sursauts de jalousie à l'idée que tu passeras du temps avec Victor, mais je ferai mon possible pour que ça me passe très vite, c'est promis. Et puis, en admettant que tu sois vraiment aussi nulle que tu le prétends... tu ne crois pas que ça vaut tout de même le coup d'essayer ?

— Je vais au rendez-vous si tu viens avec moi. On va tout lui expliquer.

— Ah non, alors ! Tu ne vas pas remettre ça. On ne va rien lui expliquer du tout.

— Bon, alors je n'accepte pas.

— Quoi ? Mais c'est du chantage ! Tu devrais avoir honte !!!

— Oh, ben c'est sûr, c'est pas toi qui ferais ce genre de chose, hein, Sœur Moralité !

— Ne change pas de sujet, Lili.

— Compte sur moi pour ne pas changer de sujet : tu viens et on s'explique tous les trois ; cette chronique, on la fait à deux ou pas du tout. Si tu ne viens pas, je refuse la proposition. On l'aura toutes les deux dans le baba, mais au moins, on aura pris zéro risque. Décide-toi vite, son bureau est à dix minutes de l'appartement et on a rendez-vous dans vingt minutes. Tu as donc trois minutes chrono pour te préparer.

Après tout, qu'est-ce que j'ai à perdre, maintenant ? Il me déteste déjà de toute façon, un peu plus un peu

moins, quelle différence ? Si ça peut aider Lili, pourquoi pas... Je m'entends dire, presque malgré moi :

— D'accord, Lili. Je viens.

Et quelques minutes plus tard, nous voilà parties.

Sur le chemin, j'ai la sensation que mes jambes risquent à tout moment de cesser de me porter. Lili n'en
mène pas large non plus à vrai dire. On ne parle pas.
On marche vite. Et je sens bien qu'on a hâte, toutes les
deux, que ça se termine. Fébrilement, Lili appelle
Victor pour lui expliquer qu'elle doit lui parler, qu'elle
a quelqu'un à lui présenter et que c'est important.

Au pied de l'immeuble, je lis la plaque
« Pierre&Victor ». Apparemment, c'est le nom de sa
société. Je crois que je vais m'évanouir dans l'ascenseur. Je découvre que je suis claustrophobe... Ou
Victorophobe, plutôt... à moins que ce ne soit coura-
geophobe. Je regrette amèrement de ne pas savoir
comment saboter un ascenseur pour pouvoir prétexter
« on n'a pas pu monter ». Mais non, c'est trop tard
maintenant. La porte est déjà ouverte et on entend un
« entrez, entrez, je suis dans le bureau du fond ».

On ne peut plus reculer. J'ai laissé Lili passer
devant et je l'entends murmurer un bonjour informe.
Dans l'entrebâillement de la porte, il se lève vers elle,
tout sourires. Son bureau est à son image, faussement
désordonné. J'aurais aimé pouvoir le lui dire en me
moquant un peu. Lili est tendue comme un arc, elle ne
sait visiblement pas comment expliquer la situation.
Elle bredouille juste qu'elle est venue avec la Mouette,
la vraie. Victor est surpris, mais il semble plutôt
amusé. Il n'a pas l'air de franchement comprendre la

situation mais semble prêt à s'accommoder d'une bonne blague ou mieux... d'une bonne nouvelle.

Alors je ne sais pas ce qui me prend, je passe l'encadrement de la porte et je m'entends dire : « Attends, Lili, c'est à moi de tout expliquer. » Dans mon élan, je la bouscule un peu. Avant que Victor ait eu le temps de commenter mon arrivée, j'attaque :

— Victor, Lili n'y est pour rien. C'est moi qui suis responsable de tout.

Oh, mon Dieu, ce regard noir. Je voudrais fuir, mais je sais que nous avons des choses à éclaircir et, contre toute attente, ma voix se fait plus claire lorsque j'interromps un geste de colère sans doute destiné à me mettre dehors.

— Je vais tout t'expliquer. Et je te prie de m'écouter. Ensuite, tu jugeras de la situation. Lili a dit vrai. La Mouette, c'est moi. Tu n'auras qu'à lire le blog depuis le début, tu verras bien que les dates se recoupent et que les lieux dont je parle te sont familiers. Oui, oui, oui, j'ai menti, ainsi que tu ne manqueras pas de le constater. C'est très mal, je mérite qu'on me flagelle en place publique devant un parterre de fashionistas triés sur le volet et qu'on me condamne à porter des Mephisto jusqu'à la fin de mes jours. (Ouf, les mots s'enchaînent, je ne bégaie pas. Surtout, surtout ne pas s'arrêter de parler.) C'est à moi que tu as envoyé le premier message. Et la raison pour laquelle tu m'as croisée, il y a quelques semaines, au Drugstore des Champs-Élysées, c'est que... eh bien oui, c'est avec moi, Pierre Pessac, que tu avais rendez-vous ce jour-là. Je constate que ce n'est pas une bonne nouvelle et j'en suis désolée. Moi-même, j'ai été très surprise lorsque je l'ai compris, quelques jours plus tard. Lorsque tu as laissé entendre que tu produisais aussi des documentaires animaliers, j'ai fait le rapprochement entre vous deux, et je me suis souvenue de ton nom complet, Pierre-Victor Pessac de Luvigny. Mais vu l'accueil que tu m'as réservé ce jour-là, j'ai demandé à Lili de faire ma doublure auprès de toi pour le second rendez-vous. C'était idiot, je le reconnais. Mais apparemment, tu y as trouvé ton compte, Lili semble convenir parfaitement à ce que tu cherches pour ton émission. S'il te plaît, ne la pénalise pas à cause de mes bêtises… Et puis, si elle manque un peu d'entraînement pour écrire les sujets, je peux très bien l'aider à les préparer, le temps qu'elle se sente plus à l'aise. Toi, tu ne me verras pas si tu ne le souhaites pas, mais ce serait trop injuste que Lili fasse les frais de notre dispute.

Victor est visiblement furieux. Mais il ne dit rien. À voir sa tête, Lili commence à entrevoir la cruelle vérité : elle a eu tort de croire qu'il encaisserait bien. Pour une fois, j'aurais tellement aimé me tromper. Le silence est trop pesant, alors j'enchaîne : après tout, ça ne peut plus vraiment être pire, au point où nous en sommes.

— Ça, c'était le premier point. Passons maintenant à l'autre partie de l'histoire, celle qui m'échappe totalement… Celle qui se situe… disons… entre le moment où tu es parti en Afrique et celui où tu en es revenu…

Zut. Mauvaise tactique, je lui demande de me parler, je cherche à me faire lyncher, là…

Et je trouve. Victor est vraiment furax. Il vire même moche avec son regard tout rouge et son nez qui frémit de colère. Il vocifère :

— Je n'ai rien à te dire de plus. Ce nouveau mensonge ne fait que confirmer que tu es à enfermer, ma pauvre fille. Inventer une histoire pareille, c'est ridicule. Mais ce n'est rien comparé à ce que tu as fait subir à Julien. J'ai appris comment tu l'avais harcelé pendant des mois. Et toutes ces lettres que tu lui écrivais pour tenter de le ramener à toi et toutes ces tentatives désespérées jusqu'au mariage… franchement, tu es pathé…

Cette fois, je reste sans voix. Lili a tenté d'interrompre Victor dont chaque parole est plus blessante que celle qui la précède. Selon lui, je suis une hystérique. Preuves à l'appui : le jour où j'ai jeté les fringues de Julien par la fenêtre. Et celui où j'ai attendu toute la nuit sous sa fenêtre. Sans parler de ces nombreuses crises existentielles qui me plongeaient régulièrement dans un mutisme inquiétant et de ce harcèlement téléphonique… Je ne comprends même pas la moitié de ce qu'il me raconte. Je ne sais pas d'où viennent ces histoires. Et quand bien même elles me rappelleraient de vagues souvenirs (je reconnais, je suis plutôt forte en questions existentielles, mais le truc du mutisme inquiétant, là quand même, faut pas pousser)… rien de tout ça n'est vrai.

Mais surtout, je réalise que ce qui me fait le plus de peine, ce n'est pas d'apprendre que quelqu'un ait débité autant d'horreurs à mon sujet, ce qui me chagrine vraiment, c'est qu'il les ai crues sans chercher à en savoir davantage. Il n'a pas cherché une seconde à prendre ma défense ou à vérifier ses sources.

D'un coup, c'en est trop. Presque malgré moi, je m'entends répondre, comme si ma pensée devenait audible et sans que je puisse vraiment contrôler mes paroles :

— Victor. Stop. J'ai compris. Ne va pas plus loin, j'ai saisi l'idée générale : je suis folle. Et dangereuse, apparemment. Bien. Admettons. Je ne sais pas à quoi tu fais référence, ni qui a bien pu te raconter des choses pareilles à mon sujet, et encore moins pourquoi. Je plaide coupable pour le blog. Ça oui, je l'ai caché à tout le monde pendant plusieurs mois et je n'en suis pas fière. J'ai bien conscience du ridicule de la situation, mais tu reconnaîtras que ça ne porte guère à conséquence. Je ne crois donc pas que cela soit d'une gravité telle qu'elle mérite de me clouer au pilori comme tu viens de le faire. Concernant les autres méfaits dont tu m'accuses et qui te paraissent assez graves pour avoir jugé bon de couper les ponts de façon aussi brutale avec moi, je ne vois tout simplement pas de quoi tu parles. Ton cousin et moi nous sommes quittés d'un commun accord, il y a quelques années. Et avant son mariage, il y a quelques mois, nous n'étions plus entrés en contact en dehors des quelques soirées où nous nous sommes croisés au milieu de copains communs. S'il t'a donné une autre version des faits, je serais curieuse de la connaître, mais je doute que ce soit lui qui t'ait raconté de pareilles âneries. Maintenant, il semble que la personne responsable de ce tissu de mensonges soit plus en odeur de sainteté auprès de toi que je ne le suis moi-même, il est inutile que je cherche à te convaincre.

Apparemment, ton opinion est faite. Je vais donc épargner ton temps. Je regrette simplement que les choses se soient déroulées de cette façon, j'avais prévu une fin sensiblement différente entre nous. Ou un début. Tout dépend de la façon dont on voit les choses. J'espère juste que tu auras la sagesse de ne pas pénaliser mon amie Lili qui n'est pour rien dans cette histoire.

Et me voilà partie, Lili sur mes talons. Cette fois, il sait tout. J'ai dit la vérité. Trop tard, mais je l'ai dite. À mon tour d'être en colère contre lui. Comment a-t-il pu croire que je pouvais être la mégère qu'il vient de me décrire ? Comment a-t-il pu ne pas chercher à en savoir plus ? Pour la première fois depuis des mois, je m'aperçois que je me suis vraiment trompée sur son compte. Lili avait raison de me mettre en garde. Je ne suis qu'une imbécile.

Sur le chemin du retour, tout mon courage m'a abandonnée. À peine si je trouve la force de bredouiller à Lili quelques mots.

— Oh, Lili, je suis désolée. J'ai tout fait foirer finalement. Adieu paillettes et star-system...

— Franchement, tu crois que j'accepterais de bosser avec un type capable de débiter de telles horreurs ?

Je suis reconnaissante à Lili d'être à ce point de mon côté. J'acquiesce :

— Oui... tu as vu comme il a été méchant...

Lili ne répond rien, alors j'enchaîne :

— Mais rassure-toi. Ça y est, je suis supervaccinée de lui maintenant. Tu n'en entendras plus parler.

Alors elle tente d'alléger la conversation en me faisant justement remarquer que le plus dommage, dans cette histoire, est que nous n'ayons plus de Victor le

Magnifique et qu'il va désormais nous falloir trouver un remplaçant pour incarner le top de la sublimité. Puis elle ajoute :

— Mais cette fois, tu es mignonne, tu me laisses choisir... tu n'as pas le nez pour ce genre de choses.

Et sur le chemin du retour, nous énumérons les candidats potentiels à la suprême magnificence.

Chapitre 27.

Envie de soleil. Puis non, en fait

Ben oui, mes petits choux, on est tous déprimés ces temps-ci. C'est la saison. Les soldes sont loiiiiiin derrière nous, le soleil ne pointera pas le bout de son nez avant quelque temps, et nous, on est là, comme des bécasses, le portefeuille en bandoulière, prêtes à dégainer la CB pour le moindre petit truc débile tellement ça nous démange de dépenser un peu nos sous. Mais rien à faire : les boutiques n'ont plus rien à vendre de tangible.

On est toutes là à se peler les miches dehors pendant que nos magasins fétiches fleurissent de petites robes légères (la saison annonce du blanc du blanc du blanc, du court du court du court), de pulls tellement légers que, même l'été, on peut trouver le moyen de choper un gros rhume avec ça sur le dos et de chaussures à bout ouvert qui nous narguent ouvertement de l'autre côté de la vitrine. Quand j'y pense, l'enfer doit beaucoup ressembler au mois d'avril.

Et moi, je suis comme tout le monde. Ce que j'attends, ces jours-ci, c'est le soleil. Et je suis méga-

pressée, en plus. Ces petites robettes, là, dans les vitrines, j'en veux moi !

Je crie « vive l'été » dans un grand élan de ferveur et, déjà, je songe à me préparer pour lui.

Dans ma check-list, il y a :

— Prendre des vitamines (le changement de saison est une saleté pour la beauté, c'est bien connu).

— Avaler chaque matin des petites pilules qui font bronzer (il paraît : moi j'ai jamais rien remarqué, mais j'ai choisi d'avoir la foi).

— Se regarder dans la glace et se contempler avec un regard objectif afin d'évaluer l'ampleur du travail avant l'épreuve du maillot de bain.

— Finir par détourner le regard pudiquement. Après tout, l'objectivité, il paraît que ça n'existe pas.

— Penser que, finalement, le costume de bain rayé est LA pièce phare de toute garde-robe de plage de l'été 2006 qui se respecte.

— Regretter d'être la seule à penser ça.

— Songer à faire du sport.

— Abandonner cette idée saugrenue : de toute façon, les délais sont trop courts. En trois mois, on ne peut pas obtenir grand-chose par le sport, c'est bien connu...

— Penser fugitivement aux cabines à UV pour avoir bonne mine. Renoncer, illico, évidemment.

— Réaliser que la robe blanche ton sur ton, finalement, c'est peut-être pas le top du top.

— Et se dire que, de toute façon, sans sport, inutile d'envisager de découvrir le cuissot. Adieu la petite robe blanche, alors.

— Se rappeler qu'on est bretonne.

— Et que les Bretonnes n'aiment pas le soleil.

— Se dire que finalement, le mois d'avril, c'est peut-être pas exactement l'enfer... c'est l'antichambre de l'enfer.

Posté par la Mouette / le 7 avril 2006 /
Rubrique : Branchez-vous

Commentaires : 254

Lili se marre à la lecture du billet d'aujourd'hui. Rien ne peut me faire plus plaisir que son approbation. Enfin, son approbation, c'est vite dit : elle ne cesse de m'encourager à cesser de mentir à mes lecteurs. Pour elle, le blog ne peut pas être un vrai succès s'il est bâti sur un mensonge. On croirait entendre ma mère... En même temps, elle ne m'encourage pas non plus à l'arrêter, ou à divulguer la vérité, ni rien de ce genre.

Pour tout dire, elle se contente de jouer les Demoiselle Morale, et que je me débrouille avec ses grands principes. C'est bien son genre, ça.

En attendant, elle se penche de plus en plus souvent sur l'écriture des billets avec moi. Ça a commencé par une relecture rapide avant que je ne les poste sur le blog. Puis par des remarques, des suggestions, des conseils, et enfin des propositions de sujet... Pour finir, certains des billets sont désormais écrits à quatre mains et c'est vraiment une chouette aventure. Je suis folle de joie de partager ce terrain de jeu avec elle. De jour en jour, le blog de la Mouette est naturellement devenu une de nos occupations favorites. Comme si notre vie quotidienne était un terrain d'expérimentation : une séance d'essayage désastreuse dans un magasin ? Mais c'est un sujet pour le blog, ça ! Un nouveau restau rigolo ? Parfait pour le blog ! Un débat de haute volée sur le bien-fondé, ou non, de l'arrivée des leggings dans nos garde-robes ? Encore un sujet pour le blog ! Et on s'amuse beaucoup.

Il faut dire qu'après la séance rêves brisés des deux ex-futures stars de la télé que nous étions il y a un mois, il a fallu se secouer un peu. Depuis notre visite à son bureau, il y a quelques semaines, Victor n'a donné aucun signe de vie. Silence radio. Et franchement, je trouve ça moyennement classe. À la limite, qu'il me déteste, c'est son droit, mais je regrette vraiment qu'il en ait tenu rigueur à Lili qui n'était pour rien dans cette affaire : il ne l'a même pas appelée pour lui signifier son congé. J'ai trouvé ça plutôt lamentable et, surtout, j'étais désolée pour Lili. J'ai bien senti que cette courte expérience avait éveillé un rêve, en elle...

Et puis, tout de même, à la base, c'est moi qui suis responsable de tout ce bazar, elle n'aurait pas dû en subir les effets. Mais j'ai fini par me dire que c'était aussi bien qu'un être à ce point toxique et méchant ne gravite plus dans notre entourage. Et que c'est surtout lui qui perdait au change. Enfin, ça, c'est surtout Lili qui le dit. Moi, je me contente d'approuver.

Donc voilà. Après quelques jours de déprime post-Victor, nous voilà remises en selle. Nous avons désormais une liste d'activités longue comme le bras : Lili a décidé que nous devions à tout prix faire du sport. Nous voilà inscrites à des séances de torture ultrachic appelée Yoga Bikram. Ça pourrait être une forme tout à fait normale de yoga si les participants n'étaient pas enfermés dans une pièce chauffée à quarante degrés pour pratiquer leur enchaînement de postures. Pendant une heure et demie deux fois par semaine, je jure qu'on ne m'y reprendra plus. Mais Lili, qui est déjà un peu sportive à la base, trouve ça absolument fabuleux et me serine, séance après séance, que c'est dément de voir à quel point ma cellulite fond vite. (Comment ? Quelle cellulite ? Où a-t-elle vu de la cellulite ? Ah ??? Tu veux dire là ????) Malgré ces révélations pour le moins encourageantes, je manque, pour ma part, de m'évanouir toutes les cinq minutes, l'odeur de transpiration de mes voisins me soulève le cœur et, surtout, je frôle l'infarctus chaque fois que je pense au nombre extravagant de géniales paires de chaussures que je pourrais m'offrir si je ne me laissais pas bêtement entraîner par Lili dans ces séances totalement masochistes. Mais le yoga n'est qu'une activité parmi mille. Nous faisons des tonnes de choses. Généralement, c'est Lili qui organise et je suis le mouvement avec ravissement. Nous avons, par exemple, suivi des cours de dégustation de fromage et quelques cours de cuisine. Il y a eu ce restau rigolo qui fait de la cuisine déstructurée : on commande une pizza et on voit arriver un morceau de pain, deux tomates et une tranche de jambon. Et nous avons aussi goûté la cuisine en couleurs, un lieu où le repas est d'une couleur différente chaque jour. Lorsque nous y sommes allées, tout était rose, de l'entrée au dessert… Nous avons visité les catacombes, superdéçues de ne pas avoir vu des tas de crânes (façon de parler, hein… en pratique, ma superdéception s'est plutôt traduite par un grand soulagement… mais c'est secret bien entendu, je ne voulais pas non plus passer pour une dégonflée). Sur les quais de la Seine, nous allons parfois écouter les musiciens. Nous sortons pas mal, aussi. Lili a tout de suite fait l'unanimité parmi ses collègues de travail et nous sortons régulièrement avec elles. Je commence enfin à entrevoir ce qu'est une Parisienne sympa et je ne vais pas m'en plaindre. Comme je reçois toujours de nombreuses invitations, on en profite pas mal et on en fait aussi profiter nos nouvelles amies. La vie commence à s'organiser de façon harmonieuse. Même si les fins de mois sont parfois un chouia difficiles avec toutes ces dépenses.

La consécration de notre parisianisme victorieux a eu lieu la semaine dernière où quelques copains de Rennes sont passés nous voir. On a joué les châtelaines en trimballant tout le monde de soirée branchée en *afterwork* super hype.

Pour dire la vérité, Lili et moi, on leur en a mis plein la vue. Elle ne veut pas le reconnaître, mais c'est la pure vérité. Et que je t'emmène chez Ladurée à douze euros le macaron, et que je te fasse profiter de mes super bons plans dans les boutiques les plus chics et que je te montre comment je suis supercopine avec la directrice du corner Gucci aux galeries (c'est le petit nom des Galeries Lafayette, *of course*). Notre petit numéro a remarquablement bien fonctionné : tout ce petit monde était hyperimpressionné par notre nouvelle vie. Et nous, on crânait à mort. Je sais, je sais, c'est assez mesquin comme attitude. Mais surtout, c'était jubilatoire.

Aure aussi est venue régulièrement nous voir, ces derniers temps. Décidément, elle et Lili s'entendent à merveille. Et je dois dire que le fait de ne plus habiter chez elle la rend beaucoup plus sympathique à mes yeux. Chaque fois, elle nous amène des petites choses qu'elle ne porte plus, des cadeaux qu'on lui a faits et qui ne lui conviennent pas, des invitations pour des vernissages, des ventes privées… Nous sommes vraiment gâtées. L'autre jour, elle est arrivée avec un nouveau carton de sacs à main et de chaussures. Dedans, il y avait le Mombassa de Saint Laurent et le Boogie de Céline. On était folles, avec Lili.

Vraiment, cette ville commence à me plaire sérieusement. Évidemment, je ne peux pas m'empêcher de penser que partager ça avec un amoureux serait probablement quelque chose de merveilleux, mais je chasse bien vite cette idée de mes pensées. « Pour l'instant, les amoureux, t'as donné », je me dis. Pourtant, Lili n'arrête pas de me tanner pour que nous fassions une balade en bateau-mouche. Et moi, bêtement, je trouve toujours une excuse pour l'éviter. D'ailleurs, j'ai aussi refusé d'aller une nouvelle fois en haut de la tour Eiffel… Je sais, je suis bête et Victor est un sale type, tout ça… Mais…

Bon.

En fait… Il y a bien un truc que j'ose à peine m'avouer à moi-même. Et du coup, comme je ne me l'avoue pas, je l'avoue encore moins à Lili.

J'ai d'abord voulu l'effacer sans le lire. Et puis tout de même, c'était trop dur. Personne n'aurait pu résister à ma place. Alors je l'ai ouvert. C'était il y a quelques jours. Dans ma boîte mail, il y avait un message de Victor.

Il s'excuse platement et m'explique qu'il a eu tort. Que tout cela n'est qu'une affreuse erreur et qu'il n'aurait jamais dû prendre au mot les propos de Sophie, la femme de Julien. Quand j'ai lu que c'était Sophie qui avait inventé tout ça, j'ai bondi. Mais que lui ai-je fait à cette folle ? Son comportement, il y a plusieurs mois, à son mariage m'avait déjà paru pour le moins excessif, mais alors là, c'est le pompon, je me suis dit. Pourquoi voudrait-elle à ce point me séparer de Victor ? Après tout c'est son cousin par alliance, pas un fiancé ! Je n'ai pas trop compris son histoire à Victor, il parle de Julien et de moi et aussi d'une autre fille. Tout ça est un peu brumeux et, de toute façon, c'est décidé : je m'en fiche.

Je n'ai pas répondu au mail. Et je n'ai pas l'intention de le faire. Il n'avait qu'à m'écouter au lieu de me blacklister comme ça, comme une malpropre. Je crois que la page Victor est définitivement tournée. Bon, c'est sûr, à côté de ça, il était aussi vraiment gentil et sensible. Et drôle. Et attentionné. Et beau. Carrément beau. Mais bon, bien sûr, la beauté, ça ne compte pas tellement. Et puis de toute façon, inutile de revenir là-dessus. Victor, c'est de l'histoire ancienne. Pas question que je réponde à son message.

Il faut voir les choses en face : la vérité, c'est que je ne ressens plus rien pour lui. Toute l'affection que je lui portais est restée coincée dans l'encadrement de la porte de son bureau.

Mais zut ! S'il veut vraiment me parler, il n'a qu'à insister. À part moi, qui accours traditionnellement comme le gentil toutou derrière son os, au moindre appel… toutes les filles font ça : elles se laissent désirer. Moi, je trouve ça chiant, de se laisser désirer. À mon avis, c'est surtout du temps de perdu.

Et puis, là, c'est différent, je ne me laisse pas vraiment désirer puisque je ne compte pas répondre à ses messages. Ni à ses coups de fil. Ni rien. En même temps, le problème ne s'est pas encore posé : il ne m'a pas appelée. Mais la prévoyance est de mise dans ces situations pour le moins délicates.

Pfffffff… Je l'ai relue deux cent dix fois, cette lettre. Au moins. Pire qu'une ado. Je la connais par cœur. De la première à la dernière ligne. Je pourrais la chanter, la réciter à l'envers, la lire un mot sur deux. J'ai cherché des sens cachés derrière chaque lettre. J'ai lu chaque phrase dans tous les sens.

Depuis, c'est pire que tout. Je parie sur chaque chose : les feux rouges (si le feu passe au rouge pendant que je traverse, il ne rappellera pas), le nombre de marches dans les escaliers (un nombre pair, il me rappelle, un nombre impair : c'est mort). Avec le nombre de bouchées que je mettrai à finir mon dessert, le nombre d'étoiles comptées dans le ciel, avec l'heure, avec la météo et avec la couleur des voitures. Mais à part ça, non… je vois pas… Victor ?

Victor qui ?

En tout cas, promis. Je ne ferai rien pour qu'il vienne. Et le sachet magique caché sous mon oreiller, confectionné avec une formule trouvée sur Internet (lespetitessorcieres.com, réservé aux six-dix ans)… ça ne compte que pour du beurre. Mais si.

Chapitre 28.

SMS du 18 avril 2006.
Je ne sais pas si tu as eu mon mail. Je suis désolé. Pour tout. Il faut qu'on se parle.

SMS du 20 avril 2006.
S'il te plaît, Pénélope. Je comprends que tu m'en veuilles, je voudrais juste qu'on discute.

SMS du 21 avril 2006.
Je n'ai aucune excuse. Je sais. Décroche, s'il te plaît.

SMS du 23 avril 2006, 10 h 15.
Trois SMS coup sur coup : ça y est, tu peux m'accuser toi aussi de harcèlement. Allez... appelle-moi.

SMS du 23 avril, deux minutes plus tard, 10 h 17.
Ceci est un appel désespéré.

SMS du 23 avril, encore plus tard, 22 h 12.
Bon, tu l'auras voulu : je me pends.

SMS du 23 avril, dix minutes après, 22 h 23.
Hé oh !!! Je me pends, je te dis !

Bon. Je sais, j'ai juré sur la tête de mon chat (que j'ai pas, c'est ça l'astuce) que je ne lui répondrais jamais. Mais là, quand même, il y a urgence : il se pend. Et puis quand on dit « jamais », eh bien on finit toujours par le faire, finalement. C'est le principe.

Rien qu'une petite réponse, ça ne peut pas faire beaucoup de mal.

« Pends-toi en silence, je dors, là. » Voilà, c'est envoyé. Parfaitement inoffensif et très bien répondu : froideur, distance, rejet. *Mais* humour. Parfait. Je me sens en veine SMSesque, là. Faut en profiter.

Hop ! Un deuxième : « Si jamais tu décidais de pas te pendre, oublie-moi, de toute façon je viens de te blacklister. »

Rohhhh... ça va, hein. Deux SMS, c'est pas la mort. Une vingtaine de signes, franchement, on ne peut pas dire que ça compte pour des réponses. Et puis j'ai été très cinglante, là, non ? Comment ça, je rentre dans son jeu ? Même pas. Au contraire : froideur, distance, rejet.

Allez, un troisième. « Essaie de me répondre pour voir. T'arriveras même pas à cause du blacklistage. » Heum. J'admets, là, on pourrait croire que j'attends une réponse, que je le cherche un peu... limite, que j'encourage la conversation. On pourrait le croire, mais ce serait une erreur.

Hihi, il répond : « Si, j'y arrive. Même pas mal. Et si je frappe chez toi ? tu ouvres ? »

Mais bien sûr. Et si tu frappes… Franchement. T'aurais bien de la veine, déjà, que ce soit pile le soir où Lili rentre tard, mon pote. Parce que avec elle, tu serais bien accueilli, fais-moi confiance. Moi, j'aurais peut-être plus de mal à te claquer la porte au nez… Mais je le ferais. Allez, je réponds quand même. « Si tu frappes ? Essaye un peu, pour voir ! » Et puis : « Attention, hein. Je suis dangereuse, maintenant : je suis une yoga bikrameuse tueuse d'hommes. »

Mais c'est fou ! il répond du tac au tac. « Tu te goures, poulette : le yoga, ça sert même pas à tuer. »

Bizarrement, son « poulette » me fait l'effet d'une douche froide qui me calme immédiatement. *Poulette…* Non mais, pour qui il se prend ! Ça fait des mois et des mois qu'il m'insulte chaque fois que j'ai le malheur de croiser son chemin ; je lui envoie deux trois SMS, et voilà qu'il me donne du « poulette » ! Tiens, ben je l'éteins, mon téléphone, pour la peine.

Y a bien une bêtise à la télévision, ce sera de toute façon plus intéressant que ces échanges ineptes que je n'aurais même pas dû avoir. Un vieux pyjama à rayures, mon gros gilet cocooning, quelques carrés de chocolat, et c'est parfait. N'importe quelle débilité fera l'affaire. Je n'aurais jamais dû lui répondre, ça me fiche le bourdon, maintenant. Heureusement, Lili ne devrait plus tarder.

Justement, là voilà, j'entends ses pas dans le couloir. Évidemment, elle a oublié ses clefs, je les vois sur la table du salon : je l'entends farfouiller devant la porte. Un jour sur deux, c'est le même cinéma. Et maintenant, elle va frapper pour que je lui ouvre.

... Gagné ! Je m'extirpe tranquillement du canapé, histoire de la faire languir un peu. En même temps que je tourne la clef dans la serrure, je lui serine quelques reproches, trop heureuse, pour une fois, d'être celle qui fait la morale.

— Lili, franchement, c'est quoi, ce truc avec les clefs ? On dirait que tu le fais ex...

Merde. Je viens de lui claquer la porte au nez, de surprise. Mais je lui ai vraiment claqué le nez, je crois. Je l'entends qui étouffe un cri de douleur derrière la porte. Merde, merde et merde. C'est Victor. Il est culotté, tout de même, d'oser venir ici. Manquait plus que je lui pète le nez.

Pas le choix, je dois lui ouvrir.

Oh, là, là, ça saigne partout par terre. On se croirait dans *Massacre à la tronçonneuse*.
— Oh, mon Dieu ! Victor... ça va ?
Il me fait signe que oui, mais vu ce qui s'écoule de son nez, j'ai quelques difficultés à le croire. Pas le temps de réfléchir.
— Entre vite. La salle de bains est là, juste à droite. Attends, donne-moi ton casque. J'arrive.
Je pose ses affaires comme une furie. Il y a des gouttes de sang sur le parquet. J'ai bien envie de

tourner de l'œil, mais je vais tenter de m'abstenir : si ça se trouve, de mes réflexes dépendent la vie d'un homme. Appeler le SAMU, oui, c'est ça qu'il faut faire.

— Tu crois que c'est cassé ? je demande, de loin.

J'entends un vague « croipa ». Mais où est ce satané téléphone ? Ah, dans ma main. Vite, dans la salle de bains. Il a l'air en vie. Je ne sais pas du tout quoi faire. Vite, vite, une solution.

Ah... j'ai vu maman faire ça une fois, alors que papa venait de se prendre les pieds dans un tapis. Lui aussi saignait du nez abondamment. Mince, mais comment avait-elle fait ? je me souviens d'une méthode qui m'avait surprise... Ahhhh ! Zut ! impossible de me souvenir... Oh, mon Dieu, non... ça me revient. Mais c'est totalement hors de question : je ne peux pas faire ça... je préfère qu'il se vide de son sang sous mes yeux plutôt que de lui bouchonner les narines avec... J'ose à peine y penser... des Tampax. Oui, c'est bien ça que maman avait utilisé... Oui, mais là, en même temps, des solutions, je n'en ai pas de meilleures.

Je gémis :

— Victor, tu sais ce qu'il faut faire en cas de nez cassé ? Parce que c'est ça... je t'ai cassé le nez, hein ?

— Mhhhh nan, pense pas... ça a l'air de tenir...

Vraiment, ça saigne beaucoup, je ne peux pas le laisser comme ça. Il faut que je me décide.

— Bon, je suis désolée, Victor. Je n'ai qu'une seule solution pour arrêter le sang.

Cette fois, je suis à jamais ridicule. J'ouvre donc le tiroir qui contient les petits bouchons de coton. J'ôte la pellicule de plastique qui les protège. Je me retourne vers lui. Mortifiée. Je nage en plein cauchemar. Je suis en train de fourrer deux Tampax dans les narines de celui que je considère depuis des années comme le plus bel homme de la création. Cette image restera gravée toute ma vie. Un mythe vient de s'effondrer sous mes yeux. Victor vient de choir du royaume des cieux. C'est la fin du monde.

Il me regarde, complètement ahuri. Les yeux ronds. Personnellement, j'évite de le regarder en face. Tout juste si je parviens à extraire un faible : « Ça va aller ? » Il me répond que oui, que la douleur s'estompe et que, si ça se trouve, dans cinq minutes, ce ne sera plus qu'un mauvais souvenir.

Soulagement. Victor ne va pas mourir. Ni même être défiguré à vie. Je me relève vers lui et, par erreur, je croise son reflet dans le miroir. En fait, c'est peut-être moi qui vais mourir. De rire, sans aucun doute. Son regard étonné, ses deux narines bouchées par les Tampax d'où pendent les petites ficelles en coton qui dansent la Macarena à chacune de ses respirations. Jamais, de ma vie, je n'ai vu de spectacle si ridicule. Si drôle. Si incroyable. Le plus bel homme du monde se trouve dans ma salle de bains avec deux Tampax fichés dans le pif. Quels que soient mes griefs à son encontre, je crois que ça mérite bien une trêve.

Je glousse. Je tente sans succès de réprimer un premier éclat de rire. Puis un second. Et puis je ne peux plus me retenir. Lui me regarde, interdit. Je lui fais signe de regarder dans le miroir. Il se lève. Se regarde. Me regarde et esquisse une grimace. Et nous partons dans un grand rire. Un grand rire, bruyant, douloureux et tellement apaisant.

Le poids de ces derniers mois, mon attente, mes inquiétudes, ma peine, ma colère… tout s'écoule d'un coup dans ce grand éclat de rire. Même avec cette tête, même s'il a saccagé ma porte, le parquet et mon peignoir préféré (celui avec une capuche et le dos brodé à mon nom), même là, je m'aperçois que je ne pourrai jamais lui en vouloir plus de dix minutes. Que je lui ai pardonné depuis longtemps toutes les vacheries de ces derniers mois. Quelles que soient ses excuses, je sais qu'elles me paraîtront bonnes. D'ailleurs, toutes ses excuses me sembleront toujours valables. Je sais déjà que je suis prête à tout accepter de sa part. Et je réalise que je suis mal barrée : ce garçon-là a les pleins pouvoirs sur moi. Je n'ai plus qu'à espérer qu'il n'en profite pas trop.

Je ne sais pas pourquoi il rit, lui. Du comique de notre situation ? D'un rire nerveux (ses nerfs lâchent) ? Ou bien de sa victoire éclatante ? Parce que c'est bien de cela qu'il s'agit en définitive : je viens purement et simplement de rendre les armes à ses pieds. Il tente de parler. Il articule difficilement :

— Et moi qui voulais faire une entrée de prince charmant pour te forcer à m'écouter…

Je réponds du tac au tac que c'est raté, en effet…

J'ai dit ça dans un sourire, mais son rire, à lui, s'est éteint. D'un seul coup. Dans la foulée, le mien aussi. Je repense à ces soirées entières où j'ai attendu qu'il frappe. Où j'ai espéré sa visite surprise. Où chaque soir était une déception plus cruelle que la veille. Non, vraiment, je n'ai plus envie de rire.

— Pénélope, j'ai merdé.

— Ouais. Je ne te le fais pas dire. Mais ça ne me paraît pas très digne, là, comme terrain pour des explications, toi avec des cotons dans les narines, la salle de bains sens dessus dessous…

Il m'interrompt :

— Je ne me suis pas comporté très dignement de toute façon.

Je tente de ramener la conversation sur un terrain plus doux. Je ne veux pas recommencer à le détester. Pas tout de suite. Jamais. Je ne veux plus jamais le détester. Je veux rester dans cette pièce, avec mon prince charmant tout cabossé. Et qu'on oublie ces derniers mois. Je tente de rétablir de la légèreté entre nous :

— Et puis, surtout, normalement, c'est après ta tirade que j'aurais dû te casser le nez, pas avant, c'est vraiment n'importe quoi, nous deux, non ?

Mais ça ne le fait pas rire. Il commence à parler :

— Pénélope, je n'aurais jamais dû prendre au mot les propos de Sophie. Je ne sais pas ce qui m'a pris. Ou plutôt si, je sais. Il faut que je te raconte les choses dans l'ordre. Tu te souviens, au mariage de Julien et Sophie, lorsque je t'ai abandonnée un peu précipitamment ?

Je fais « oui » de la tête.

— Eh bien, ce soir-là, ma fiancée de l'époque mena-çait de brûler mon appartement. Je ne sais même plus pour quelle raison, n'importe quelle lubie était prétexte à ses crises d'hystérie. Elle m'avait déjà tout fait : éloigner mes amis par simple jalousie, fouiller mes poches, mon portable, mon ordinateur, harceler mes potes pour connaître mon emploi du temps chaque fois que nous nous séparions plus d'une journée ou tout simplement lorsque, par malheur, j'avais une heure de retard le soir. Je ne compte pas les fois où, durant quatre ans, nous avons rompu. Elle était d'une jalousie maladive. Tout ce qu'elle ne contrôlait pas était suspect. Mon travail était suspect. Mes voyages. Ma famille. Mes amis. Lorsque nous avons définitivement rompu, elle m'a suivi partout en m'accusant de lui avoir gâché la vie. Le jour du mariage, alors que nous étions séparés depuis des mois déjà, elle a réussi à se procurer les clefs de mon appartement grâce à la concierge, à qui elle a raconté des horreurs à mon sujet. Ce soir-là, elle avait découvert, je crois, de vieilles photos de vacances qui l'avaient rendue folle parce que j'y étais entouré de plusieurs personnes qu'elle ne connaissait pas. Le soir du mariage, pendant que nous dansions, toi et moi, elle m'a appelé pour me lancer un énième ultimatum. Elle menaçait de tout brûler chez moi si je ne lui donnais pas illico les renseignements qu'elle attendait. Finalement, la situation s'est réglée d'elle-même et il m'a fallu encore pas mal de temps pour parvenir à la tenir éloignée de moi. Mais je ne te cache pas que j'ai eu pas mal de difficultés à passer à autre chose. Cette histoire m'a un peu traumatisé, je dois dire.

Je n'ose l'interrompre. Il reprend :

— Alors, lorsque Sophie m'a parlé de toi comme d'une folle hystérique et volontiers portée sur le harcèlement, détails à l'appui, j'ai pensé que c'était moi qui attirais les dingues psychopathes et j'ai coupé les ponts tout de suite. Sans réfléchir. Je n'ai pas cherché à en savoir davantage. La dernière fois, c'était ce qui m'avait perdu : chercher à comprendre. Et je ne voulais pas revivre ça. J'ai eu une sorte d'instinct de survie.

Je vois bien qu'il est affecté par ses souvenirs. Il y a trop de sincérité dans sa voix pour que je puisse douter de lui. Je voudrais dire quelque chose, l'interrompre, lui promettre que c'est fini. Que je ne suis pas comme ça et que je n'exige rien de lui. Mais il ne me laisse pas parler.

— Pendant des semaines, tu as pris le visage de Marie-Anne – c'était le nom de ma fiancée marteau. C'était comme si tu étais devenue elle, que vous n'étiez qu'une seule et même personne. Je t'en ai voulu pour tout ce qu'elle m'avait fait subir. Lorsque je t'ai rencontrée, lors de ce rendez-vous manqué, j'ai même failli t'appeler comme ça, Marie-Anne. J'étais dans une colère pas croyable, contre toi, mais surtout contre moi. Quand tu as débarqué dans le bureau quelques jours plus tard, avec ton amie, cette impression s'est encore accentuée. La sensation que tu m'avais suivi, épié et que tout était prémédité, j'étais fou de rage. Mais plusieurs jours après, je me suis souvenu de tes yeux. Ils exprimaient juste de la peine. De l'indignation, sans doute, mais rien de plus. Pas d'hystérie, encore moins de folie. Il m'a fallu quelques jours pour envisager d'avoir pu me tromper. Et puis tu sais,

Sophie est une fille adorable, la dernière personne qu'on pourrait soupçonner de calomnies...

Cette fois, je ne peux pas me taire :

— Quoi ? Tu parles de cette folle comme de la Sainte Vierge ! Au mariage, elle m'a insultée comme une malpropre. Elle et ses amis ont passé la soirée à se moquer de moi... Ça non, tu ne vas pas me faire croire que Sophie est une gentille fille inoffensive. Je ne lui ai jamais rien fait à cette nana, hormis d'être l'ex-petite amie de son mari...

Il ne me laisse pas poursuivre mes vociférations :

— Justement, Pénélope. Tout est lié. En effet, tu ne lui as rien fait. Mais elle a un tout autre point de vue puisqu'elle est convaincue, elle, que tu as longtemps cherché à lui nuire.

Je n'en reviens pas. C'est le monde à l'envers. Il prend sa défense maintenant...

— S'il te plaît, Pénélope, laisse-moi finir. Après tu pourras me jeter dehors, je comprendrai. Comme je te l'ai dit, j'ai commencé à douter lorsque tu es sortie de mon bureau, le mois dernier. Alors j'ai appelé Julien. Au téléphone, Julien a fait des mystères, il était manifestement très gêné. Il m'a demandé de passer le voir pour *m'expliquer la situation*, a-t-il précisé.

Cette fois, je suis larguée. Que vient faire Julien dans mon histoire ? On a bien assez de sa dingo de bonne femme...

— Quelques jours plus tard, je rejoignais Julien en Normandie, afin qu'il me raconte le fin mot de l'histoire. Lorsqu'il a rencontré Sophie, Julien voyait déjà quelqu'un. Et ses deux liaisons ont duré quelque temps. D'un côté, il y avait cette fille, une amie-amante voyageuse qu'il voyait de temps en temps et de l'autre Sophie, avec qui se construisait, jour après jour, une vraie histoire d'amour. Jusqu'à ce que Julien décide de mettre un terme à la première pour permettre à l'autre de prendre un tour plus sérieux. Mais il se trouve que la séparation ne s'est pas faite sans bruit et Sophie a fait les frais de quelques coups de fil anonymes, de lettres et autres raffinements d'amoureuse éconduite. Julien n'a pas trouvé le courage de risquer de la perdre en avouant la vérité. Il a préféré t'accuser.

Mes yeux sont sur le point de sauter hors de leurs orbites, tellement je suis surprise et indignée.

— Oui. Tu étais la responsable toute trouvée : une ex-petite amie jalouse qui le harcelait. Simple et sans risque. C'est pour cela, tout simplement, que Sophie te croit coupable de tout. C'est aussi pour cela que tu as assisté à leur mariage.

— Quoi ?

— Oui. L'invitation ne provenait pas de Julien mais de Sophie. Je peux même te dire que Julien était le premier surpris de te voir parmi l'assemblée.

— Mais… Je ne comprends pas… pourquoi m'inviter à son mariage si elle me voyait comme une menace ?

À son tour de me regarder avec des yeux ronds :

— Pénélope… tu es une vraie fille ? Parce que là, tu manques singulièrement de psychologie. Sophie t'a conviée à ses noces pour te montrer que la partie était perdue pour toi. Que Julien était définitivement à elle et que tu n'avais plus qu'à passer à autre chose. Que Julien était cerné par le bonheur et que tu ne pourrais plus rien, désormais, pour l'entraver. C'est une belle preuve d'amour, aussi, non ?

— Mouais. C'est tordu, tout de même…

— Peut-être, mais c'est ce qui s'est passé.

Un long silence fait place à ces explications. Je suis abasourdie. C'est sa voix, à nouveau, qui me sort de mon engourdissement :

— Voilà, Pénélope, tu sais désormais toute la vérité.

Puis le silence se fait à nouveau. Je ne trouve rien de plus à dire. Je contemple les deux ficelles qui volettent devant sa bouche. Je voudrais dire quelque chose pour briser ce silence, mais quoi ? Il semble tellement triste.

— Victor, je ne sais pas quoi dire… ça fait des semaines que je m'efforce de te trouver tous les défauts du monde. Je venais à peine de me convaincre que tu n'étais vraiment qu'un…

Il me regarde. Une petite lueur moqueuse vient de s'allumer dans son regard. De nouveau, il sourit :

— Héééé… mais tu ne crois pas que tu vas t'en tirer comme ça ! Je te rappelle que toi aussi, tu as des explications à me donner.

— Moi ? Mais… Quelles explications ? Le blog ?

— Oui, le blog. C'est dingue, ça, tout de même ! Mais c'est vrai qu'en relisant tes premiers messages, j'aurais dû faire le rapprochement.

— Je crois que tu sais tout ce qu'il y a à savoir… J'avais créé ce blog et, lorsque Axel est parti, ses copains tellement géniaux m'ont laissé tomber aussi sec. Je n'osais même pas te le dire, tellement je me sentais ridicule. Ne fais pas cette mine entendue : je sais, tu m'avais un peu prévenue que des Iris et des Ombeline ne seraient jamais mes nouvelles amies. En tout cas, il y avait ce blog sur lequel je racontais mes petites aventures parisiano-parisiennes et qui avait du succès. Je n'ai pas eu le courage de le laisser tomber. Alors, j'ai inventé. Plus j'inventais, mieux ça marchait. Et puis il a eu les succès que tu sais, les articles, la presse ; tout ça. Et ton message. Enfin, le message de Pierre.

— Oui, d'ailleurs, tu m'as pas mal dragué sur le mail.

— Ho, ho, ho… ne mélange pas tout s'il te plaît. Ce n'est pas moi qui ai commencé. Et pourquoi Pierre Pessac, d'ailleurs ? C'est quoi ces façons de raccourcir son nom ?

— Ah, ça ? C'est juste une plaisanterie, en fait. Lorsque j'ai créé ma petite maison de production, il y a quelques années, je l'ai appelée Pierre&Victor. Pour faire croire qu'on était plusieurs, style grosse boîte de production. Un stratagème un peu idiot pour impressionner le monde. Depuis, c'est resté. Par simplicité, j'ai raccourci mon nom : Pierre Pessac. Mon vrai nom, celui qu'utilisent ma famille et mes amis, est celui que tu connais.

De nouveau, un silence pesant se dresse entre nous.

Au bout d'un temps qui me paraît incroyablement long, il soupire.

— Bon, je crois qu'on s'est tout dit, cette fois.

Mince, il se lève. Il va partir. Non, non, non. Je ne veux pas qu'il parte. Pas cette fois.

Ne pars pas ! Je voudrais qu'il l'entende, mais je n'ai pas le courage de le dire. Son nez ne saigne plus. Il ôte les cotons. Je le vois se diriger vers le salon. Je l'entends qui prend son manteau, son casque, un bruit de clefs. Je voudrais tellement le retenir... Au lieu de quoi je lui ouvre la porte. Il se dirige vers elle. Le voilà sur le seuil. Je songe que c'est sans doute la dernière fois que je le vois. Il va partir. Et tout va s'arrêter là. Je le regarde s'éloigner quand soudain, il revient sur ses pas.

— Pénélope ? Tu sais, je voulais te dire... Je sais que c'est trop tard, mais il faut que tu saches. C'était le soir du mariage.

Je le regarde sans comprendre. Il reprend :

— Que je suis tombé amoureux de toi. Je pensais ne jamais te revoir et puis j'avais des soucis et puis tu étais l'ancienne petite amie de mon cousin. Mais c'est ce soir-là que je suis tombé amoureux de toi. Tu ne peux pas savoir comme j'ai été heureux de te croiser à cette soirée, quelque temps plus tard.

Il s'est rapproché de moi. J'ose à peine croire ce qu'il vient de me dire. De toute façon, mon cœur s'est arrêté de battre : je vais probablement mourir... Et ce que j'entends me confirme que j'ai quitté ce monde :

— J'aime ta vivacité. J'aime ton humour. J'aime cette façon que tu as de tout tourner à ton avantage. J'aime ta mauvaise foi. J'aime ton manque d'assurance. J'aime ton parfum, tes yeux, tes complexes...

« Chut », je lui dis. Pour qu'il comprenne que je suis déjà acquise à sa cause. Je sens, enfin, ses bras qui m'entourent et je ferme les yeux. Tout va bien maintenant. Tout est réparé. Je n'ai plus de peine, plus de colère. Je regarde son nez qui ressemble maintenant à une grosse olive en phase de décomposition avancée. Je trouve ça charmant et je souris bêtement.

— Je t'ai bien amoché, dis.

Il sourit comme il peut avec son visage tuméfié. Je lui propose d'entrer, on en a des choses à se dire, tous les deux.

On s'installe tous les deux sur le canapé. On n'ose ni parler ni respirer. Comme si le moindre geste allait nous réveiller d'un songe. Quand soudain, derrière nous, surgit une furie.

— Pénélope ! Qu'est-ce qui se passe, tu n'as rien ? Et lui, qu'est-ce qu'il fait là ?

Oh, mon Dieu, c'est Lili. Je vois, à son regard, qu'elle est affolée. On le serait à moins : il y a des gouttes de sang partout dans l'entrée et sur le chemin qui mène à la salle de bains.

Tour à tour, elle me regarde, puis regarde Victor. Je crois qu'elle attend des explications. Je ne sais pas par où commencer. Je me contente de sourire pour qu'elle soit sûre que tout va bien.

— Lili, je crois que c'est le moment d'ouvrir cette bouteille de super Muscat qui attend au frais depuis des semaines. Un petit remontant, c'est exactement ce qu'il nous faut à tous.

Chapitre 29.

Un terrible aveu à vous faire...

Dites, les chéris, faut que je vous avoue un truc. La Mouette a pas mal changé ces derniers temps et je vous dois une petite explication. En fait, il y a deux trois trucs que j'ai peut-être oublié de vous dire...

Ben voilà. Je suis une Mouette moins chabada que ce que vous vous imaginez. Même pas une riche héritière, même pas un visage connu de la télévision, même pas tout ça. Je vais vous dire, il y a six mois, j'ignorais qui étaient Stefano Pilati, Miuccia Prada et Albert Elbaz (d'ailleurs, pour Stefano Pilati, je suis pas sûre, sûre de bien savoir qui c'est, le type). Je croyais que Givenchy était une marque de parfum et je ne me suis toujours pas remise de cette troublante nouvelle : « Ahhhhh, ils font AUSSI des fringues ! » L'an dernier, à cette époque, je n'avais jamais mangé un macaron Ladurée, ni bu une goutte de Dom Pérignon. Ni mis un pied au VIP, au Baron ni dans aucun lieu branché de Paris.

Il y a six mois, je croyais que Paddington était un ours en peluche et Kelly, une princesse monégasque. Je pensais que les cafés à 12 euros ça ne se voyait que dans les films. Et qu'atteindre la taille 36 n'était pas vraiment un projet de vie sérieux (ce dont je suis désormais convaincue, rassurez-vous)...

Ah... et puis aussi, en vrai, j'aime pas les leggings. Je sais bien que c'est uuultra-branché et que je devrais en être dingue, mais je ne peux pas m'y faire : je trouve ça très laid. Je suis désolée, les chouchous, mais je dois vous avouer que je me suis un peu laissée emporter par mon désir de vous plaire. Je suis bien obligée de reconnaître que les converses, je ne suis pas fan, fan, non plus. Ça donne à mon fessier l'air de pendre derrière les genoux. J'adore pas.

... Mais il y a plus grave... Je ne suis jamais allée au George, le restaurant panoramique au-dessus du Centre Pompidou. Pas plus qu'au Kong. Je n'ai jamais ouvert le moindre pot de crème La Prairie pas plus que je n'ai de parfum sur mesure concocté par je ne sais quel nez de grand renom. Je croyais vraiment que « Richelieu » était une marque de chaussures et je n'ai même pas cherché à comprendre ce qu'était une peau atopique. Lorsque certains d'entre vous m'ont demandé des conseils mode, c'est un peu comme s'ils les avaient demandés à Micheline, leur voisine de palier. Ma garde-robe n'est pas le fruit d'un sens inné du style mais d'une heureuse coïncidence : un charmant cousin, spécialiste de la mode et de passage à Paris au moment de la création du blog.

Ces derniers temps, la réalité a rejoint la fiction et tout ce que vous avez pu lire correspond à ma vraie petite vie de mouette bretonne. Mais reste bel et bien cette réalité dont je ne suis pas fière : pendant des mois, je vous ai raconté des salades. Je vais donc arrêter de tenir ce blog à partir d'aujourd'hui. Rideau, les copains !

Mais je voudrais tout de même vous dire ceci : j'ai aimé passionnément toute cette année passée en votre compagnie. J'ai aimé vous divertir. Vous faire rire parfois. Et vous interpeller. J'ai aimé vous faire partager les petites anecdotes de la vie de cette fille qui n'était pas tout à fait moi, mais pas si loin de moi. J'ai aimé vos messages. J'ai été fière de votre fidélité. Fière des articles parus dans la presse. Fière d'être distinguée par vous. Hier, vous étiez plus de quatre mille visiteurs. Merci, merci, merci mille fois pour m'avoir lue. Et doublement pardon pour ce que je viens de vous apprendre là. Voilà, vous savez tout.

À bientôt, j'espère.

Pénélope

Posté par la Mouette/le 7 mai 2006/
Rubrique : Divers

Commentaires : 0

Voilà, voilà. Une page vient de se tourner. J'ai un bourdon pas possible, mais j'ai fait ce qu'il y avait de mieux à faire. Pour la première fois depuis des mois, j'appréhende vraiment les commentaires sur un de mes billets. C'est peu de le dire. C'est la raison pour laquelle je vais aller me préparer un petit thé en compagnie de Lili qui est encore vautrée devant la télé. C'est incroyable à quel point cet instrument de malheur la passionne. Moi qui peine à trouver un programme intéressant… Enfin. Je lui lance :

— Hello, le tas de fille avachi ! Je me fais un thé, tu veux quelque chose ?

Elle me répond d'une voix ensommeillée :

— Mmmmm… un thé à la menthe, s'il te plaît.

Va pour un thé à la menthe.

Allez, ma fille. Ce n'est pas si grave, tout ça. Après tout, qu'est-ce que c'est, un blog ? Et puis, en dehors de ça, tout s'est enfin arrangé, dans ma vie. Victor et moi avons repris notre histoire là où elle s'était bêtement arrêtée. Et ça, ça vaut tous les blogs et toutes les invitations à des ventes privées de la terre. Avec lui, c'est fou comme tout semble simple et normal. Je n'en reviens pas d'être autant moi-même. Comme si chaque chose était enfin à la bonne place. C'est sûr, Lili a mis quelque temps à admettre le fait que j'aie pardonné à Victor le Sale Type. Et surtout à reconnaître que j'avais sans doute eu raison de le faire. Je crois aussi qu'elle aurait aimé qu'il lui donne quelques explications. Après tout, ils étaient engagés en affaires tous les deux. Mais depuis quelques jours, mon amoureux et ma meilleure amie semblent prêts à s'entendre…

— Pénélope ?

— Mmmm…

— Tu m'en voudrais si je faisais quand même chroniqueuse à la télé, finalement ?

Je manque de m'ébouillanter avec la théière.

— Quoi ? Mais c'est génial ! Tu veux dire que Victor t'a redemandé de participer à l'émission ?

— Oui. Il y a quelques minutes. Mais je ne sais pas si je vais accepter.

— Pourquoi ? Tu as l'air d'avoir adoré les essais et, apparemment, tu es superdouée, non ? Et puis tu passes ta vie à regarder cette télé, c'est un signe, ça, non ?

— Superdouée, surperdouée… ça, je ne sais pas, mais il est prêt à me prendre à l'essai, oui.

Je viens m'installer auprès d'elle. Un thé à la menthe, il n'y a rien de mieux pour se sentir bien. Je suis ravie pour Lili, je suis certaine que ce boulot lui ira comme un gant. Et je suis fière aussi…

— Pourquoi tu hésites ? C'est génial, ce qui arrive ! En plus, dans quelque temps, je pourrai me vanter d'être l'amie de Lili Peretti ! Dis, je pourrais dire que c'est moi qui t'ai découverte ?

— Elizabeth Peretti. Ils veulent que je prenne mon prénom complet. Et puis tu sais, c'est une toute petite émission. Diffusée sur une chaîne qu'on capte même pas et dont j'ai déjà oublié le nom.

— Mais on s'en fiche de ça. Ce n'est que le début. C'est même mieux comme ça. Tu feras tes premières armes tranquillement. Et puis dans quelques années, quand tu seras une personnalité invitée sur tous les plateaux télé et qu'on te ressortira ces images, tu prendras cet air gêné et nostalgique qu'ils ont tous lorsqu'on montre à la face du monde qu'ils n'ont pas toujours été les meilleurs ni les plus beaux, mais au fond, tu te rappelleras que c'étaient des bons moments. Et tu m'appelleras pour qu'on s'en moque ensemble.

— Hihi, Pénélope, rien ne peut empêcher ton imagination de galoper, hein. Mais on n'en est pas là.

J'acquiesce de bonne grâce :

— Comment ça ? Tu veux dire que je m'emballe un peu ? Admettons. Bon alors, dans l'immédiat, tu vas faire quoi dans cette émission ?

— Oh, pour ça, j'avoue, je n'ai pas tout compris. Il y aurait une petite chronique sur la vie parisienne et aussi des interviews de créateurs, ce genre de choses.

— Ça a l'air top !

Je m'arrête et je la regarde. Même dans cette tenue moche, les cheveux en bataille, sans maquillage, Lili est magnifique. Elle a une allure incroyable, un port de tête de reine. Elle va tous les éblouir.

— Oh, là, là, Lili, je suis tellement contente… Qu'est-ce que j'ai hâte de te voir…

— Alors, tu crois que je devrais accepter ?

— En fait, ce que je me demande surtout, c'est pourquoi tu n'accepterais pas…

— Ben, Victor et toi… tout ça, je ne sais pas si j'ai envie d'être l'employée du petit copain de ma meilleure amie… Imagine un peut qu'il te…

Elle s'est arrêtée à temps. Mais je sais qu'elle allait dire « imagine un peu qu'il te plaque ».

Elle baisse les yeux en tripotant nerveusement le courrier qu'elle a dans les mains. On dirait qu'elle attend mon approbation.

— Lili, pour une fois, c'est toi qui vas m'écouter. Il peut se passer n'importe quoi. Tu as raison : il peut me plaquer et me briser le cœur. Ou moi, tiens, pourquoi ce ne serait pas moi qui le laisserais tomber ? Tu peux aussi ne pas aimer cette expérience et décider de tout arrêter, ou ne pas t'entendre avec l'équipe, ou tomber amoureuse d'un beau Brésilien et t'enfuir avec lui à l'autre bout du monde... tout, absolument tout peut nous arriver. Alors ne réfléchis pas trop, ma belle, si tu as envie de le faire, fonce. Et maintenant, cesse donc de torturer tes enveloppes et appelle mon chéri pour lui annoncer la nouvelle.

Le temps qu'elle s'exécute, je me rappelle de ce que je viens de faire : mon blog, le billet de tout à l'heure, mes aveux. Mon cœur s'accélère à l'idée que ça y est, il a été lu. Au moins par... pfiou... au moins deux ou trois cents personnes... Oh, mon Dieu... je n'ai pas fait ça. Plus de Mouette, plus de presse, plus d'invitations géniales. Plus rien de tout ça... Mais qu'est-ce qui m'a prise ?

Je lève à nouveau les yeux vers Lili et je constate qu'elle me regarde bizarrement.

— Eh... mais qu'est-ce que tu as ? Tu es toute blanche... tout va bien ?
— Lili... j'ai... arrêté le blog.
Elle me regarde, interloquée.
— Quoi ? Comment ça « tu as arrêté le blog » ?
— J'ai dit la vérité. Que j'avais menti, que je ne savais même pas ce que c'étaient des richelieus et que je ne connaissais pas Stefano Pilati... et tout.
— Tu... tu l'as vraiment fait ? Mais... pourquoi ?
Alors ça, c'est top fort !
— Comment ça, « pourquoi » ? Tu n'as pas arrêté de me dire que c'était de la folie ce blog ! Que c'était mal de mentir à tout le monde...

Elle se ravise, bien obligée d'admettre que j'ai raison :

— Oui, c'est vrai, souffle-t-elle.

— Et maintenant tu trouves que j'ai eu tort ?

— Non... non, ce n'est pas ça, tu as eu raison de faire preuve d'honnêteté, mais... enfin, ces derniers temps, tu ne racontais plus de bêtises, tes récits n'étaient pas de pures inventions...

— Oh...

Je viens de comprendre qu'elle a raison. C'était stupide ce soudain élan d'honnêteté... vraiment stupide...

— Oh... Lili... Tu as raison... je viens de faire une bêtise. J'aurais tout aussi bien pu continuer sans que personne sache jamais rien... Enfin. De toute façon, c'est trop tard. Il y a déjà plein de gens qui l'ont vu, ce message. C'est trop tard.

Comprenant que la situation est plutôt désespérée, Lili tente de me rassurer :

— Non, mais, en fait, tu as bien fait. C'est moi qui déraille. Et puis, tu pourras toujours en faire un autre... non ?

— Lili, merci pour ta sollicitude mais inutile d'essayer de minimiser la situation : j'ai fait une connerie. Point.

— Mais... on ne peut rien faire ? Je sais pas, moi, dire qu'on a piraté le blog et que ce n'est pas toi qui as écrit ce billet, l'effacer, dire que c'était une bonne blague... Je ne sais pas, on va trouver un truc !!!

— Nan, Lili, laisse tomber. C'est trop tard maintenant. Tu veux bien m'accompagner voir les commentaires ? À mon avis, je vais en prendre pour mon grade...

En m'asseyant devant l'ordinateur, j'ai le cœur qui bat à tout rompre. Je vais contempler dans quelques instants mon lynchage en place publique. Mais qu'est-ce qui m'a prise d'écrire ce truc ? « Regarde, toi », je demande à Lili qui s'exécute sans rien dire. Je n'ose pas ouvrir les yeux.

Lili ne dit rien. Plus elle se tait, moins j'ose briser le silence. Tout à coup, elle se tourne vers moi.
— Pénélope… c'est incroyable, regarde…
Je me sens blême et fébrile, mais j'ouvre un œil.

Premier message : « Je le savais que tu n'étais qu'une usurpatrice. Bon débarras. » Premier coup au cœur. Je sens mon visage s'empourprer à la lecture du deuxième : « Je suis déçue. Vraiment… », puis du troisième : « Non, pas "à bientôt", Internet n'a nul besoin de vos mensonges. »

Je regarde Lili, suppliante, comme si elle avait le pouvoir d'effacer tout ça. Mais elle ne semble pas triste ou abattue, ou simplement gênée. Du bout des lèvres elle m'encourage à continuer. Le quatrième message est dans la même veine. Jusqu'au douzième, je me sens l'incarnation de la félonie en ce monde. Vraiment, je ne crois pas que j'aurai le courage d'aller jusqu'au bout. Il y en a plus de cent vingt. Le treizième message est comme une respiration : « Tu vas me manquer, la Mouette. » Mais ce n'est qu'une pause dans le flux de réprimandes. Je les lis vite.

Au vingt-cinquième, ma lecture est interrompue par un long message d'une prénommée Lisa. Qui ne m'est pas destiné : « Franchement, je suis consternée par ce flot de méchancetés. C'est vrai, la Mouette avoue n'avoir pas toujours été franche avec nous. Et moi aussi, je suis un peu déçue. Mais il n'empêche que, comme vous tous, depuis des mois, son billet quotidien est une pause agréable dans ma journée, un moment de détente. Quelle que soit sa vraie vie, ce qui compte, c'est qu'elle a su nous amuser, nous donner de bonnes adresses, nous faire découvrir des bons plans, nous faire rêver, aussi, parfois. Et après tout, depuis des mois, je lis son blog comme je lirais une chronique, ou un roman. Je ne me suis jamais demandé si tout était vrai, et franchement, est-ce si important ? Pénélope, puisque vous vous prénommez ainsi (vous avez un bien beau prénom), je vous en prie, ne nous privez pas de notre jolie distraction quotidienne et ne fermez pas ce blog. »

Je respire. Une personne, au moins, est de mon côté. Je suis vraiment reconnaissante à cette Lisa de prendre ma défense. Je ne sais pas si je le mérite, mais en tout cas, ça me donne le courage de poursuivre ma lecture.

Qui ne se révèle guère encourageante. Nouveaux coups de massue. Je lis des « menteuse » et des « sale mytho ». Et tout à coup, nouvelle respiration : le trente-troisième qui renchérit sur les paroles de Lisa. Le trente-quatrième aussi. À partir du soixantième, c'est un vrai débat qui fait rage autour de cette question : la Mouette doit-elle être lynchée ou pardonnée ? Et à ma grande surprise, les partisans du lynchage se font moins nombreux à mesure que le fil des commentaires se déroule. Le cent vingt et unième commentaire est en ma faveur.

Mon téléphone sonne. C'est une journaliste. Une de celles qui m'avaient portée aux nues, et qui veut maintenant connaître le fin mot de l'histoire. Je m'excuse auprès d'elle : je la rappellerai plus tard (croit-elle). J'ouvre ma boîte mail. Elle déborde. Il y a des dizaines et des dizaines de messages. Là encore, je suis tour à tour lapidée et choyée. Certains s'amusent beaucoup du « mauvais tour » que j'ai joué à tout le monde. Un journaliste, encore un, trouve passionnant « ce rapport à la réalité sur Internet. Peut-on tout dire ? Jusqu'où l'anonymat nous protège-t-il ? Est-ce que cette réalité fantasmée ne devient pas une autre forme de réalité ? » Bon, le type est dingue. Ça arrive. Il veut m'interviewer sur le rapport à la réalité sur les blogs. J'espère qu'il ne croit pas sérieusement que je vais lui répondre. Je suis une fille très superficielle, moi, pas envie de passer publiquement pour une intello ! Manquerait plus que ça… Il y a aussi un message de la part de l'attachée de presse d'une marque de parfumerie qui semble très en colère. Je nuis extrêmement à l'image de leur marque, m'explique-t-elle. Notre collaboration s'arrête dès à présent. Je serais très tentée de lui rétorquer que ses parfums puent, de toute façon, et que je n'ai jamais eu l'intention d'en parler sur le blog. Mais j'en ai assez fait pour aujourd'hui, je crois. Je la laisse râler. Après tout, elle n'est certainement que la première d'une loooongue série.

Je me tourne vers Lili qui me regarde avec son drôle d'air coutumier, celui dont je n'arrive jamais à identifier le sens. Je l'interroge du regard. Elle sourit.

— Alors là, ma vieille, tu l'as échappé belle…

— Échappé belle à quoi ? Je suis en train de me faire laminer...

En disant ça, je sais que je suis de mauvaise foi. J'ai juste envie qu'elle me réponde « mais noooooon, tu ne t'es pas tooooootalement fait laminer ». Et ça marche.

— Mais nooooon, tu ne t'es pas fait laminer. Pas totalement. Tous ces messages qui te demandent de ne pas arrêter ton blog, c'est une opportunité.
— Tu plaisantes... c'est un peu réconfortant mais rien de plus.
— D'accord. Ce n'est pas non plus superglorieux. Tu ne vas pas te faire que des amis. Mais réfléchis deux minutes... Tu as envie de renoncer aux soirées ? Aux produits gratuits à essayer ? Au plaisir d'être convoitée ? Aux ventes privées ? Aux visites dans les bureaux de presse ? Au plaisir d'écrire ? À celui d'être lue... Pénélope, franchement...
— Oh... pour ça, les soirées, les invitations, les bureaux de presse, les produits de beauté... Tu sais, je crois que c'est mort.

Je dis ça, mais bien sûr, c'est pour me faire plaindre encore un peu. C'est vrai qu'elle a peut-être raison, Lili. Après tout, je le sais bien que toute publicité, bonne ou mauvaise, est toujours bonne à prendre... Attendons quelques jours. Comme dit Scarlett O'Hara, mon modèle en matière de gestion de crise : demain est un autre jour.

Chapitre 30.

Qui c'est l'idiot qu'a éteint la lumière ?

Je ne sais pas si vous avez entendu parler de ce truc qui fait un carton en ce moment : le restau où on mange dans le noir complet. Eh ben, j'y suis allée hier avec des potes... Je ne sais pas ce qui m'a prise parce que j'aime pas le noir, et surtout parce que l'un des trucs principaux quand on sort, c'est de pouvoir crâner avec son chouette sac à main ou ses nouvelles ballerines. Et là, dans le noir, tout ça, c'est pas possible.

Mais enfin, on a bien rigolé. Parce que dans cette obscurité totale, on peut tout faire : mettre sa serviette autour du cou, faire des grimaces et des bisous à son amoureux (en faisant gaffe, toutefois, à ne pas se gourer avec le voisin), manger avec les doigts, chanter des chansons fort sans être ridicule et faire des blagues de potache tout au long du repas sans qu'on sache que c'est vous, ce grossier personnage.

Le vin est bon et la carte un peu chère, mais nous avons discuté avec des voisins de table charmants qui resteront à jamais de parfaits inconnus. Pas le lieu

*m'as-tu-vu par excellence, donc. Mais marrant tout de
même et à tester. Et pour une fois, on vous pardonnera
d'avoir osé sortir avec cette jupe à paillettes (une jupe
à paillettes, non mais franchement...).*

*Posté par la Mouette/le 30 mai 2006/
Rubrique : Miams*

Commentaires : 47

Pendant les quelques jours qui ont suivi la révélation de mon passé mensonger, la fréquentation du blog
a doublé, tout le monde voulait suivre le débat qui faisait rage. Je crois avoir tout entendu, des « bon
débarras » aux « surtout ne t'arrête pas d'écrire, je suis
trop fan de toi, ta vie me fait têêêêêllement rêver », et
entre ces deux extrêmes, toutes les nuances imagina-
bles. Je crois que beaucoup d'entre eux ont été déçus.
Comme Lili l'avait été lorsqu'elle avait découvert que
je lui cachais quelque chose. Une réaction normale, en
somme. Les marques qui me faisaient gentiment la
cour le jour d'avant ont eu, elles aussi, les réactions les
plus diverses. Plusieurs journalistes ont tenté de me
contacter. Et, de mon bureau, je contemplais l'évolu-
tion des choses. Avec mes défenseurs, mes détracteurs,
des médiateurs... Franchement, j'étais impressionnée
de voir avec quelle véhémence tout ce petit monde
s'agitait virtuellement autour de moi.

Heureusement, j'ai un prince charmant. Un vrai de
vrai... Avec Victor, nous sommes partis trois jours à
Londres. Pour me changer les idées et parce que, de
toute façon, assister impuissante à la progression du

débat (pour ou contre le blog de la Mouette) n'avait rien de franchement réjouissant. À notre retour, le dernier billet comptabilisait plus de cinq cents commentaires. Ma messagerie, elle aussi, était totalement saturée. Je n'ai pas eu assez d'une journée pour tout lire, et répondre à certains messages. J'ai laissé quelques jours s'écouler et, finalement, j'ai capitulé sous la pression de Lili qui m'a pratiquement forcée à écrire un nouveau billet. « Après tout, disait-elle, dis-moi ce que tu as à perdre ? »

Et c'était vrai. Je me suis remise à écrire. Comme avant. Et à mon grand étonnement, la tempête s'est calmée, comme elle était venue. Le blog continue avec moins de visiteurs et un peu moins de paillettes. Mais il continue et, ce qui compte le plus, il m'apporte toujours autant de plaisir.

Ce soir, nous sortons le champagne. Les pilotes de l'émission que produit Victor, et à laquelle participe Lili (pardon Elizabeth Peretti), sont programmés pour cet été. Si le programme est bien accueilli, il sera prolongé à toute l'année. J'ai assisté au tournage des pilotes, il n'y a pas à dire, Lili assure. Bien entendu, j'ai eu un petit pincement au cœur en pensant que j'aurais pu, peut-être, me trouver à sa place. Et puis quand je pense à ma vie professionnelle, clairement, je crève un peu de honte. Parce que de ce côté-là, vraiment, on ne peut pas dire que l'année ait été fameuse. De graphiste établie, je suis passée assistante à mi-temps pour ma tante. Je me demande si je pouvais faire moins que ça… D'ailleurs, c'est un peu le sujet sur lequel il ne faut pas trop me chercher en ce moment. Quand je vois Victor et Lili, tous deux lancés dans une carrière prometteuse…

Bon. Au moins, je sais ouvrir une bouteille de champagne. Il est un peu tôt, à peine 19 heures, mais nous avons prévu une succession ininterrompue de soirées géniales à ne manquer sous aucun prétexte. Ahhhh… j'adore le « Pop » du bouchon qui s'envole ! Et j'adore le regard amusé de Victor au moment où je verse le champagne précautionneusement, en tirant la langue comme une élève appliquée.

— Lili, raccroche ce téléphone, tu veux ! On t'attend pour trinquer !
Puis je me tourne vers Victor et lui dit en riant :
— Ça y est, elle se prend déjà pour une star et commence à se faire désirer en snobant mon champagne.

Lili arrive, le téléphone collé à l'oreille et le visage barré de son plus éclatant sourire. Elle me regarde avec l'air de ma mère, le soir de Noël, lorsque j'étais petite et qu'elle voulait me faire croire que le Père Noël, le vrai (pas papa avec une moustache en coton), était au bout du fil. Elle s'approche de moi, dit à son interlocuteur « un instant, je vous la passe, madame ». Je prends, sans trop réfléchir, le combiné qu'elle me tend, je m'attends à entendre une ancienne amie d'école, ma mère qui serait venue à Paris par surprise… Quand j'entends une voix inconnue me dire : « Voilà donc la fameuse Pénélope Beauchêne, la célèbre Mouette reine des menteuses. » Je bredouille un vague « euhhhh oui, bonjour », mais la voix rieuse a déjà repris.

— Vous m'avez beaucoup amusée, mademoiselle. Et je remercie vivement votre agent (mon agent ? j'ai un agent, moi ???) de m'avoir fait parvenir votre manuscrit et l'adresse de votre blog…

Je me tourne vers Lili qui tient une liasse d'enveloppes et me regarde d'un air entendu, sûre du bon tour qu'elle vient de me jouer là.

— Mademoiselle, laissez-moi vous dire que vous m'avez beaucoup fait rire… et que vous avez une bonne plume. Il se trouve que faire rire, c'est précisément mon créneau. Permettez-moi de me présenter, Raphaëlle Dacosta, je suis éditrice. Écoutez, je ne sais pas encore ce que nous pourrons faire de vous, ni si nous pourrons faire quelque chose avec vous, mais je serais ravie que nous en parlions autour d'un déjeuner, disons… la semaine prochaine ?

Je ne comprends pas tout ce qu'elle me dit. Une éditrice ? Qu'est-ce qu'elle me veut ? Dans le doute, j'acquiesce à tout. Nous prenons rendez-vous, et déjà, la voix rieuse a raccroché. Je regarde à nouveau Lili. L'enveloppe, sur le dessus de la pile, est frappée du sceau d'une grande maison d'édition. Je viens de comprendre : elle a envoyé les billets de mon blog à plusieurs éditeurs. Et je viens de recevoir l'appel de l'un d'entre eux.

Lili a compris que j'avais saisi ce qui se passait et elle éclate de rire en me tendant une coupe de champagne. Victor, lui, ne comprend rien et nous regarde tour à tour en espérant déceler un indice.

Elle a fait ça pour moi. Quelque chose à laquelle je n'aurais jamais pensé, dont je n'aurais jamais osé rêver. Elle a fait ça pour moi… Je ne peux rien dire, la pleureuse en moi vient de se réveiller : je suis trop émue pour parler. Alors, comme toujours, c'est elle qui rompt en premier le silence. Et pendant que nos verres s'entrechoquent, pour célébrer tous les bonheurs qui sont les nôtres en ce dernier jour du mois de mai, elle me demande malicieusement :

— Pénélope Beauchêne, ça sonne plutôt pas mal comme nom, pour un écrivain… non ?

De l'art de cultiver
son jardin

(Pocket n° 13783)

Anna, la trentaine, londonienne, a plaqué un job en or à la City pour réaliser son rêve : devenir architecte paysagiste. Anna a la main verte, pour fleurir le jardin des autres, c'est la meilleure. Mais côté vie personnelle, un sérieux défrichage s'impose : Xan, l'amant idéal, s'est métamorphosé en père absent et la voilà seule pour assumer un rôle de mère auquel elle n'était pas vraiment préparée. Et puis il y a ce mystère autour de ses parents qui incarnaient pourtant le couple idéal. Anna va devoir retrousser ses manches !

Il y a toujours un Pocket à découvrir

Qu'est devenu le prince charmant ?

ZOË BARNES

Ex-appeal!

(Pocket n° 11849)

Gina et Matt sont adolescents, rebelles et amoureux. Ensemble, ils vont changer le monde. C'était compter sans l'intervention de leurs mères respectives. Quinze ans plus tard, Gina ne s'est toujours pas remise de la rupture. Aucun de ses petits amis ne peut soutenir la comparaison avec Matt, son « ex-appeal ». Lorsqu'un beau jour Matt refait surface, Gina n'en croit pas ses yeux. L'adolescent idéaliste s'est métamorphosé en respectable bourgeois. Et Gina, est-elle restée la même ?

Il y a toujours un Pocket à découvrir

Garçon ou fille ?
Dans le doute,
acheter en double !

SOPHIE KINSELLA

L'accro
du
shopping
attend
un bébé

(Pocket n° 13943)

Rien n'est trop beau pour le plus adorable des bébés à venir au monde. Et puis Becky l'affirme : le shopping soigne les nausées matinales ! Alors, c'est sûr, son nourrisson sera le plus branché, le plus *fashion*, le plus *hype* de tous, que ce soit un garçon ou une fille. Et en attendant tant pis pour la carte bleue. Becky n'en démord pas : il lui faut Venetia Carter, l'accoucheuse des stars ! Mais qui se révèle aussi être l'ex-*girlfriend* de son mari, et déterminée à le reprendre. La guerre est déclarée...

Il y a toujours un Pocket à découvrir

Cet ouvrage a été imprimé en France par

à Saint-Amand-Montrond (Cher)
en novembre 2009

Composé par Nord Compo Multimédia
7, rue de Fives, 59650 Villeneuve-d'Ascq

POCKET - 12, avenue d'Italie - 75627 Paris Cedex 13

— N° d'imp. : 91732. —
Dépôt légal : décembre 2009.